《哈萨克民间达斯坦》（第二卷）
系列丛书编委会名单

《哈萨克民间达斯坦》（第二卷）　夏木斯·胡玛尔
胡安迪克·阿布旦拜　编
多里坤·阿米尔

新疆少数民族民间文化工程
叙事长诗系列(哈萨克)

第二卷

哈萨克民间达斯坦

哈依夏·塔巴热克　译

新疆人民出版社

图书在版编目(CIP)数据

哈萨克民间达斯坦. 第2卷/哈依夏·塔巴热克译.
—乌鲁木齐:新疆人民出版社,2012.3
ISBN 978-7-228-15142-4

Ⅰ.哈… Ⅱ.①哈… Ⅲ.哈萨克族—叙事诗—中国—古代
Ⅳ.I222.7

中国版本图书馆CIP数据核字(2012)第028406号

项目统筹 刘光宏
责任编辑 卢 艳
书籍设计 王 洋

出　版	新疆人民出版社
地　址	乌鲁木齐解放南路348号
邮　编	830001
发　行	新疆人民出版社
电　话	0991-2813860(编辑部) 0991-3652362(发行部)
制　版	乌鲁木齐捷迅彩艺有限责任公司
印　刷	新疆八百印务有限公司
开　本	787×1092　1/16
印　张	24.5
字　数	400千字
版　次	2012年3月第1版
印　次	2012年3月第1次印刷
印　数	1-1 000册
定　价	136.00元

序

早在先秦时期，新疆就与中原存在着政治、经济、文化的联系。公元前60年，在龟兹境内设立西域都护府起，新疆就已经处于西汉政府的管辖之下。汉民族与新疆各民族共同创造了西域绿洲文化。这种文化随着社会的发展，从深层次上进行全方位的交流，融会贯通，逐渐形成了与内地统一的中华文化体系。统一的中华文化体系中的新疆各民族的文化既有与中华文化共同的性质，又有多民族文化相对的差异性。这种差异性独显特色，对主体文化多有建树。这种共同性与差异性，就形成了生动活泼，奔腾不息的多元一体的中华民族文化。

哈萨克族作为中国五十六个民族之一的少数民族，是由古代的塞种、月氏、乌孙、康居、铁勒、克普恰克、突厥、杜拉提、乃蛮、克烈等部族在几千年的历史之中，通过游牧、战争、迁徙、交往、融合而逐步发展形成的民族，也是一个跨国民族。

西汉时代，哈萨克族的先祖乌孙，就曾经与汉朝结盟，共同抗御匈奴，对中华版图的完整归一作出过巨大的贡献。在此之后的许多世纪，哈萨克民族也对维护祖国的统一，丰富中华民族文化宝库有所贡献。尤其是在平定准噶尔叛乱时期，哈萨克汗国的可汗阿布赉曾经率领哈萨克各部进行英勇抗击，并归顺清朝政府。当代哈萨克族更是与全国各族人民一道，为建设新疆，稳定新疆进行着不懈的努力。

哈萨克族有着优秀的文化传统,包括民族的价值观、审美情趣、文学艺术、道德规范、生活习俗等等。作为游牧民族,哈萨克族一年四季在迁徙。而且因为土地、草场、水源、部族纷争,他们的迁徙更加频繁,范围更加广阔。哈萨克族文学艺术中的哈萨克民间文学内容浩繁,包括神话、传说、民歌、谚语、谜语、叙事长诗等内容。

其中,哈萨克民间叙事长诗包括英雄长诗和爱情长诗。这些英雄长诗的情节曲折动人,英雄形象栩栩如生;爱情长诗则以凄凉悲切的情调而感人,男女主人公的爱情惊天地,泣鬼神,令人终身难忘。这些长诗都具有独特的史料价值和文化价值。要想深入地认识哈萨克族,必须从文学艺术之中,尤其是从叙事长诗中去发掘民族的灵魂,分析他们深层次的心理结构。哈萨克民族的英雄长诗多达200多部,分别产生于10~19世纪之间。其代表作有《阿勒帕米斯》、《霍布兰德》、《英雄塔尔根》、《英雄哈姆巴尔》、《英雄叶斯别姆别克》、《英雄夏班拜》、《英雄博格恩拜》、《英雄哈班拜》、《英雄布甘拜》、《英雄阿尔哈勒克》等等。而哈萨克民族的爱情长诗代表作则有《少女姬别克》、《恩丽克美人与库别克情郎》、《英俊少年阔孜与美人巴彦》、《阿依曼与乔丽潘》、《萨里哈与萨曼》等,其中的《英俊少年阔孜与美人巴彦》被认为是哈萨克族最优美的一部爱情长诗。

由于历史、社会、语言等诸多方面的原因,这些叙事长诗译为汉文的少之又少,约占总量的5%左右。上世纪50年代至80年代,新疆少数民族文学作品汉译事业曾经一度辉煌,涌现出郝关中、王一之、赵国栋、刘宾、张宏超、姚承勋、师忠孝、杨振明等一大批汉族文学翻译工作者们。他们曾经将维吾尔族和哈萨克族的一部分叙事长诗以及创作作品译为汉文，在国内外引起了相当大的反响。在此之后的年代里，由于中国社会发生了变故，后来又因为市场经济之下人们的价值取向发生了变化，所以很少有人问津既费力耗神，又产生不了可观经济效益的文学翻译事业。所以，这一神圣的事业曾经一度濒临偃旗息鼓的境地，少数民族文学作品汉译文学翻译青黄不接。

改革开放三十年来，中国的经济有了举世瞩目的发展，这为文学艺术事业的繁荣带来了空前的发展机遇，少数民族文学作品汉译事业又重新起步。中国作协多次举办文学翻译培训班，自治区文联成立了文学翻译家协会，组成了一个阵容相当的文学翻译队伍。自治区作协多次举办文学翻译培训班。中国作协主办的文学期刊《民族文学》和自治区文联主办的两家文学期刊——《西部》和《绿洲》都开辟了汉译作品专栏。新疆青少年出版社开始出版发行“羊皮鼓丛书”，新疆人民出版社也开始出版发行“西域文化系列丛书”。这是实现各民族文化交流的一个大舞台，也是让文学翻译家们施展才华的大舞台，这一切进步既令人鼓舞，又令人欣慰。

更加可喜的是，由自治区著名文学翻译家哈依夏·塔巴热克率领的哈萨克民族文学翻译团队于2008年4月成立了区内首家民办的文学翻译机构——新疆天穹文学翻译中心，开始与各个出版社、杂志社协作，系统地翻译哈萨克民族的文学作品，其中包括哈萨克叙事长诗系列丛书、阿依特斯系列丛书以及当代作家和诗人的作品。同时，他们还将汉族和其他兄弟民族的文学作品翻译成哈萨克文，介绍给哈萨克族的广大读者。本书的汉译工作就是由这个文学翻译团队承担的。

面对汹涌如潮的市场经济,选择从事繁重的文学翻译事业,令人敬佩,令人感动。我希望这个文学翻译团队翻译出更多更好的文学作品,培养出一批青年文学翻译专业人才,让兄弟民族通过哈萨克族的经典文学作品,更加深入地了解哈萨克族。也让哈萨克族的读者们了解兄弟民族的文学艺术,为形成相互理解,相互依存,和谐和睦,共同繁荣,共同进步的民族关系,为丰富中华民族文化宝库而努力。

相信在以后的时间里,经过全社会的共同努力,还会有更多更好的哈萨克族文学汉译作品与广大读者见面。

新疆维吾尔自治区党委常委　努尔兰·阿不都满金

2009年8月于乌鲁木齐

哈萨克民间达斯坦的渊源

夏木斯·胡玛尔

哈萨克族是民间口头文学遗产特别丰富的一个民族。哈萨克族这种世世代代口口相传、被人民群众收集整理保存至今的文化遗产也是整个人类文明的珍贵财富。

在哈萨克族教育事业得以发展、出版事业从无到有的近百年间，已有近百部达斯坦得到搜集整理并印刷出版。

《哈萨克民间达斯坦》是哈萨克族非常丰富的民间口头文学的一个分支，不仅数量多，而且种类也很多。从我国哈萨克族的情况来看，从解放初期至今，我们已经从民间达斯坦诵唱人口中搜集整理了三百多部达斯坦。

经自治区民间文艺家协会提议，《哈萨克民间达斯坦》于2006年被列入自治区非物质文化遗产抢救、保护工程；2007年又被列入国家非物质文化遗产保护工程。这是一件可喜可贺的大事。从1980年初开始，在自治区民间文艺家协会的提议之下，民族出版社出版了十八卷哈萨克文版的《哈萨克民间达斯坦》；新疆青少年出版社出版了十卷本哈萨克文版的《哈萨克爱情长诗》。部分专门从事哈萨克民间达斯坦研究的研究人员的专业论文也相继在各类报刊上得以发表。这些都标志着哈萨克民间达斯坦的研究、发掘和保护工程才刚刚开始。

第一，我们应当通过更加深入的研究探讨，进一步丰富哈萨克民间达斯坦这种在人类文明历史上中占据着特殊地位的文化魅宝，使之更趋于完善与完美。

第二,我们应当将《哈萨克民间达斯坦》系列丛书翻译成汉文,从而为汉族及其他运用汉语的少数民族专业人员进行系统的研究奠定文字、历史资料基础。

第三,争取将哈萨克族的一部分经典达斯坦译成英文和其他语种,为国外学者们研究哈萨克民间达斯坦奠定文字、历史资料基础,进而为他们更为系统广泛地研究创造条件。所以,将哈萨克族的民间达斯坦、歌谣、哭丧歌、揭面纱歌、祝福辞、民歌等民族文化遗产列入自治区和国家非物质遗产保护项目是我们这一代人义不容辞的责任。我将通过本文阐述哈萨克民间达斯坦的渊源、种类、核心内容及其在哈萨克民族文化中所占据的地位。欢迎长期在此领域做研究整理工作的专家们批评指正。

哈萨克民间达斯坦的历史

生活在地球上的各类人种的社会制度、生活方式、生存环境等要素不尽相同,精彩纷呈,所以,不同人类文明的产生和发展,与其所处的地理特征相适应,并以不同的方式出现。作为这种文明的一个分支,哈萨克族的民间口头文学是在与哈萨克族的地理生存环境相适应,并应畜牧业生产方式的需求而产生的。

民间达斯坦是在某个特定的历史时期,产生于民间的、特殊的事件,即那些著名人物的奇特而又令人难以忘怀的经历,变成一段段传奇故事和生活写照,后来被民间游吟诗人们以诗歌的形式一代又一代久久传唱,逐渐形成了具有一定规模的叙事长诗。哈萨克族民间达斯坦主要分为英雄达斯坦和爱情达斯坦。而以本族生活为背景传唱的达斯坦也不少。还有一部分达斯坦是以古代阿拉伯传说故事为背景传唱,这类达斯坦也占相当大的比例。以宗教传说为蓝本的达斯坦也可以算作一个类别。所以说,哈萨克民间达斯坦的种类比较多。

还有一个值得思考的问题,即无论是源于本族传说故事的达斯坦,还是源于阿拉伯传说故事的达斯坦，其间涵括的英雄达斯坦和爱情达斯坦都不少。这些已经成为整个人类共同歌颂的主题，成为动人心弦的华美乐章的主题，也就是哈萨克族民间达斯坦的渊源。毫无疑问，这些达斯坦也都是一些被人民群众永远铭记在心底，经久不衰，代代相传的重大历史事件。这些重大历史事件大多数都是英雄事件和爱情事件，所以，哈萨克民间达斯坦的历史非常悠久。虽然其中的一些达斯坦是后来通过游吟诗人之口得以传唱的，但是所述事件的历史却相当古老。

哈萨克民间达斯坦大多数都是在文字还没有产生，或者是在虽有文字，但还没有得以规范而广泛运用的时代，由民间游吟诗人们以口头诗歌的形式诵唱传说故事而产生的。这样一来，由一位民间游吟诗人诵唱的重大历史事件被许许多多的人传唱，代代颂扬，成为了留给后代们的文化遗产。例如：英雄达斯坦《英雄哈姆巴尔》是这样开始的：

“我要放声诵唱英雄达斯坦，
我首先要崇拜唯一的安拉。
我其次要崇拜长寿的天使，
祝愿聚精会神聆听的人们，
千万不要遭遇天灾和人祸。
我要在年富力强的日子里，
诵唱英雄勇士的丰功伟绩。
古代那些叱咤风云的英雄，
没有一个人逝去依然活着。
已成为后代们的楷模榜样。”

从这部英雄达斯坦的这段诗句之中我们可以看出有一个游吟诗人以口头诗歌的形式来传唱百姓长期传唱的一件重大历史事件。以这样的形式传唱的达斯坦很多。例如：英雄达斯坦《阿勒帕米斯》是这样结尾的：

“他以勇猛实现了自己的理想,
他的伟绩丰功一定永世长存。
在此聆听的百姓已如愿以偿,
这部英雄达斯坦已诵唱完毕。”

可以看出英雄的丰功伟绩是通过游吟诗人之口得以传诵的。而爱情达斯坦《少女姬别克》是这样开始的:

“我的身份当然众人皆知,
我可不是歌谣家和诗人。
我将讲述一段传奇故事,
你们会给我公正的评价。”

除了以上三部古代经典达斯坦之外,其他达斯坦中的一些相关诗句也证明这些达斯坦是由游吟诗人以诗歌的形式来传诵的。根据以上例子可知民间达斯坦大多数是由民间游吟诗人将流传在民间的重大历史事件以诗歌的形式传唱下来,然后口口相传,不断被润色整理加工,逐渐趋于完善完美,成为经典文化遗产。随着时间的流逝,文字出现之后,后人们会将这些口头形式的达斯坦记录下来。在历史上,只有那些才思敏捷、伶牙俐齿的游吟诗人才能做到这一点。在上述的例句中,“聆听的人们”、“聆听的百姓”、“我要讲述一段故事” 等诗句就说明了这一点。如果一位游吟诗人一开始就能写出这样的达斯坦,那么他一定会在诗句中提到“我写出了”这样的内容。在近代,也就是有了文字,以及出版印刷行业发展起来之后,在一些游吟诗人撰写的达斯坦中,就存在“我写出了” 这样的诗句,还有一些游吟诗人干脆在达斯坦作品中署上自己的姓名。在哈萨克族中,至今还有许多活跃在各种大型说唱娱乐场合的民间诗人。

我们通过以上的例子说明了民间达斯坦，尤其是像《少女姬别克》、《英雄塔尔根》、《英雄哈姆巴尔》、《阿勒帕米斯》等达斯坦是游吟诗人们将保存于民间的重大历史事件编成诗歌，并以口头说唱的形式表现出来的过程。这些历史事件被诵唱之后，传唱的人就会多起来。有的传唱人会在传唱中不断扩充达斯坦的范围和内容，这些达斯坦在传唱中不断得以润色整理，成为一个民族的经典民间文学作品。在哈萨克族人民的生活中，在文字还没有产生，或者没有得到普及的时代，游吟诗人们的这种重大历史事件诵唱活动就会成为一种群众性的娱乐活动，从事游牧生产的哈萨克族自古就有在漫长的冬季，聚集在某个人家的毡房里，请游吟诗人讲述民间故事趣闻、传唱民间达斯坦的习俗。在我国，这种生活习俗一直沿袭到了1958年。甚至今天在个别地方依然保存着这样的习俗。人们从讲述故事的老人那里聆听故事，从吟唱达斯坦的老人那里聆听达斯坦，已经成为了他们的一种文化习俗。每当冬季，只要阿吾勒里来了客人，主人就会聚集亲友，邀请客人尽自己的义务来讲述故事或者吟唱达斯坦，这种习俗一直延续到了当代。中国新疆阿勒泰地区富蕴县的哈孜木·阿里曼老人可以诵唱百部达斯坦，可谓是活着的民族文化宝库。这样的老人在民间依然很多。他们是达斯坦传唱数个世纪的来源，本身就是民族珍贵的口头文学财富。还有一些在遥远的过去在汗王宫殿里聆听过像《先祖霍尔胡特之书》、《霍布兰德》等达斯坦，并通过具有文字书写能力的人之手将这些达斯坦记录下来的老人，但为数甚少。民间也有一些在近代将古代民间流传的重大历史事件编成达斯坦加以传唱，并记录下来的老人。虽然这类达斯坦讲述的故事发生在久远的时代，但是文字记录工作却发生在近代，所以也会在哈萨克民间达斯坦中占据一席之地，但是却不是民间达斯坦的源头。

哈萨克民间达斯坦的类型

(一)英雄达斯坦

相比之下,哈萨克族的英雄达斯坦比其他民族要多。哈萨克族的英雄达斯坦大都讲述历史上那些保家卫国、功绩卓著、忧国忧民的真实人物的真实经历,以及他们感天动地的事迹。所以,哈萨克民间达斯坦中的相当一部分是英雄达斯坦。从已经在我国整理成册,得以出版的英雄达斯坦中我们可以读到在民间广泛传唱的著名达斯坦:《阿勒帕米斯》、《英雄塔尔根》、《英雄哈姆巴尔》、《英雄霍布兰德》、《克里木的四十个英雄》、《英雄叶尔克额斯》、《英雄吐牙克拜》、《英雄阿合买提》、《英雄托烈汗》、《英雄阿拉吾》、《英雄胡塞》、《英雄艾麦提》、《英雄阔克切》、《英雄哈孜吐汗》等。

长篇巨制达斯坦《克里木的四十个英雄》的一个特征就是它相仿于柯尔克孜族的英雄史诗《玛纳斯》。其中的人物也与玛纳斯家族一样,从爷爷辈到孙子辈,代代英雄辈出。例如:英雄昂夏拜生育了英雄叶吉盖;英雄叶吉盖又生育了英雄阿勒夏柯尔;英雄阿勒夏柯尔又生育了英雄努热丁;英雄努热丁又生育了英雄木沙汗;英雄木沙汗又生育了英雄奥拉克和玛玛依;英雄奥拉克又生育了英雄喀拉塞和哈孜依。这些内容与《玛纳斯》大致相同。

虽然我没有阅读过相关的文字资料,但是曾经听村里的老人们说过:英雄阔克切生育了霍塞;霍塞又生育了英雄哈姆巴尔。我想,这些老人们所说的一切并不是空穴来风,它也有其如以上所述被代代传唱的基础。近代英雄达斯坦有:《英雄沙巴拉克》、《英雄阿布赉》、《英雄哈班拜》、《英雄贾尼别克》、《英雄博甘拜》、《恰和恰克贾尼别克》、《奥勒贾拜》、《英雄叶斯木》、《吉迭拜》、《叶山葛里德》、《英雄乔拉》、《英雄喀拉别克》、《克涅萨热—纳吾热孜拜》、《英雄巴扎尔》、《萨特别克》、《英雄博冉》、《叶斯波恩别克》、《英雄布兰》、《英雄阿尔哈勒克》、《英雄纳扎尔—别克提》、《英雄热依木别克》、《英雄别尔德霍加》、《英雄别葛扎提》。这些作品都列入了民族出版社出版的《哈萨克民间达斯坦》系列丛书之中，还有一部分登载在自治区文联主办的《文学遗产》等文学期刊上。

(二)爱情达斯坦

所谓的爱情达斯坦就是以爱情为主题的达斯坦。美丽的爱情是全人类共同歌颂的，震撼人们的精神世界，被一代代不断传唱的，具有很高精神价值、艺术价值的主题。哈萨克族的爱情达斯坦数量较多，这部分达斯坦，不论是古代的，还是近代的，都以恋人们的亲身经历为主要故事情节，描写受到所处环境限制的，为争取爱情自由而斗争的两部分人之间殊死的搏斗。从结构上来看，这些爱情达斯坦与世界上其他各民族的爱情达斯坦与传说的故事情节大致相同。在哈萨克民族的爱情达斯坦中，流传比较广泛，艺术性强，情节跌宕起伏的爱情达斯坦非《少女姬别克》莫属。而从故事内容上来看，从远古一直被人们传唱的达斯坦则是《少年霍孜与美人巴彦》。这两部达斯坦都有许多不同的版本，既有诗歌体裁的版本，也有散文体的版本。这两部达斯坦不同体裁的版本在哈萨克民间流传极广，甚至也在柯尔克孜、卡拉喀拉帕克等民族中广为流传。

哈萨克族流传在民间的经典爱情达斯坦相当多，最著名的爱情达斯坦是《英俊少年阔孜与美人巴彦》、《少女姬别克》、《莱丽—玛吉依》等。现在，《英俊少年阔孜与美人巴彦》有十六个版本，《少女姬别克》有十个版本，《莱丽—玛吉依》有八个版本。

除此之外，流传比较广泛的爱情达斯坦还有《萨丽哈与萨曼》、《耶恩丽克与克别克》、《安尼瓦尔与库兰达》、《努尔兰汗与阿依古丽木》、《艾西姆与哈丽玛》、《艾布勒玛纳普与阿勒腾恰西》、《萨恒木与祖毕达》、《单身汉与秀发姑娘》、《叶尔旦与巴丽哈西》、《贾尔肯与贾娜尔》等等。除此之外，还有一些长短不一的爱情达斯坦被刊登在了报刊杂志上，在这儿不再赘述。

(三)源自于传说故事的达斯坦

这类达斯坦也比较多。在这类达斯坦中,常出现蛟龙、妖婆、铁爪恶禽、巨魔等虚幻形象。不论源自于故事还是传说,其情节都比较简单,无一例外地反映人民群众的美好愿望。这类达斯坦一般会出现一个孤儿的形象,他会度过艰辛的童年,然后成为叱咤风云的英雄,过五关斩六将,战胜重重困难与妖魔,实现自己的梦想。

这类达斯坦有:《骏马古勒萨累》、《百发百中的神枪手》、《金斧头》、《窃贼与老虎》、《神枪手阿日克》,属于《巴赫提亚尔的四十个分支》达斯坦中的《餐巾》、《夏克木与夏克尔提》、《阿里木与沙里木》、《英雄切里扎提》、《江木萨甫》、《努胡曼与纳恒木》、《木马》、《阿米尔扎达》、《金鱼》、《玛丽坎与哈山》、《慷慨的哈斯木》、《夏合玛冉》、《夏木斯娅》、《铁杖》等等。而《巴赫提亚尔的四十个分支》则是由故事情节相互关联的众多达斯坦构成的鸿篇巨制,是一部闻名于世的伟大作品。这部分达斯坦虽然有着幻想神怪的色彩,但是故事情节表现了古代哈萨克人民生活中活生生的人物形象,也表现了那个时代人民的精神风貌、物质生活,甚至他们的世界观和宗教信仰。

目 录

英雄阿布赉

阿布赉·瓦里(1713—1781)出生于哈萨克族托烈部落的一个贵族世家。他生活的时代正是准噶尔蒙古贵族叛乱,沙皇俄国向哈萨克草原大肆进犯的非常时期。童年时,他怀着父亲被准噶尔叛军所杀害的家仇,怀着国土被侵占,人民被压迫的国恨在各地流浪。成年之后加入了抗击准噶尔叛军的军队,并屡建功勋,使哈萨克民族转危为安。1735年他成为了中玉兹的可汗。

在抗击准噶尔叛乱的长期斗争中,阿布赉成长为了即有政治远见,又有指挥才能的军事战略家,同时也造就了一支能征善战的英雄队伍。1743年,他受到哈萨克人民的一致拥戴,成为了哈萨克民族三个玉兹的可汗。后来,阿布赉率军与前来抗御准噶尔叛军的清朝军队并肩协同作战,并大获全胜。他于1757年6月率哈萨克民族的三个玉兹先后归顺清朝,1771年阿布赉可汗被清政府封为可汗。

03
英雄阿布赉

伟人逝去但他的事迹永恒，
善良的根基永远也折不断。
雄辩家、歌谣家代代歌唱，
将英雄伟人英名传诵远扬。

英雄阿布赉成为哈萨克可汗，
他的英名在大地上四处传颂。
我将讲述汗国的英勇与贤明，
我将如实娓娓道来。

阿布赉的真名叫做艾布力满苏尔，
之所以被称为“萨巴拉克”另有隐情。
人民高呼“阿布赉”战胜敌人，
给后代们留下永载史册的华章。

自古以来游牧迁徙的先祖们，
锡尔河成为他们栖息的故乡。
在后来繁荣壮大的辉煌时期，
中玉兹占据着萨尔阿尔卡大草原。

哈萨克与卡尔梅克人自古争夺土地，

他们侵扰部落草菅人命残害百姓。
他们频频抗衡穷兵黩武连年征战,
他们交替战胜对方炫耀大获全胜。

每一件事自然会有发生的因缘,
世上没有莫名其妙发生的事情。
我将讲述过去久远的一些事情,
你们可别说这究竟有什么意义。

东方曾经产生了一位成吉思汗,
他威震四方曾统治辽远的地域。
他妄图称霸整个大地还有天宇,
他怒吼咆哮暴虐骄横嗜血如命。

我们听说他的原名叫做铁木真,
我们知道他是一个卡尔梅克人。
他足智多谋运筹帷幄,
他魄力非凡造就惊世辉煌。

他让人民称自己为成吉思汗,
他伺机扩张了疆域巩固地位。
他说我就是东方的成吉思汗,
他说我必须主宰这个世界。

他到哪儿就会征服哪儿,
他越来越贪婪变本加厉。
他使全国上下失去了宁静和谐,

他浩浩荡荡的足迹遍及许多地方。

成吉思汗的身后还有四个儿子，
术赤、察哈台、窝阔台和拖雷。
他生前征战足迹所到达的地方，
他逝去后就分封给了四个儿子。

他们分成了几片都各自为政，
他们每人分得了几千顶毡房。
他们只要能主宰大地的四角，
他们就可以压住阵如愿以偿。

他们一个治理右侧另一个则左侧，
他们的鞭子已经能够及整个地球。
他们建立了金帐汗国和银帐汗国，
牲畜、财富、金子和银子堆成了山。

准噶尔戈壁卡尔梅克人的洪台吉，
就是卡尔梅克后代中的一支剽悍强劲。
他们的首领守在巴尔克特山峦，
严防来自印度的敌人入侵进犯。

他们还有一支叫做噶尔丹，
他自己称汗曾经强大极盛。
他只要盯上会吸干他人的血，
他的足迹所到之处到处狼烟。

噶尔丹的继承人叫做苏万拉布丹,
他常常侵扰和平部落并自吹自擂。
他像一支饿狼杀戮居住在锡尔河——
安居乐业休养生息的哈萨克民众。

儿子失去了父亲,女儿失去母亲,
栖息之所支起的锅灶都留在营盘。
他们翻山越岭衣不遮体艰辛备至,
哈萨克人从锡尔河迁徙到了萨尔阿尔卡。

死去的人没有裹尸布陈尸荒野,
活着的人也饥肠辘辘劳顿不堪。
他们已经精疲力尽面黄肌瘦,
他们千里步行迁徙步履蹒跚。

他们步行来到河边聚集一起,
部落的长老们心情沉重说道:
“这就是磨破脚板的大迁徙,
这就是只听说未曾见的灾难。”

往事已经逝去但是依然铭记心中,
卡尔梅克人造成大迁徙磨破脚板。
等后代长大成人将穷人变成富人,
报仇雪恨就是你们不容辞的责任。

成吉思汗的长子叫做术赤可汗,
建立汗国血腥统治哈萨克人民。

术赤之子拔都在辽阔的草原，
竖起了金帐汗国的金色大旗。

额尔齐斯河的两岸是辽阔的原野，
四周是乌拉尔山脉还有咸海环绕。
术赤成了这一带赫赫有名的可汗，
统治着里海、萨尔阿尔卡还有天山。
哈萨克人从来不顺服术赤的统治，
常常与卡尔梅克人作对相互抗衡。
哈萨克民众也曾经是一个汗国，
继续唯命是从该怎么向亡灵交代？

那时有一个汗国就是克烈汗国，
曾经统治着哈萨克的三个玉兹。
汗国犹如雄狮声名在外震天地，
报仇雪恨与其他汗国平起平坐。

克烈成为汗国闻名六部阿拉什，
每个命令都公正不阿传遍汗国。
可汗公正就是全体民众的福分，
他的性情春夏秋冬从不会改变。

他凝聚百姓又聚拢仁人志士，
他倡导和睦和谐走向了安宁。
他高瞻远瞩运筹帷幄看天下，
他总是协商着安排任何事情。

人的理想远大但生命很有限,
人世啊,变幻莫测匆匆流逝。
克烈可汗离开人世远去之后,
人民拥戴贾尼别克成为可汗。

贾尼别克登基继位成为可汗,
他的领导才能可谓技压一筹。
他是大丈夫统治着广袤地域,
他为人民树起了公正的楷模。
他从容应对许多棘手的问题,
他开凿了被堵塞的智慧之眼。

莫热恩德克可汗又继承他的传统,
他曾无数次教导三个玉兹的民众。
哈斯木汗、玛纳西、还有哈依尔,
布依达西、托合木、哈克那扎尔,
齐哈依和赛里木都曾经前后称汗。

要说公正,无人与哈斯木汗媲美,
前辈的精心养育使他鹤立鸡群。
“哈斯木汗的公正之道”闻名遐迩,
成为了一代代哈萨克人的宝贵遗产。

他从民众之中招募仁人志士,
他谆谆教诲热爱和谐的部族。
他奋起抗击进犯的凶残敌人,
他平定叛乱守卫独立的汗国。

09

英雄阿布赉

见多识广的人应当直抒胸怀，
说真话的时机现在终于来到。
以坚强的毅力和过人的智慧，
额斯木汗成为声名显赫的可汗。

人们都说他是高大魁梧的额斯木汗，
人们都说他是高瞻远瞩的额斯木汗。
各个部落前来推举可汗的人们，
找不到半点的瑕疵惊呼他是谁？

额斯木汗也不是平凡普通的可汗，
他审时度势准确预见每一件事情。
他语言犀利，思想深邃，做事干练，
唯一的真主使他发挥才干盖世超群。

他遵循“哈斯木汗的公正法典”，
他制定“额斯木汗的崭新法典”。
他是思想家深谋远虑盛极一时，
他的英明统治延续了许多年代。

后来他年事已高年迈体衰，
让儿子杨格尔继承了汗位。
杨格尔可汗继承父亲的遗志，
杨格尔汗时代汗国再创辉煌。

杨格尔可汗前后迎娶了两位夫人，
一个是哈萨克人一个卡尔梅克人。

她们各生育了一个儿子唤礼命名，
一个叫头克另一个则叫瓦里巴黑。

这两个孩子都是杨格尔可汗的儿子，
他们是两个儿子生于不同民族的母亲。
头克的母亲是一位卡尔梅克姑娘，
大老婆从来不会与小老婆吃醋争风。

杨格尔可汗对两个儿子心满意足，
认为只要平安成长会成为继承人。
他的舅舅对其中的一个颇感兴趣，
提出要求很想收养为自己的儿子。

哈依甫可汗是瓦里巴黑的舅舅，
他也是受民众推崇的一个好人。
虽然他膝下有众多漂亮的姑娘，
只是没有可以继承家业的儿子。

杨格尔可汗就这样送出了儿子瓦里巴黑，
他说老人善于祝福言辞舍不得伤他心。
他说我还有其他的儿子可以继位，
如果不习惯长大以后还可以回来。

舅舅就将瓦里巴黑带了回来，
他实现了心中梦想踌躇满志。
哈萨克人说儿子是经纬，女儿是颜料，
还说女儿是客人，儿子是被拴定的财富。

II

英雄阿布赉

既然杨格尔自己愿意送出后代，
所以他从此不再叫瓦里为儿子。
当后来杨格尔可汗从人间逝去，
儿子头克就顺理成章当了可汗。

他成为了头克可汗统治着百姓，
他不分穷富一视同仁一同关怀。
他具有坚强的毅力新颖的思想，
所以没有人敢于说他治理无方。

瓦里巴黑在舅舅家长大成人，
他在同龄人中显得鹤立鸡群。
他成为了数得上的达官贵人，
受到可汗和民众的赞誉拥戴。

舅家岳丈家都是男子汉的家，
仅仅需要他与周围打成一片。
他将这个部落当成自己家乡，
他成为老弱妇幼的一座堡垒。

他治理部落有方曾经盛极一时，
他曾经打退了敌人无数次进犯。
在哈萨克人与卡尔梅克人的征战中，
瓦里巴黑冲锋陷阵不幸被敌人杀害。

他只有一个儿子，成为了孤儿，
儿子出生时曾经起名叫阿布赉。

这孩子没有因为是孤儿而怯懦，
却成为了这一带有名的捣蛋鬼。
在邻里虽是捣蛋鬼，但对敌人严酷，
只要敌人进犯，就会只身攻破防线。
他被周围的人们称为“屠夫阿布赉”，
只要一时性起他不会怜悯任何敌人。

敌人进犯，他是冲锋陷阵的勇士，
他从来不会想到面临死亡而退缩。
俗语说：飞毛腿也会有失足之时，
在与卡尔梅克人的一次征战中牺牲。

他是保卫国家部族的一位英雄，
他从来没有想到劫难正在逼近。
他在征战中遭遇劫难牺牲性命，
他的身后也留下了独苗苗一根。

哪有随着死去的人一道死去的道理，
他的儿子也在艰难困苦中长大成人。
父亲当年曾经专门起名叫“瓦里”，
那是他想让孩子牢记祖父的尊名。

听说了这件事的人们都会发笑，
将祖父的名字起给孙子算什么？
所以好事之人又给他起了一个别名，

认为叫“阔尔克木瓦里[1]”很在理。

他是与身下骏马般配的英俊小伙，
他出身显贵肯定成为优秀的后代。
他会成为六部阿拉什中的佼佼者，
他会成为统率千军万马的领头羊。

这位王子长得绝顶聪明又英俊，
他显得多才多艺已经长大成人。
看到他的人们都会连声地惊叹，
他就是托烈贵族最优秀的后代。

他是统领又是抗击敌人的英雄，
他在搏斗中打得敌人落花流水。
在哈萨克人与卡尔梅克人的激战之中，
阔尔克木瓦里也不幸被凶残敌人杀害。

哈萨克人遭受卡尔梅克人的百般蹂躏，
他们生灵涂炭，陷入了饥饿度日如年。
敌人洗劫了他们只剩下光秃秃的营盘，
人们七零八落徒步去各地寻活路流浪。

征战中阔尔克木瓦里牺牲了性命，
留下了年轻的妻子随众飘落四方。

①阔尔克木瓦里：俊美的瓦里的意思，以此与祖父之名加以区别。

年轻的女人美丽动人何以独守空房?
后来她又嫁给了塔什干的一个男人。

因为没有人选可以族内继婚,
因为没有住所无法继续生存。
虽然腹中怀着六个月的可汗之种,
她为了继续生存只能重新嫁了人。

后来她生下了腹中的遗子,
后来她就在那边生活栖息。
她给孩子起名叫做“艾布力满苏尔”,
这个孩子已经长成了十四岁的少年。

继父欺辱他显得天昏地暗,
继父视他为自己的眼中钉。
有些人已经在背地里指指戳戳,
说这孩子是哈萨克人留下的种。
这个孩子的天性与常人不能相比,
这个部落没有孩子可以与他媲美。
他生性冷静,思想深邃,说话果断,
见到的人们个个惊叹问他是什么人?

说他父亲是哈萨克人人们更加惊奇,
连声问起那个哈萨克人现在在何方?
有一天孩子向母亲询问父亲的情况,
然后就扯开嗓子高声痛哭令人悲恸。

15

母亲讲述了事情的来龙去脉，
讲述了自己如何嫁到了远方。
讲述了孩子的父亲、祖父和曾祖父，
如何在与卡尔梅克人的征战中丧命。

母亲说：我不知他们古代先祖在何方，
只知道他们休养生息在阿尔卡草原。
你还年幼还是个羽翼未丰的嫩小子，
万不能只身一人去寻找自己的部族。

“母亲啊，请你不要如此哄我，
你别哭诉孕育了我整九个月。
你别怕我长大成人会撇下你，
你得赐予祝福不要极尽诅咒。

即便你将我拴住我也不会待在这里，
即便将我推举为突尔克斯坦的苏丹。
与其每一天都义愤填膺得不到安宁，
不如回归家乡当一只鞋垫我也无憾。

母亲啊，千万别让我留在这异乡，
孤儿在异乡绝不会得到雨露阳光。
人们说我没父亲，没骨肉，没故乡，
我无法忍受听到的闲话不愿意久留。

我无论如何也要回到远方的故乡，
谁会与我来争夺上天赐予的福分。

只要我活着回去一定会报仇雪恨,
我要向杀死三位先辈的敌人复仇!”

母亲听了这话实在无言答应,
孩儿也绝不改变回归的念想。
他一路开拔向着自己的故乡,
母亲从此与他失去联系天各一方。
艾布力满苏尔就这样毅然上路,
他一路游历各地一直向前挺进。
他在路上就想知道部落的境况,
找到了大玉兹的托烈毕官大人。

他从来没有听说过见过托烈毕官,
他只是向某个人问清了他的情况。
他认为既然是毕官肯定知道原委,
他主动上前向托烈毕官行礼问安。

毕官仔细打量着这个远来的孩子,
认为他不是生于凡夫俗子的后代。
虽然他戴着破帽子穿着破旧衣裤,
依然是双眼炯炯气力超群的少年。

如果是鸟,他就是雄鹰的雏鸟,
如果是人,他就是个尊贵的人。
如果他平安长大跃上战马,
他会成为率领民众的猛将。
“孩子啊,你是贵族?还是平民?

你叫什么？是否知道先祖的根基？
你在哪儿出生？哪儿生活？又来自哪里？
如果没有根基，你怎么会如此一路走来？”

“毕官大人，我是漂泊四方的可怜人，
我的父亲已经战死，母亲遭到凌辱。
我不知道人们给我起了什么名字，
我也没有啥亲戚可以告诉我一切。

我不知道故乡在哪里？属什么部落？
打问不明白的事情肯定会麻烦缠身。
我自己也不知道自己的身世和姓名，
我恳求您这位长辈来给我起个名字。”

“我仔细打量观察你这孩子的相貌，
我不知道你以后是否会功成名就。
我看你的头发疯长且乱蓬蓬一片，
我看起名为‘萨巴拉克’[①]就合适。”

孩子没说不行，只是点了点头，
毕官则想这个孩子很有些来头。
他只是偶尔长长地叹一口气，
除此之外，再没有其他声息。
他根本没有想这个名字有损尊严，
有人叫“萨巴拉克”他总是答应。

①萨巴拉克：蓬头垢面的意思。

看见的人就笑,听到的人便惊诧,
人们说这个名字与他的模样般配。

孩子的心思却很辽远性情特异,
他从不与任何人交谈敞开心扉。
他成为了托烈毕官的助手侍从,
他想其他的事情以后慢慢再说。

这个少年力气过人智慧超群,
任何事情都赶在同龄人之前。
仔细去观察少年的言行举止,
他成为羊倌手执羊鞭去牧羊,
他早起晚归还要去劈柴生火。
他认真做好交代的每一件事情,
他以沉稳的性格博得毕官器重。

他放下了羊群开始牧放驼群,
他牧放什么牲畜都非常在行。
他砍柴,驮行装,捣制酸奶,
他拴起了马驹,还会挤马乳。

毕官也十分关注这个沉稳的少年,
他暗地里常常观察着每一件事情。
如果我的老婆生育了这样的儿子,
我本人对真主不会再有任何奢望。

萨巴拉克从不会厌倦任何事情,

他遇到棘手之事不会窘迫困顿。
他将每件事情都做得四平八稳，
他所做的事情比任何人都出色。

萨巴拉克总是舒舒服服地睡去，
萨巴拉克总是把枕头放得很高。
萨巴拉克总是将两条腿睡成八字，
萨巴拉克总是将两只手左右摊开。

他睡在那儿脑袋却枕得挺高，
他总是将胳膊大腿放开拉平。
他的睡姿和睡眠都异于其他人，
托烈大人弄不清原委感到头痛。

有一天那一带举办了一次婚礼，
这少年突然想去看看那个场面。
毕官说："你别去，我会带礼物给你，
牲畜没有人放牧，阿吾勒无人看管。"

是个富人举办的婚礼异常隆重，
他为托烈毕官端上了牲畜头肉。
他割下一片肉放在了肉盘之中，
其他的都用手巾包了起来装好。

他想将此当做礼物给萨巴拉克，
托烈毕官还想再考验他一两次。
他将包裹交给了身边的随从，

叮嘱他回去要交给萨巴拉克。

“请你作为礼物交给萨巴拉克,
请你在那里观察他当时的神情。
请你将看到的和听到的告诉我,
千万不可再加上一句半句假话。”

随从带着头肉回去说这是婚礼的礼物,
但是萨巴拉克放牧归来已经酣然大睡。
他高枕脑袋双臂双腿大大叉开,
随从为他放肆的睡姿感到惊讶。

萨巴拉克醒来之后一阵慌乱,
他睁着眼睛四处不停地打量。
随从问:“你为什么如此地惊恐?”
萨巴拉克当即给他这样的回答:
“我梦见卡尔梅克大军进犯部落,
我梦见自己正与他们浴血奋战。
我以为这是真实却只是一场梦,
我为此而惊醒一阵慌乱和惊恐。”

随从将毕官交与的头肉交给了他,
说这是毕官从婚礼上带回的礼物。
萨巴拉克接过后去泉水那儿洗了脸,
然后叫来了自己的同龄朋友和伙伴。

“快来吃婚礼的鲜肉!”他这样叫道,

"吃不饱也该来尝尝毕竟是婚礼喜食。
这是毕官大人从婚礼上带来的礼物，
即使去不了也可以知道婚礼的盛况。"

他们听罢一涌而来盘腿坐在了一起，
萨巴拉克割下耳朵眼睛递与了他们。
剩下的都自己吃了还啃吃了羊头肉，
他们笑着说祝婚礼成为欢庆的节日。

随从对萨巴拉克的举止惊叹不已，
这可是孤儿不一定有的文雅行为。
"你自己都吃不饱还要送给别人，
这种慷慨难道与你这个人相配?!"

"他们是我的眼睛，是我的耳朵，
只要手中有送给别人当然就好。
前人们给我们留下了至理名言：
通过送人食物广泛地认识社会。

他们与我同龄是我的亲密同伴，
他们与我同在我不会烦恼寂寞。
人帮人才可能将日子过得舒坦，
您难道见过独自一人生活的人?!"

随从看到了这一切便惊诧不已，
随从为耐人寻味的回答颇感动。
随从将自己看到听到的这一切，

点滴不漏地告诉托烈毕官大人。

托烈毕官观察他已经许多时辰，
知道随从说的话没有丁点虚假。
托烈毕官说他可成为部落的首领，
只要他平安而又勤奋地活在人间。

他将双臂双腿向四方叉开，
这说明他心想着统领四方。
他将自己脑袋高高地枕起来，
这说明他会成为民众之圣贤。

这个少年的行为至今是一团谜，
最近不知道他还会有什么举措?
虽然少年并没有吐露自己的心声，
但是托烈毕官已了解了他的心事。

少年不再牧放驼群开始牧放马群，
他调驯的烈马成为了骑用的神骏。
他能将从不让佩戴笼头的烈马，
调驯得凄声嘶叫乖乖束手就范。

托烈毕官自己准许他牧放马群，
智慧少年扑下身精心喂养马群。
还说你想骑用哪一匹都由自己，
千里马、神骏、良马由你驰骋。

23

英雄阿布赉

他冬天将马群赶到远方牧地，
他夏天在阿吾勒拴马挤马乳。
夏热西率领卡尔梅克军队来进犯，
他们妄想将哈萨克军队一举歼灭。

所有的男子汉都跃上了马背，
有尊严的男人都会奔向疆场。
萨巴拉克也坚决要求去打仗，
他根本听不进别人的好言相劝。

“你还太小，别去与敌人相拼，
你会被长矛戳成一团团泥浆。
留在阿吾勒看好牲畜猎狗家禽，
这与你上战场打了仗一模一样。”
听了这话少年陷入了沉思不言，
“劫难已来临谁能逃脱命运？
我一直寻找的宿敌找上了门，
我不去与他们搏斗如何忍耐？！

为了复仇，我舍弃自己的母亲，
为了复仇，我将生命置之度外。
不能为父亲还有祖父报仇雪恨，
难道只能沦为卡尔梅克人的奴仆？

大旗猎猎，我怎么可以落下？
大军浩荡，我怎么可以等待？
如果我像害怕狂风的兔子缩回去，

就会遭耻笑,这是男子汉的羞辱。”

他说完这番话便大步流星离去,
他甚至没有讨要可骑用的战马。
托烈毕官甚至没让他带上食物,
只因为他不听人劝告一意孤行。

毕官想:“只要长大他会成为英雄,
会成为一个力大无比智慧超群的人。
他现在还是羽翼未丰的孩童,
他会不会在战场上夭折丧命?

他长大成人一定会为人民谋利,
他会成为享用人民马驹的勇士。
只要听话,那一万匹马就属于他,
毕官爷爷还舍不得送他一匹神骏?

他既然不听话想离开就由他去,
他可以抓住马驹骑上或者不骑。
他没有战马和兵戈仿佛像赴宴,
他想去杀敌复仇只能由他自己。”

萨巴拉克这一走再也没回头,
他背负着苦难和宿怨漂流四方。
他没有战马、兵戈,衣衫破烂,
他穿过村庄聆听着前方的战况。

25

他一心想与卡尔梅克人交手拼搏，
他一心只想为父辈们报仇雪恨。
他虽然没有战马没有兵戈，
但是他下定决心抵达战场。
有谁知道萨巴拉克的雄心壮志？
有谁会给予他战马，还有兵戈？
他穿越村庄不停地赶向鏖战的疆场，
前面突然出现了一个富裕的阿吾勒。

他慢慢地靠近了这个阿吾勒，
他向一位饮马的人问了境况。
原来这是铁木尔拜的阿吾勒，
他拐身进了阿吾勒想喝水解渴。

他彬彬有礼进了毡房行礼问安，
只见富翁大人与老伴坐在正堂。
富翁见是一个既不认识又脏兮兮的少年，
便问道："我没见过的这个少年是何人？"

铁木尔拜接纳了礼问起了行踪，
他仔细询问了他的部属与父亲。
他问："你从哪儿来又要去何方？"
他问："你叫什么名字请告诉我。"
少年回答："我是浪迹天涯的少年，
我不知道自己的部落现在在何方？
谁对我好我就认他为亲近之人，
我是四处漂泊的一位可怜孤儿。

我不知道父亲叫什么又姓什么?
我只知道人们叫我‘萨巴拉克’。
我不知这是父亲起的名字还是他人?
我从来还没有仔细追究个中的缘由。

谁抚摸我的额头谁就是我的父亲,
谁要吹胡子瞪眼我就会心神不定。
我身前没兄长身后没有小弟可依靠,
我来到人间身世堪称奇异不堪回首。”

铁木尔拜惊异地听他来讲述,
惊愕于那双炯炯发亮的双眼。
他没有继续询问停顿了片刻,
他只是频频打量少年给予关注。

“既然你没有可以依靠的亲人,
没有事情为何穿越许多村庄?
我们这儿有饭吃又有衣服穿,
如有能力牧放还有成群牛羊。
你来这儿做客好好歇息几天,
还要好好地想一想该去的地方。
你徒步行走来到了我们的家族,
我们不会为你支锅做饭请随意。”

萨巴拉克点了点头仿佛同意,
他逗留了一个礼拜有所思虑。

27

英雄阿布赉

富翁与老伴没有告诉本族人，
只在私下里进行了多次商议。

“即便你怀胎九个月又十天，
也不一定生育这样的孩子绝顶聪明。
这个孩子是一个出类拔萃的人，
不如咱们收养他为自己的孩子。

我的膝下至今没有一个孩子，
除了安拉，我还能责怪谁呀？
即便你能生下孩子也不过如此，
瞧瞧这孩子长得的确与众不同。”

老伴听了这话犹如喜得贵子，
她好像真心疼爱这个好孩子。
铁木尔拜说了许许多多的话语，
结尾时说出了火上浇油的遗憾。

“孩子呀，我看见了你满心欢喜，
我渴望能得到呱呱坠地的孩子。
我身边有的是亲朋好友和侍从，
但从来不会随我一起走出毡房。

我现在给你说一件重要的事情，
你是否能留在这里给我当孩子？
我老了之后牲畜财产由你做主，
我死后你可以平安地光宗耀祖。”

萨巴拉克对此并没有异议，
富翁与老伴当然喜出望外。
但他依然渴望奔赴战场杀敌，
只是想上战场不分早早晚晚。

他就这样成为了铁木尔拜的养子，
铁木尔拜成为了这个孩子的依靠。
萨巴拉克将所有的事情做得井井有条，
萨巴拉克就这样长到了一十八岁年龄。
铁木尔拜有大老婆也有小老婆，
妯娌之间常常有摩擦心生嫉妒。
红眼鬼们散布着谣言蛊惑人心，
说萨巴拉克与小老婆关系暧昧。

这种闲话不时传进富翁耳里，
人们都说萨巴拉克行动诡秘。
处处都流传着这样的闲话，
萨巴拉克自己也听到言传。

萨巴拉克无法忍受这样的污辱，
他在人们当中也感到无地自容。
他怒火万丈下定决心离开此地，
他想去眼不见心不烦的遥远地方。
男人一言既出驷马难追上，
闲话流传很难将它来收拢。
有人说起闲话简直口无遮拦，

很难将他们的嘴用针线缝紧。

有一天少年对养父铁木尔拜说：
“你是父亲我是你儿子和睦相处。
哈萨克人与卡尔梅克人正在交战，
我特别想去战场参加战斗去拼搏。

我白白受到了邻里闲话的污辱，
我怎么好下贱地乞求别人救我。
您给了我乘骑，供我以饭食，
但您的亲戚却个个急红了眼。

卡尔梅克人的势力强于哈萨克人，
每逢交战就会欺辱镇压同胞弟兄。
男子汉当然要为部落的尊严去战，
我待在家里无法继续忍受和等待。

提起敌人，我的生命就会燃烧，
提起卡尔梅克人千仇万恨翻腾。
父亲啊，请您允许我奔上战场，
或打败敌人凯旋或者以身殉难。”

铁木尔拜垂着头思考了良久，
心中油然地升起一股股忧愁。
家族里的闲言碎语何时能了，
亲戚们急红了眼成为了内敌。

“你沐浴福祉,亲戚们看着不顺眼,
你没有财富,亲戚不会给你分点。
我也听说了令人难堪的碎语闲言,
亲戚们不会罢休直到将我们分开。

真主赐福你成为了我的儿子,
我们父子相互之间尊敬疼爱。
我一直在等待着吉祥的日子,
只想为你举办婚礼迎娶新娘。

走多了马会失蹄,听多了男人会丧气,
众多坏人的闲话令人难堪又着急。
那些丧尽天良又没有羞耻的小人,
正在煽风点火将我们生生地分开。

虽然有心,我没有实现壮志,
虽然憧憬,我没有再往下想。
即便强迫你也不会久留此地,
因为闲话四起令人垂头丧气。

我曾经恳请你成为自己的儿子,
我曾经视你为己出给予你疼爱。
你需要多少牲畜财富就拿走,
只要活着啊你一定会惦念我。

你决意要走我不会阻拦,
你如果回还我不会认生。

你可以带走自己住的毡房，
我绝不会吝惜任何物品。”

“父亲啊，虽然不是亲生却慈爱有加，
闲话在我俩之间点起了罪恶的火焰。
首先请你一定寄予诚挚的祝福，
其次我请求给我五岁的黄褐马。

我亲自调教它为它戴上了笼头，
我在众多的马中对它情有独钟。
人们都说骏马是男子汉的翅膀，
除此之外我对父亲您一无所求。”

萨巴拉克赢得了祝福跃上了马背，
萨巴拉克手持着寒光闪闪的兵戈。
年轻的勇士犹如雄心勃勃的狮子，
他直奔哈萨克—卡尔梅克人激战的疆场。
三个玉兹所有的将士聚集一起，
哈班拜收拢中玉兹的仁人志士。
博甘拜率领着大玉兹浩荡的大军，
中间还有艾布勒曼别提竖起大旗。

中玉兹与小玉兹联手作战牵制敌人，
他们有众多的英雄一个比一个强悍。
萨巴拉克径直去找了博甘拜英雄，
认为两地相距较近专程抵达那个地方。

萨巴拉克给博甘拜行礼又问安,
英雄博甘拜猛然回首问这是谁?
意气风发的少年身骑黄褐骏马,
毕恭毕敬地站在了英雄的面前。

“您要问,我的名字叫做萨巴拉克,
我骑的战马属于铁木尔巴依家族。
国仇家恨使我无法在家安睡闲待,
我前来就向卡尔梅克人讨还血债!”

博甘拜没有做出任何回答,
仿佛对他的回答心满意足。
博甘拜只是频频打量他的容貌,
他打量英俊外表聆听他的话语。

“孩子呀,跟着我冲锋陷阵不会错,
我看着你的言行举止便颇为喜欢。
对敌人来说,你的威风犹如一道雷电,
如果想报仇雪恨我当然会让你上战场。

你先当我的侍从待在我的身边,
有的小伙子向来喜好自吹自擂。
看你的外表你不会屈服于任何敌人,
但是你还是得亲眼看看惨烈的战场。”

萨巴拉克久仰博甘拜的大名,
但从没有近前把他仔细打量。

萨巴拉克上上下下急急地欣赏，
他的双眼紧紧盯着博甘拜英雄。

博甘拜身材魁梧个头又健壮，
肤色黝黑，高鼻梁，双眼深沉。
长下颌，双眼犀利，高高的眉头，
浑身透着一种威严令人满心欢喜。
他的手指圆润而且修长，
他的身体健壮能压弯马背。
他如果高呼口号："玛彦拜！"
那声音洪亮高昂使大地震动。

他身上具备英雄的所有素养，
他做的每一件事都在理在情。
他身下骑着训练有素的火红骏马，
周围没有一个人骑用这样的战马。

既然英雄选中他为自己的侍从，
萨巴拉克前前后后随英雄而动。
博甘拜对萨巴拉克极为关注，
心想这个少年终会成就伟业。

哈萨克人卡尔梅克人激战三年有余，
他们无法征服对方只能不停地拼搏。
虽然几次休整几次发起了猛烈进攻，
哈萨克人依然难以降服卡尔梅克人。

率领着卡尔梅克大军的噶尔丹色楞，
他是可汗也是一个赫赫有名的英雄。
艾布勒曼别提号召哈萨克奋起反抗，
你钦佩他找不出他的丝毫不是之处。

卡尔梅克大军最威猛的要数夏热西，
噶尔丹可汗最为器重的是这位将领。
放眼打量所有哈萨克人卡尔梅克人，
没有人可以与夏热西勇士平起平坐。

那是高大严峻铁塔似的壮汉，
仿佛一个人具有百人的气力。
腰上戴着手臂一般的镶银腰带，
他的头盔恰似一座丰碑高高耸。

他不仅力大无比还足智多谋，
一千普特的巨石他轻轻提起。
千夫之力比不上他一人的力量，
只要有把儿他甚至能把地球转动。

他生来高大威猛还趾高气扬，
说是天下没有人能与他抗衡。
他骄傲自大像扯满风的白帆，
他的功绩显赫声名已扬天下。

他身下骑着训练有素的黑骏马，
腹部的肚带绷得匀称而又结实。

战马的胸佩、鞍鞯还有马鞍，
都精心制作镶着灿灿的金饰。

他身挂五种锋利尖锐的兵戈，
他勃然大怒谁也休想再活命。
他怒吼声声奔上战场决斗之时，
众兵沸腾却无一人敢与他对阵。

哈萨克人这边许多人与他相拼，
但都被他打败他更加趾高气扬。
那些自诩为勇士以一敌百的人，
都被他轻而易举地戳在了矛尖。

博甘拜、哈班拜都是众兵之首，
都是艾布勒曼别提可汗的参谋。
博甘拜英雄挺胸而出要去决斗，
艾布勒曼别提却不允许他上场。

首领应当高擎大旗率兵站在高岗，
天下绝没有首领一马当先的习惯。
首领倒下就意味着大旗倒下，
军队节节败退即刻闪在眼前。
博甘拜站在那儿脸色变得阴沉，
他睁圆一双火眼眉头凝着沉重。
卡尔梅克人的欺辱令他无法忍耐，
他在此挺身而出准备一对一决战。

艾布勒曼别提却执意不许他决斗:
“你如果倒下旗帜就倒下大军溃散,
难道你的队伍没有男子汉敢挺身?!
如果真有,你就该将他推上疆场!”

夏热西催叫“快让大力士上场!”
你们已经耽误了我的许多时辰。
否则立即就把旗帜放倒败下阵,
为了等你们我的战马腰都要断!

博甘拜不想听从可汗之劝,
博甘拜一意孤行要去对阵。
萨巴拉克跪倒在博甘拜面前,
请求让自己上场一对一开阵。

“孩子呀,你不能去,年龄太小,
他的力量赛得上你的十倍百倍。
你从未参战且还太年轻,
他却身经百战且诡计多端。

你不会战败他只会去送命,
你不会生还我会愁肠寸断。
你先留着,让我前去迎战,
你高擎大旗站在这儿等我回返。”

“我死了,你不过失去了一个少年,
死不了,你就可以除掉心头隐患。

你该放萨巴拉克赶去与敌人死战，
我心怀着整整四代人的深仇大恨！”

所有的人都回眸静候观望，
萨巴拉克执意要奔上战场。
英雄博甘拜实在是不忍心，
不忍心放开少年前去送命。

有人前来求他让少年快上场，
有人说应该考验少年的顽强。
他看起来是个豪爽英勇的少年，
没有自信他绝不会白白去送命。

博甘拜听了心动便允许少年上场，
众多的士兵该看到最精彩的一幕。
少年一一细看了自己的五种兵戈，
少年跃上黄褐马准备出发去迎战。

萨巴拉克跃出人群高呼“阿布赉！”
萨巴拉克直叫：“夏热西你在哪里？”
夏热西目中无人根本就不予理睬，
只说了声：“这毛孩子前来送死！”
“毛孩子呀，你可别逞能惹火烧身！
我们卡尔梅克人没有这样的习惯。
难道你没有亲人们将你助佑辅佐，
你太小，不能参战，你该想一想！

像你这样的孩子就应当随毛拉诵经,
像你这样的孩子应当骑着小驹欢奔。
你们的队阵没有小伙子,只有少年,
难道剩下的都不是男人,均是女人?
难道哈萨克人开玩笑拿你当炮灰?
抑或是用你来嘲笑玩弄我这个人?
我站在这儿已经难以忍受屈辱,
我恨不得拧下来你的脑袋把玩!”

“夏热西,你别为我是少年而遗憾,
你别怜悯我,说我现在年少势单。
你该明白力气这东西从不认祖宗,
你难道还以为自己可以活过今天!”

“孩子啊,你要上阵必死无疑,
你要上阵等长大后再来相拼。
你以为自己的部落做的合适——
把未经战事的孩子推到前边。

哎呀呀,哈萨克人这样嘲弄我,
世界上没有比这个还大的羞辱。
我会应邀上战场并让你先出手,
我会像拧下松鸡头拧下你的脑袋!”

“夏热西,自古是卡尔梅克人先出手,
你不要半道上随意改变这样的传统。
有什么话就快说,你必死无疑,

无论如何，劫难都在将你等待！”

“毛孩子，我不想听你的冷嘲热讽，
你说起话来呀应付自如左右开弓。
我年方十九岁就精于打仗杀人，
我大吼一声你就无法忍受痛苦。”

犹如山坡上的石头滚落一般，
论辩败阵的夏热西难忍耻辱。
他挥鞭扬马向着少年横冲而来，
飞扬跋扈携带着利矛一试身手。

他在双手掌心唾下口沫攥够了劲，
他的双眼透着杀气犹如火一般红。
他带着长矛一路奔了过来，
他憋足力气一路投将过去。

有力的大手投过了锋利的长矛，
戳在敌人银铠甲上闪出了寒光。
夏热西自己都不敢相信自己，
只见那长矛的矛尖已经弯曲。
萨巴拉克高呼口号“阿布赉！”
他一把夺过了已弯曲的长矛。
他又猛抽身下的五岁黄褐马，
他飞奔而来开始向敌人还手。

他骑着五岁黄褐马像团火，

那黄褐马像子弹一般飞奔。
只见利剑朝脖颈猛砍下去，
只见夏热西的脑袋滚落在地。

只见夏热西的脑袋滚落在地，
看到的人半信半疑呆在那里。
当头盔“咣”一声滚落在地，
只见高大的身躯还在马背。

利剑挥过无人看到多么的神速，
个个都惊呼就像幻影一般掠过。
当头盔“咣”一声滚落在地上，
那健壮野性的尸体也重重地摔落。

双方的士兵都看到了夏热西倒下，
卡尔梅克士兵个个抱头痛哭失声。
萨巴拉克掉转流星般飞奔的马头，
赶紧转身查看夏热西毙命的尸体。

他坐在马背用马鞭挑起了头颅，
他将头颅紧紧压在自己的胯下。
他高呼口号，让人们快快上马，
他们正午时分发起猛烈的攻势。

卡尔梅克大军节节败退一路逃命，
除了节节败退他们又奈何了什么？
哈萨克军队势众力大横拦在前面，

卡尔梅克大军似没有领头羊的散兵游勇。

卡尔梅克人就这样向后节节败退，
一旦逮住哈萨克人会让他们毙命。
有的胆小鬼还装成了死鬼，
在沟沟坎坎僻静之处藏匿。

卡尔梅克大军没有停顿节节败退，
他们再也无法聚集一处重整旗鼓。
每一个人都为保住性命奔忙，
无法弄清谁还活着谁已送命。

卡尔梅克大军节节败退犹如大海退潮，
他们再也没有转身打量已经惊慌失措。
他们越过塔尔巴哈台东部山峦，
他们一直抵达了巴尔克特山梁。

哈萨克人不会对败敌穷追不舍，
没有人会跨越古老悠久的传统。
他们亲眼目睹了敌人的惨状，
他们深信没有对手可以匹敌。

哈萨克人战败了敌人凯旋回返，
哈萨克人聚集在一处高地清场。
他们清点谁已战死谁依然活着，
他们尊拜安拉请求给予的宽恕。

艾布勒曼别提将各路可汗们聚集一处，
他尊待犒劳手下英雄勇士的汗马功劳。
他叫来博甘拜细细询问征战的经过，
“那个骑着黄褐马独自上战场的是谁？”

博甘拜回答：“那就是英雄萨巴拉克，
他说自己没有父亲是一个孤苦的孩子。
他是我身边形影不离的一个随从，
他从来不提起父辈总是紧闭其口。”

艾布勒曼别提很想知道他的家族，
他认为这个少年可不是俗子凡夫。
“博甘拜，你将随从叫到这里来，
我倒要看看骑着黄褐马的美少年。”

萨巴拉克应邀急忙赶到了宫殿，
一进门将敌将的头颅扔在了那里。
那脑袋上还留着胳膊般的粗辫子，
看到的人都恶心呕吐转过了脸颊。

人们看到了被割下的那一颗头颅，
人们看到了从鞍鞯上取下的头颅。
艾布勒曼别提惊异于少年的勇猛，
他留在那儿与少年开怀畅谈家世。

“孩子呀，你的口号为何是‘阿布赉’？
你从哪儿找来了从来不曾有的口号？

43

英雄阿布赉

请告诉我阿布赉到底是什么人？
我为没有听到过的口号而震惊。
你还是少年便具有勃勃雄心，
我为你的勇敢无畏自豪骄傲。
你叫什么？父亲是谁？属哪个部落？
我非常欣赏你，请快将这些告诉我。”

少年回答：“阿布赉是我的祖父，
他是对敌勇猛声名显赫的英雄。
他是一名勇敢而且威猛的战神，
我高呼他的尊名作为助战的口号。

我的这位祖父是位超群的英雄，
他曾经战败了许多挑衅的敌人。
他面对着敌人绝不会犹豫不决，
人们都曾经称他为‘屠夫阿布赉’。

他在一次战役中死于敌人之手，
他在人世间生活了不长的岁月。
没人会将自己的名字当做口号，
所以没有人知道他的尊名大姓。

人们说曾祖父叫瓦里巴黑，
人们又说祖父叫做阿布赉。
我的父亲叫做阔尔克木瓦里，
给我起名叫做艾布力满苏尔。

他们个个都是显赫的英雄,
他们都以一挡十与敌交战。
曾祖父、祖父与父亲惨死敌手,
我怀着一腔的愤怒与怨恨参战。”

艾布勒曼别提聆听了少年的诉说,
他坐在那里只管不停地点头称是。
都说一个家族总有出人头地的人,
原来那个人就是这位英雄的少年。

艾布勒曼别提这样对少年说道:
“你的先祖名字叫做额斯木汗。
额斯木汗又生育了杨格尔汗,
杨格尔汗生育了瓦里巴黑与头克。

头克生育了阿布里海依尔与包拉提,
包拉提又生育沙莫克与艾布勒曼别提。
艾布力满苏尔你就是我的兄弟,
请你将先祖的系谱牢记在心间。
你没穿上孝衣而穿着囚衣,
熟知先祖的系谱最为可贵。”
艾布勒曼别提搂着自己的后代,
顷刻间悲痛欲绝而且老泪纵横。
“你的气质和勇敢都分外抢眼,
你出生成长在阿拉什的地域。
你原来是堂叔兄长的孩子,
自小被舅舅家族接去养育。

原来我们出生同一家族同一部落，
孩子啊，你的所见所闻都是传奇。
你犹如原野上烈性的野马之驹，
你出生成长在远离部落的地方。

我就是头克汗的亲生孙子，
你则是瓦里巴黑的曾孙子。
瓦里巴黑和头克汗是亲兄弟，
我将让你来继位你来做主人。

在你趋于成熟之前就随我左右，
听取我的教诲获得知识和技艺。
我对你没有什么可以吝啬之处，
然后你来继位成为我们的可汗。

你高呼'阿布赉'勇敢冲向敌阵，
我曾想一个毛孩子会有什么作为。
意气风发的少年为了部落的尊严，
去面对公牛一般横冲直撞的敌人。

我从此改口就叫你'阿布赉'英雄，
萨巴拉克、艾布力满苏尔通通作废。
祝愿先祖的圣明永垂青史，
犹如天上的星辰永远闪烁！"

从此萨巴拉克改名叫阿布赉，

赢得了德高望重的长辈祝福。
他的贤能像一段传奇传遍四方，
他的勇猛更是口口相传人皆知。

阿布赉的勇敢坚强威震四方，
所有人都敬佩有加赞誉声声。
虽然夏热西丧命，敌人受了重创，
但是他们并没有缩回老窝舔伤痕。
卡尔梅克人妄想消灭阿布赉——
除他之外，谁可与我们匹敌？
他年轻力壮，生性勇敢威猛，
他不死，卡尔梅克人永无安宁。

噶尔丹色楞苦思冥想各种诡计，
他企图马上为夏热西报仇雪恨。
他赶来了成群结队的牛羊马驼，
扬言谁杀了阿布赉就赏赐与谁。

有人这样生活有人又那样生活，
生活曾经使无数的人误入歧途。
他常常与出卖灵魂的一个小人，
私下里串通获取各种动向情况。

就这样又过去了许许多多年之后，
卡尔梅克人依然铭记夏热西之仇。
噶尔丹可汗扬言一定报仇雪恨，
他不可一世招兵买马蠢蠢欲动。

他派遣小人打进哈萨克人内部，
处处监视摸透了阿布赉的行踪。
有一天他得到了小人的消息，
说阿布赉今天率众部去狩猎。

阿布赉自幼酷爱骑好马出游狩猎，
他在寒冬季节高擎山鹰出门寻猎。
他率部追逐各种野兽飞禽，
他有时离开部落越走越远。

有一天阿布赉又率众部出外狩猎，
追逐野兽他一个礼拜都没有回还。
看到黄褐马已经疲惫便停留下来，
放马吃草，自己在那儿打了个盹。

他拴上了坐骑，俯身长卧，
他困顿地马上进入了酣睡。
近三十名卡尔梅克士兵包抄过来，
立即将他捕获并且五花大绑。

他们将阿布赉绑得结结实实，
他们将阿布赉带到噶尔丹面前。
敌人带走了无敌的英雄阿布赉——
这样的消息很快传遍整个部落。
艾布勒曼别提也听到了不幸的消息，
他坐在可汗宫殿唉声叹气愁肠寸断。

他专门派使者去找噶尔丹可汗，
求他放人，承诺想要什么都成。

他派了使臣带去两种承诺：
“权当夏热西值二十条人命。
我们将信守诺言不会反悔，
请问究竟该赔偿多少牛羊？”

他说：“我还有另外一个承诺，
如果不从就说出开战的时间。
我们将战死到最后一个男人，
谁知道哪边会输哪边又会赢？

请你们在两者之中进行选择，
否则请你们说出自己的要求。
噶尔丹可汗家族七代都称雄称汗，
应该知道广大百姓永远渴望平安。

如果不能放阿布赉活着回返，
就应该知道后果是不堪设想。
我会唤你站出对阵前来决战，
你应该想想自己也想想民众。”

噶尔丹却说：“我不接纳承诺，
想交战请自便，我不会逃遁。
即便卡尔梅克人全部都战死，
你们洪水般涌来我也不屈服！”

49

英雄阿布赉

噶尔丹可汗固执己见不依不饶，
“我要杀了阿布赉绝不让他生还。
夏热西为何只值二十条人命？
他高贵的生命能值千条人命！”

噶尔丹策零依然我行我素，
艾布勒曼别提却黯然失神。
他向四面八方各部发布消息——
拯救阿布赉的事情棘手伤神。

噶尔丹可汗逮住了英雄阿布赉，
他喜形于色显得更加趾高气扬。
他将阿布赉的手脚紧紧捆，
他要将他来活埋挖了深坑。
阿布赉在深牢躺了一些日子，
五六天后才吃到一点东西。
那深坑暗无天日还安着铁门，
身陷囹圄他也看不见任何人。

有一天敌人将他提出了地面，
围着他的敌人个个健壮威猛。
敌人想让他面对噶尔丹低头，
敌人想让他受尽凌辱再杀他。

众多的卡尔梅克人将他围在中间，
他的手脚上戴着手铐还有脚链。

他在深牢待了整整三个月有余，
健壮的身体已经显得消瘦虚弱。

但是他的神情依然冷峻如故，
他的身材依然胜过周围的敌人。
他的双眸虽然深陷但依然炯炯，
卡尔梅克人为他的气概而惊诧。

他的身材依然那样魁梧挺拔，
他的身材依然犹如一座铁柱。
敌人前拉后搡带着他行进，
勉强将他拖入了可汗宫殿。

噶尔丹可汗的宫殿有十四个格扇，
布置得金光灿烂华丽且格外抢眼。
宫殿里处处绫罗绸缎华丽图案，
红色金丝绒彩带绣着五彩鲜花。

噶尔丹可汗端坐在正堂之上，
身边坐着两位臣相一位译员。
噶尔丹可汗的夫人肤色红润，
端正稳健也坐在可汗的身旁。

还有一位男子汉像是他的儿子，
年纪可能比阿布赉还要小一点。
还有一位刚刚成年的少女在座，
可汗、夫人、儿子、女儿自成一堂。

四个士兵将俘虏带到了宫殿，
剩下的人都手持利剑站外边。
磕头作揖是卡尔梅克人的习俗，
卡尔梅克士兵们殷勤地行礼问安。

其中的一个人捣了捣阿布赉英雄，
他不解地转头看样子要探究原因。
那人说你也必须低头向可汗致礼，
阿布赉装作听不懂依然巍然屹立。

宫殿里安安静静没有声响，
进来的人都静静恭候命令。
如果可汗不带头说话行令，
那么就显得无礼不恭不敬。

汗宫的规矩历来如此严厉，
谁敢与可汗大人平起平坐？
对敢于违抗规矩的不驯之人，
恶棍们已经备好绞索和利剑。
可汗傲慢地打量着阿布赉英雄，
仿佛从未见过这样不驯的奇人。
看他犹如雄狮神情那么的冷峻，
便觉得他是值得骄傲的男子汉。

他头发蓬乱，衣服脏污，有些消瘦，
戴着手铐脚镣，浑身上下伤痕累累。

但他依然显得桀骜不驯很高傲,
仿佛胸中没有任何牵挂的悲愁。

噶尔丹喝道:“你是谁?哈萨克对手!
你脖颈上套着的是卡尔梅克人的枷锁。
你杀掉了我的夏热西,还有我的众兵,
我要活活整死你,让你活着看到地狱。

你为何如此仇恨我们卡尔梅克人?
你已死到临头!狗日的哈萨克人!
你已经跨入了死亡的门槛呀,
我们从今以后不会给你自由。

我要杀了你为夏热西复仇,
这一次你休想活着回阵营。
我们不会计较亡人值多少牛羊,
我们要以血还血,削掉你的脑袋!

你平白无故地杀掉了我的夏热西,
你杀掉了我的左膀右臂我的雄狮。
杀你之前请你说出自己的心愿,
这是我们的规矩请你开口讲出。”

噶尔丹说了这话打住话题,
仿佛是让阿布赉接茬说话。
如果不厌其烦,请静静聆听,
听我讲述阿布赉又如何回应。

“额斯木可汗是我的六辈先祖，
他也是可汗将汗位代代相传。
艾布力满苏尔、萨巴拉克是我的原名，
现在所有百姓都称我为阿布赉。

萨尔阿尔卡是我神圣可爱的故乡，
我的同胞艾布勒曼别提是我的依靠。
我的父亲还有几代祖父都被你们杀害，
所以我对卡尔梅克人怀着刻骨的仇恨。

夏热西勇士自告奋勇上阵对决，
他向众人喝道：‘快快站出来！’
我无法忍受这屈辱便挺身而出，
那一刻新仇旧恨一齐涌上心头。

他举起长矛首先出手向我进攻，
长矛弯曲没有刺中我的胸膛。
随后该由我出手挥起了利剑，
他的脑袋随即滚落我的面前。
他如愿以偿与我交手决战，
他与我交手没留任何遗憾。
你在我睡着的时候逮着了我，
这会成为我一生最大的遗憾。

你像小偷趁我入睡将我逮住，
我没有能与你拼搏令人遗憾。

我没有抢劫你的牲畜扰乱民众,
噶尔丹,你为何对我如此残忍?

夏热西自己找上了门来制造麻烦,
我的部落究竟抢了他的什么物品?
他请求一对一对阵又无力应付场面,
他抛洒鲜血肝脑涂地以死告终。

我的百姓连年征战已经困苦不堪,
无法修建城邑也无法耕作在田间。
要不是卡尔梅克人常年不休征战,
我的部落早已经繁荣富裕昌盛。

我现在虽年轻依然壮士未酬,
还受你们这些敌人连年侵扰。
这是我一生难以弥补的遗憾,
我一心想消灭你们这些混蛋。

我会像被雷电击中的一棵孤树,
我会无根无叶孤独地死在荒野。
我吃尽了孤苦伶仃的折磨,
这是另一个熬煞人的遗憾。

我们这个家族四代以来一直单传,
如果杀死我,这个家族便不复存在。
我已经来不及迎娶新娘生育孩子。"
听了这话可汗夫人默默注目而视。

可汗夫人这样打岔对丈夫游说：
“他们的家族已经四代都是单传，
若咱们的独子阿睦尔撒纳死去，
你的家族不是也会不复存在吗？”

听了这话噶尔丹策零若有所思，
他狠狠地瞪了自己的夫人一眼。
阿布赉听懂了夫人用蒙语说的话，
他立即从地上站了起来有所感悟。

噶尔丹则说：“你为什么站起了身？
你别为夫人的一句话而心存侥幸。
我依然决定将你处以死刑，
绝户头老婆说的一律作废。”

“我认为你的夫人聪明懂事，
听懂了我说的话深明大义。
她说的话无异于已经放了我，
她已将我比喻为自己的独子。
大力士们可以抬起大山抬起巨石，
临死的人不坚强连头都抬不起来。
聪明的人会阻挡抬起大山的力量，
会在冰上栽种花朵石头上种下金子。

人只要有力量看起来只是一种威胁，
智慧才会从远处一口咬定扭转乾坤。

胳膊粗壮的人只能打败一个人，
知识丰富的人会降服千百个人。”

“你这话说得太好我极为欣赏，
你这话具有千军万马的力量。
如果我们不杀这哈萨克人而放了他，
他说不准还会卷土重来与我们作对。

他说自己有三个遗憾这话不假，
其中两个遗憾和我的如出一辙。
说自己心存一个未尽的夙愿，
这是英雄们自古就有的习性。”

“你也是一个四代单传的人，
我也是一个四代单传的人。
如果我的独子阿睦尔撒纳死去，
那么我的身后不会留任何后代。

我现在舍不得让你立即死去，
我可不忍心杀害别人的独苗。
你要与我的独子成为朋友直到死去，
我绝不吞食自己发出的铮铮誓言。”

噶尔丹可汗与阿布赉长久地交谈，
他们靠理智扯平两个民族的关系。
他真的没有立即让阿布赉去赴死，
他不再坚持最初的冷酷不再作对。

噶尔丹可汗一再询问部落的境况，
他追问部落里里外外所有的事项。
他也说起了各种各样的事情，
他也表达了藏在心底的夙愿。

噶尔丹开始喜欢上了阿布赉，
还问起他们那儿有多少绵羊。
阿布赉说我们的绵羊满坡满山，
噶尔丹听了之后转念再次想到：

“绵羊是四畜之中数量最多的畜群，
牧羊人说谎绵羊就偷吃邻里的牧草。
那么，那个部落肯定小麻烦不断，
这样的部落当然就没有和睦可言。”

噶尔丹又问：“你们的牛马是否众多？”
“四种牲畜就是我们民族所有的财富。
如果四种牲畜不能繁衍成群浩浩荡荡，
那么这个部落当然就不会有繁荣富强。”
可汗说：“牧放马匹酿制柯莫孜，
牧放四种牲畜酿制奶酪的民族，
就是空想不劳而获懒惰的民族，
就是远离和睦和谐的破败民族。”

可汗说：“你们的百姓是否侍奉庄稼？”
阿布赉回答：“我们不种庄稼去流汗，

因为你的部族不让我们部落安居乐业,
我们的百姓散落各个地方艰难地度日。”

噶尔丹考验了阿布赉这个人,
他一一问起了想知道的问题。
认为他既有力量也具有智慧,
他是有胆识有思想深度的人。

噶尔丹可汗开始喜欢阿布赉,
他们促膝谈心度过许多夜晚。
他们商定两个民族间有了冲突,
一定相互协商理智妥善地解决。

对阿布赉的审判到此已结束,
阿布赉终于找到了一条生路。
噶尔丹可汗将独生女古丽德加吾,
嫁给了阿布赉成为他的终身伴侣。

阿布赉平安无恙回到了部落,
而且将可汗的女儿一同带回。
艾布勒曼别提亲自出面迎接,
阿布赉讲述自己所有的经历。

他没有凭借力气冲破重重难关,
他遇事总是理智冷静找到办法。
力气带来毁灭,智慧高它一筹,
只认力气的人绝不会拥有智慧。

即便在水底四十年不见天日，
真正的金子也不会改变本色，
在火中不会融化在水中不会沉没，
沉在深深井底四十年也不会生锈。

那时，艾布勒曼别提是可汗之首，
他仿佛变得年轻宫殿里一片欢腾。
他向三个玉兹发出了喜讯——
他要举办盛况空前的喜宴。

他派人骑马去三个玉兹邀请客人，
他还向其他部落发出一张张请柬。
一个月之前他派人带着马匹，
将所有的仁人志士通通接来。

他召集了三个玉兹的仁人志士，
他讲述了自己退让汗位的心思。
他说要举办喜宴欢迎阿布赉平安归来，
他要为民众祈求福祉推举阿布赉继位。
他说自己年过六旬已经衰老，
他说自己已经昏聩不再清醒。
他曾经许愿让阿布赉继位为汗，
他说今天就是所说的吉日良辰。

“我现在已经离天远，离土近，
你平安回来使我了却了心愿。

我在活着之时退位让你上台,
来吧,我的汗位由你来继承!

我自己有的是儿子也有女儿们,
但他们不会成为与你般配的人。
我只想让大众百姓如愿以偿,
我曾经背负着先祖诚挚嘱托。

我将儿子胡拜多拉交给你,
他也会成为你一样的雄鹰。
他是身后的小弟膝下的孩子,
你从此不会再感到孤苦伶仃。"

艾布勒曼别提就这样交出汗位,
阿布赉就这样登基成为了可汗。
六部阿拉什都为此欣慰和快乐,
所有的人衷心爱戴阿布赉可汗。

阿布赉从此开始了称汗称雄,
他想出许多治国安民的良方。
他凿开了被堵塞的智慧之眼,
他总是与仁人志士运筹帷幄。

他收拢民众中的勇士英雄,
他保卫民众不受外敌侵扰。
他渴望定居下来建造城镇,
他渴望安居乐业侍奉土地。

他从克烈部落挑选贾尼别克，
贾尼别克出类拔萃贤明能干。
看见他的人一定会大饱眼福，
脖颈粗壮铁塔似的腰身魁梧。

他的胸脯犹如门板一样宽阔，
他宽肩、阔背，且脑袋硕大。
胳膊大腿上的肌肉肥壮突起，
碰上去若碰到了坚硬的石块。

他的圆脸上长着一双小小的黑眼，
他的鼻梁高高耸起额头宽大肥厚。
洁白的牙齿恰似用手整齐地排列，
他的嘴唇肥厚胡须长得特别漂亮。

他自幼是勇士们身边的随从，
他又被人们叫做“掌勺的人” 。
他也被叫做“黑儿子”、“小黑蛋儿”，
只为不让敌人知道自己真实的姓名。
他骑着一匹三岁的青灰神骏，
这是他向舅舅恳求得来的馈赠。
他长着高胸、弯颈，还有一双鹰眼，
他从不会对身下的神骏有什么怨言。

他的鼻孔硕大呼吸着山风，
他吹一口气能使毡房倒塌。

他手指颀长,手掌宽大,圆圆的指甲,
他猛捶一下,任何人也无法继续忍受。

神骏奔跑起来呀一日千里,
从不会挑挑拣拣大道小径。
飞越千沟万壑和群山峻岭,
别说大汗淋漓,你甚至看不出汗水蒸腾。

骑着威风,使唤起来老实憨厚,
它跃起一步就能跨越六丈之远。
它自幼就是贾尼别克的伙伴,
它自幼就是贾尼别克的知己。

还有汗吉哈部落的博甘拜英雄,
三个玉兹全知道他的伟绩丰功。
他是大玉兹的首领威震着四方,
他大吼一声就会摧毁关口重重。

哈班拜十八岁时就成为了英雄,
他的勇猛令所有的人瞠目结舌。
他长着一副横眉显得无比冷峻,
他怒目直视就能使人丢掉魂魄。

他的手指颀长而粗壮,
他肌肉突起青筋暴跳。
如果有把儿他能转动整个地球,
他健壮魁梧手臂有力出类拔萃。

他脸色黝黑神情又冷峻严酷，
走近前来威风令人不寒而栗。
他的智慧与力量相辅又相成，
他是家族中超群盖世的后代。

国泰民安他悠闲自得信心满满，
敌人进犯他高呼口号跃上马背。
他总是挎着五种锋利的兵戈，
他敢于只身探敌营冲破敌阵。

他无数次只身一人去对阵，
他曾将千百敌人横扫而过。
他高呼口号“玛彦拜”冲向敌人，
他的敌人纷纷倒下还匍匐求饶。

身下的火红战马无比般配，
它熟知百姓和敌人的境况。
阿布赉可汗十分敬重博甘拜英雄，
从来就称他为“戴鹰羽的英雄”。
英雄的英勇与风流形影不离，
英雄总是骑着配金饰的神骏。
他头戴缀着鹰羽的美丽三耳帽，
所以他被称为“戴鹰羽的英雄”。

汗国时期数风流人物还属哈班拜英雄，
他属喀拉克烈部落口号为“托烈格泰”。

在著名的霍恩尔圣人之战当中,
他赢得了“英雄可汗”“杰出可汗”称号。

他身体健壮,中等个头,力大无比,
他长着鹰眼,肤色黝黑,神情和蔼。
他思想新颖,高贵尊严,高瞻远瞩,
阿布赉可汗常常与他商量大计国策。

他拥有一匹枣红马可意可心,
乃蛮各部也没有这样的骏马。
低垂的唇,镰刀颈,配着一双凸眼,
硕大的头颅没有一片赘肉显得精神。
人们都称它是哈班拜的著名骷髅马,
关于这匹神骏还有许多美丽的传闻。

阿勒泰和阿合坦别尔德、叶山别克,
还有玛莱萨热和奇尼别克著名勇士。
他们都是阿布赉手下的著名英雄,
都是保家卫国的男子汉出类拔萃。

克恩格尔拜、宝兰拜是官吏之楷模,
厄孜巴斯特、布哈尔都是歌谣之圣。
还有夏合恰克部落的贾尼别克毛拉,
他与阿布赉是生死之交,又是预言家。

我在心里记着这些仁人志士,
他们是各部的英雄还有首领。

还有众多的毕官、苏丹和头人，
他们是可汗助手都是著名英杰。

阿布赉的汗宫就设立在中玉兹，
它与大玉兹和小玉兹平起平坐。
大玉兹和小玉兹的可汗和毕官，
特意安排他们驻守在这一地域。

那座汗宫有十四个格扇高大雄伟，
洁白的毡房还装饰着雕花的门槛。
彩带用丝绸编织坠以珠宝玛瑙，
可汗宫殿似日月交辉耀人双眸。

格扇的顶端镶嵌着一排排银饰耀眼，
天穹用青铜铸成防风绳用绢丝织编。
从门口至正堂都铺着华丽的地毯，
毡房的芨芨草围帘也用绢丝裹缠。

被摞架上叠着一层层绢丝被褥，
硕大的鸭绒枕头也一排排高耸。
象征着可汗身份的各种器具，
个个悬挂在镶金的衣挂之上。

一侧放置着雕有图案的骨床，
上面铺着一张华丽的老虎皮。
里侧悬挂五种锋利的兵戈，
一排排闪烁着耀眼的寒光。

一处挂着配有图案的狼皮大衣，
一处挂着镶有银饰的宽大腰带。
一处挂着绸面的阿尔根三耳帽，
旁边挂着镶有金饰图案的花帽。

宫殿外围钉着一周高高的木杆，
每到夜晚木杆上亮起灿灿马灯。
阿布赉的旗帜高高地悬挂，
日日夜夜随风哗哗地飘动。

阿布赉长着宽宽的额，圆圆的脸，
一张圆脸上鼻梁高挺配古铜肤色。
牙齿齐整，两撇浓眉，浓密的胡须，
脸上闪动着威严冷峻的神色。

如果阿布赉怒目直视某一个人，
那么他不是钻进地洞就是皈依宗教。
英雄总是以鲜肉和酸奶疙瘩为食，
不像我们一样总是喝着红茶就馕。
没有人不知道阿布赉的英名，
他们一个个遵循自由与正义。
他高擎大旗直逼重重关山，
他的长剑肯定会鲜血淋淋。

从戈壁卡尔梅克人时代直到现在，
男子汉的兵戈在手战马拴在围绳。

即便如此哈萨克人依然慷慨大度，
会在骄阳七月宰杀马驹宴请宾客。

这时期哈萨克人受亡灵辅佐，
任何魔鬼都不敢再近前一步。
他们迅速制伏惹是生非之人，
让憨厚之人睁开眼获得自由。

阿布赉之妻是噶尔丹的女儿，
她可是天下无双的绝代美人。
她与可汗相亲相爱和睦融融，
她成为整个民族善良的母亲。

她已经被人们改名叫古丽德焦，
她犹如日月烘托着我们的可汗。
她美丽动人无人能比还贤惠，
百姓对她极为推崇还有爱戴。

这位姑娘成为显赫的可汗夫人，
她的智慧深邃心胸如大海一般。
真主因她的和蔼善良赐予幸福，
没过多久她就孕育了一个儿子。

那个孩子出生之时就充满了传奇，
那个孩子出生之时就震慑了敌人。
那个孩子出生之时母亲失血过多，
以至于孩子睁着一双血红的眼睛。

父母为他起名叫做哈斯木汗，
他是六部阿拉什之中的骄子。
阿布赉对自己的儿子满心欢喜，
阿布赉觉得他会成长为民请命。

那时哈萨克人与卡尔梅克人不再征战，
嫁女儿制止了纠纷，草皮锁住了流水。
依照全部落的主心骨阿布赉的教诲，
哈萨克人也开始修筑城镇去定居。

阿布赉常常巡视左右领地，
阿布赉调解各种纠纷争端。
阿布赉每到一处便呼吁和睦，
阿布赉每到一处便谆谆教诲。

他总是提前预见着每一件事情，
他总是展现哈萨克民族的未来。
他激励人们种地学艺修筑城镇，
他总是说我们并不比任何人差。
他总是以身作则教育众毕官，
他总是和蔼可亲地对待毕官。
阿布赉是仁人志士的中流砥柱，
众毕官总是聚精会神聆听教诲。

面对民众你们该平等和睦共事，
如果挑拨离间就会有愧于民众。

你们要远离假话还有闲话，
你们要严以对敌宽以待民。

要远离贿赂、盗窃、暴力和贪污，
这些对你们只有百害而无一利。
你们一定要谦虚冷静，高瞻远瞩，
你们无论何时都不要背离尊严。

我还想说一句自己的心里话：
卡尔梅克人、哈萨克人和柯尔克孜人不要相互为敌。
为了草场、寡妇纠纷便相互征战——
已经祸国殃民到了非改不可的地步。

我们都是自古未曾分离的亲戚，
我们都是一座山里相邻的飞鹿。
我们都住在毡房里穿着厚重的大衣，
我们都是辽阔草原崇尚自由的骄子。

三家亲戚和睦相处平起平坐，
不要相互为敌连年相互征战。
敌人肯定来自外边还会肆意屠杀，
让我们成为不受敌人践踏的山冈。

有个敌人带着铁制笼头正在逼近，
他想趁我们不备将笼头戴在我们的颈上。
据说东方有一个王朝叫做大清，
是势力强大发展繁荣的泱泱大国。

我们该去依靠他们避免所临危险，
其实相互之间的道路并不太遥远。
让我们与他们结为同盟和睦相处，
他们不可能永远紧闭自己的大门。

他与达官贵人和百姓们协商一致，
他宰杀了白额黄羊起誓同意结盟。
他选择使者前往遥远的大清汗国，
带着汗国诏书盖着大印前去谈判。

就在他怀着夙愿的美好时分，
就在他登高望远期盼的时分。
他的独子哈斯木突然离世，
犹如一颗流星从天空坠落。

万分悲痛使阿布赉痛不欲生摧肝折肠，
哈斯木汗的四个儿子突然成为了孤儿。
儿媳哈拉哈斯成为了没有依靠的寡妇，
阿布赉的心破碎两鬓转眼间满是白霜。
但他没有被巨大的悲痛压倒，
但他没有被巨大的悲痛围困。
哈萨克汗国依然繁荣和昌盛，
六部阿拉什找不出半点瑕疵。

阿布赉依然坚持自己的思想，
他依然怀着金子一般的夙愿。

他想去看看乌孙部落的民众，
他带着随从踏上了遥远旅途。

他没有犹豫径直上了遥远的路途，
他游历了许多部落度过许多日子。
他到了撒玛尔罕城的那天夜里，
他感到忽冷忽热生了一场大病。

他咳嗽起来不停顿咳出了鲜血，
他知道这病的来势突然又凶猛。
他已经料到自己将不久于人世，
他在当天就决绝了生的希望。

他持续昏迷整整两到三天，
到了第四天已经开始失语。
到了礼拜五的偏午时分，
伟人终于闭眼踏上不归途。

没有人敢说伟人已经离世，
没有人敢说伟人已经入土。
六部阿拉什齐声哀叹嚎哭，
噩耗传遍所有部落和人民。
阿布赉就这样离世永远地逝去，
阿布赉就这样留下了不朽业绩。
真所谓在哪儿闭眼就在哪儿入土，
他被葬在撒玛尔罕城的一处山冈。

脆弱的生命离去犹如蒸汽升腾，
犹如倒下去的一面金色的旗帜。
他的伟绩他的生平记忆犹新，
全体民众同声唱起悲切挽歌。

博甘拜毕官前来哭自己的兄弟，
所有的达官贵人都前来赴丧。
歌谣家布哈尔没有前来吊唁，
这边马上派厄孜巴斯特去报丧讯。

当时歌谣家布哈尔正在家中歇息，
当时歌谣家布哈尔已经年界百岁。
当厄孜巴斯特进门行礼问安之时，
他心头一惊脸上顷刻间布满阴云。

“您好吗？尊敬的歌谣家布哈尔，
您歌唱起来不会败在任何人手下。
我做了场噩梦令人恐惧您来解析，
您别说梦是狐狸的粪便掩盖事实。
原野上生长着一颗大树参天，
枝繁叶茂遮天蔽日直冲云天。
它的枝头挂满了丰收的果实，
它的绿荫滋润着所有的百姓。

梦中这棵参天大树轰然倒下，
它倒在大地上仿佛不再站起。
布哈尔呀，请您来解析这场梦，

您别顾及我的情感请仔细解析。”

“你是阿尔根部落著名的厄孜巴斯特，
接近你的人们都会获得知识和技艺。
我们是不是已经失去了伟人阿布赉？
你紧皱眉头讲述的是一场惊天噩梦。

阿布赉是哈萨克民族的参天大树，
阿布赉是哈萨克民族的雄伟大山。
阿布赉是绿荫保家卫国英勇顽强，
阿布赉博大的智慧结出累累果实。”

歌谣家布哈尔唱起挽歌，
唱起挽歌他已老泪纵横。
他的双眼顿时失去光泽，
他的泪水顿时流成了河。
他的泪水就像一条洪流，
恣意纵横在洁白的胡须之上。

“我那昨天还健在的可汗啊，
你的汗国曾经那么的辉煌。
你曾经掌握着一个国家，
你曾经使百姓如愿以偿。
人们高呼口号：‘阿布赉！’
吓得敌人夺路往回逃窜。
你运筹帷幄千方百计，
找到惩治敌人的高招；

而我们却没有找到——
挽留你高贵生命的良方!
与其看着你悲惨地离去,
不如让我这糟老头离去,
我已经年界九十五岁——
却不幸失去亲爱的汗王!

雷电轰击着我的山梁,
悲痛充斥着我的胸襟。
你使我们牧放着无数的牲畜,
你使我们没聘礼也迎娶新娘。
你不幸离世了壮士未酬,
我为你惋惜且悲痛欲绝。
你曾经憧憬在春秋牧放牲畜,
曾经种植庄稼修建华丽城池。
你曾经憧憬让人民富裕安康,
现在却再也看不到这一切。

你带走了自己未尽的夙愿,
人世间谁又不曾遗憾谢世?
当你到达了天堂的时分,
祝愿天使出来将你接纳。
让咱们相逢相见在天堂——
朝霞灿烂而宁静的黎明。

上苍的意志啊谁可以扭转?
这是你的命运原本就如此。

像你一样的英雄一样的可汗，
我们再也无法拥有无法企及。

你在托烈毕官身边的时分，
我初次见到你就惊诧不已。
你来到突尔克斯坦城之际，
还是乳臭未干的萨巴拉克。
人们称你为萨巴拉克之时，
你曾经为之欣喜如愿以偿。
你追随着博甘拜的日子，
曾经被戏称为少年随从。
你面对敌人挺身而出决斗之时，
你突然振臂高呼口号：‘阿布赉！’
当卡尔梅克人说你不是对手之际，
你唇枪舌剑令他不寒而栗向后退。
当你与夏热西对阵之际，
我曾经祈求真主保佑你。
当你接近夏热西的那一刻，
你像幻影一样勇敢和迅猛。
当你挥剑猛砍的那一时刻，
他的脑袋与身体分离滚落。
当你从地上勾起那颗脑袋时，
他的头盔已经碎成了一片片。
当你战胜顽敌凯旋之时，
艾布勒曼别提欣喜万分。
当知道你是亲人的时分，
他的双眼早已泪水盈盈。

当你从噶尔丹之手平安回转时，
他聚集各路英豪百姓举行盛宴。
当他将汗王让出赐予你的时分，
所有的民众都为此而欢呼雀跃。
当你年界七十三岁之际，
我却意外地失去了你啊！

你是哈萨克民族的一盏明灯，
你是哈萨克智慧的河流清泉。
像你一样运筹帷幄的可汗，
我们再也不会幸福地拥有。
如果你的命运生来如此，
安拉的命令谁又能改写？
只要你是一个人生活在人间，
死亡会一路追随终究找上你。

伊萨汗·热合木江提供的版本翻译

摘自《哈萨克叙事长诗》第四卷(哈萨克文版)

英雄哈班拜

哈班拜·霍加胡勒是十八世纪的哈萨克民族英雄，属哈萨克中玉兹乃蛮部落。他是辅佐哈萨克汗国时期的阿布赉可汗维护汗国疆域,抗击外敌入侵的组织者和军事指挥家,也是当时众多哈萨克英雄之中最勇敢、最博学的一位。在哈萨克族的历史资料中，历史上关于他的文字记载并不多,但是流传在哈萨克民间，不同体裁不同版本的相关故事、赞歌、长诗和抒情诗却相当多。本书录用的这个版本讲述的则是智勇双全的英雄哈班拜为了打击入侵的柯尔克孜人而冲锋陷阵,后来凯旋故里,并与同胞兄弟之间产生摩擦,以及最后他们达成谅解的一段故事。从一个侧面可以看出英雄哈班拜在整个汗国上层和普通民众之间所拥有的崇高威望,以及他所建立的丰功伟绩。

79

英雄哈班拜

我以真主之名将哈班拜诵唱，
没有先祖，谁又能出生成长？
成为三大部族共同口号的哈班拜，
整个乃蛮部落[1]在呼喊他的英灵！

无数仁人志士都已经仙逝，
他们心胸开阔，信仰坚定。
有见识的人都会崇拜英雄哈班拜，
他是一个盖世超群了不起的英雄。

哈班拜就是无人能比的孤胆英雄，
柯尔克孜人的行径使他心怀仇恨。
他命令整个中玉兹[2]各个部落，
全体上马一个也不能剩在营盘！

我的麻脸[3]，我的豪杰，我的雄狮，
我那站在喀拉山麓[4]用手遮阳的人们。

---

①乃蛮部落是属于哈萨克民族三大玉兹中的中玉兹的一个部落，也是哈萨克民族的重要族源之一。
②玉兹就是部族之意。哈萨克民族由三大部族即三大玉兹组成，中玉兹就是其中之一。
③麻脸：据说哈班拜是个麻子。
④喀拉山麓：在这部达斯坦的另一个版本中则是霍布拉山麓。

只要开口,赞美的话语一定澎湃汹涌,
让我畅怀讲述英雄哈班拜的伟绩丰功。

让我讲述英雄可歌可泣的赫赫战功,
让我讲述英雄如何保卫了荣誉尊严。
话说我们的英雄有一个同胞弟兄,
被柯尔克孜人杀掉令他摧肝断肠。

西风啊轻轻拂面颊温柔舒心,
谁能比哈班拜更加豪气万丈?
霍加胡勒、奥迈尔、达吾列提拜个个安康,
只有喀拉胡尔沙克①成了冤魂。

有的人挣不来财富到处游荡,
有的人说不清话语舌拙嘴笨。
真勇士惨遭柯尔克孜人杀害后,
英雄哈班拜口吐鲜血异常悲恸。

懒惰的人到处流浪无法敛财,
邋遢的人笨嘴拙舌无法言语。
听说哈班拜口吐鲜血异常悲恸,
英雄阿布赉千里迢迢赶了过来。

---

①霍加胡勒、奥迈尔、达吾列提拜、喀拉胡尔沙克都是黑克烈部落所属支部的称谓。哈班拜是霍加胡勒的儿子。喀拉胡尔沙克的原名叫阿热斯。柯尔克孜将领率兵侵扰了他们的疆域。当哈班拜闻讯赶来的时候,这儿已经是一片狼藉。他在一口大黑锅的底下发现了一个黑肚皮的孩子,便将他拉出来说:"我的宝贝阿热斯,你是我们幸存的后代黑肚皮——喀拉胡尔沙克。"后来他将这个孩子交给妻子抚养。从此以后,这个以前叫做阿热斯的孩子便被人们称为喀拉胡尔沙克。

可汗骑着威风凛凛的黑骏马，
犹如从大地刮过的一股狂风。
听说哈班拜口吐鲜血异常悲恸，
英雄的同龄好友一一赶到这里。

哈班拜口吐鲜血显得异常悲恸：
“难道我今生今世无法报仇雪恨？”
“我们一定会为哈班拜英雄复仇——”
汗吉哈部的博甘拜英雄赶来救场。

“我们本可以高枕无忧，生活安康，
我们为什么受柯尔克孜人的进攻？
我们一定要替哈班拜报仇雪恨。”
克烈可汗贾尼别克也赶到这里。

英雄们个个都骑着高头大马，
骑用六个月之余也不会疲乏。
听说所有的勇士聚集在了一起，
克烈部落贾迪克部的贾尼太也赶到。

好姑娘手中总会拿着一把梳子，
好汉们聚首一堂不会悠闲度日。
听说各路好汉都聚集于这地方，
阔克贾尔勒部落赶来了苍狼般的巴拉克。
亲爱的哈班拜之尊名天下传诵，
我们怎么可能不为他报仇雪恨？

听说各路好汉群聚一堂慷慨陈词,
莫热尼泰部落赶来了博冉拜毕官。

他们居住在阿尔卡尔山麓和伊犁山麓,
如果男子汉善射,到处都是猎物。
发誓一定要为哈班拜报仇雪恨,
夏尼西胡勒部落赶来了别尔德霍加。

瞧勇士们一个个骑着良骥神骏,
从马肚之下可以看见青柳白杨。
听说绿林好汉们正在赶赴结集,
从巴依哈纳部落赶来了薛热克勇士。

从集上买来了带漆的小马驹,
无数的勇士都为尊严竞折腰。
听说各路好汉从各地聚在了一起,
从托克巴克部落赶来了沙哈拜勇士。

闻名遐迩的英雄哈班拜,
人人崇敬的英雄哈班拜。
听说勇士从四面八方聚拢而来,
托哈斯—霍塞部落赶来了达吾列提勇士。

听说英雄哈班拜口吐鲜血异常地悲恸,
雁一般鸣叫的勇士哈孜别克赶来救场。
听说各路英雄聚首一堂准备决一雌雄,
乌孙部落的热依木别克连忙赶来帮忙。

我们的阿吾勒坐落在黛色的森林，
一切都易如反掌，只有吟诗难当。
听说各路好汉云集一堂运筹帷幄，
喀甫塔海部落的喀拉乔海也已赶到。

我们的家乡在那遥远的塔尔巴哈台，
别克套大叔，别打岔我会把话说错。
听说各路各地的英雄好汉齐聚一堂，
不驯的玛泰牵着四对骏马也已赶到。

英雄们一个个骑着白蹄骏马，
不顾形只影单他们一路疾驰。
听说各路好汉聚集一处摩拳擦掌，
从铁热斯唐巴勒部落赶来了哈拉克勇士。

英雄哈班拜给骏马钉上了铁掌，
沿着喀拉叶密里河岸一路游览。
哈班拜将夏哈拉克当同伴带在身边，
认为他鞴的马鞍子从来就结实牢靠。

孩子们，惯例如何？时代又如何？
最初诞生了像布朗海这样的勇士。
他从乌孙部落叫来了阿克夏布达尔，
认为他站岗放哨最为机警不宜发觉。
所有的绿林好汉从各地赶来在此聚首，
他们之中不会再有哈班拜一般的英雄；

他们身下的褡裢装满了食粮，
他们向阿特山麓[1]出发去打仗。

所有的勇士都已经出发无人安顿，
路遇敌人他们不会扯住缰绳不前。
他们越过巴尔鲁克山和红盐地带，
他们向着伊犁一带一路疾驰飞奔。

哈班拜聚拢了所有的勇士英雄，
所有的人都是兄弟坚毅又勇敢。
哈班拜从马群里逮住了骷髅马，
认为它能忍受夹踢和没命飞奔。

勇士们夜晚歇息，白天行军，
骏马劳顿鞍鞯垫得背部生疼。
月余之后他们抵达了阿特山峦，
已经有一半的马匹筋疲力尽。

勇士们费尽周折抵达了目的地，
勇士们不会不向敌人报仇血恨。
骷髅马这时才调养得恰到好处，
毕竟是一匹精良的好马和神骏。
勇士们在这儿整月饲养着精马良骏，
勇士们在这儿整月打听着敌人动向。

①阿特山麓在伊犁地区。阿特是马的意思。传说勇士们曾经在这儿休整，喂养了一个月的军马，所以这座山又叫阿特山。

为了不饿肚皮，安身安心，
勇士们决定宰杀一匹良骏。

有一天，巴拉克说有话要讲：
“不去攻打敌人，我便动身返回。
别让我宰掉良骏一路徒步回家，
男子汉自会找到家，我将回还。”

“只有母亲知晓你父亲是好是歹，
妻子撒泼耍赖，丈夫肯定憔悴。
饱汉怎么会知道饿汉饥肠辘辘，
冷静点儿就几天功夫，别丧气！”

哈班拜说了这番话满脸笑容，
他知道团队的内部没有敌人。
不料就在这风平浪静休整之际，
敌人的白旗升起四周一片叫嚷。

人们不得安宁诚惶诚恐，
人们跃上马背扯起缰绳；
哈班拜骑上了自己的骷髅骏马，
围着敌人的白旗转了整整七圈。

阿克夏布达尔径直奔上哨岗，
从哨岗石缝向外不停地张望。
原来是柯尔克孜人起了内讧，
其中的一支已来到这个地方。

双方准备较量,树起了两面旗帜,
人人挥动长矛,扬起了手中刀剑;
柯尔克孜一方站出了彪形大汉:
“哈萨克人！站出来！一对一！”

柯尔克孜人其实已经恓惶不已,
突然遭遇他们并没有掂量自己。
跃出对阵的彪形大汉阿特克,
骑在马背上转来转去跃跃欲试。

达吾列提拜第一个冲出了队阵,
说不掀翻柯尔克孜人誓不回头。
他想用长矛钩住剽悍的阿特克,
男子汉惯力太猛摔落在了地上。

天空下起了一阵苍茫白雪,
想必是真主对我们的怜惜。
博甘拜站出队阵一对一决斗,
对手一出手就将他一拳打倒。

哈班拜高擎着旗帜巍然耸立,
恨不能冲上去宣泄一腔悲愤。
当巴拉克勇士出阵一对一决斗,
柯尔克孜勇士猛烈捶打使他无法忍耐。
到了这时,只听哈班拜大吼一声,
挥动着六棱长矛冲到了前方对阵。

满腔的悲愤使他无法再观望，
他终于跃出对阵一对一迎战。

两个勇士展开一场激烈鏖战，
两个勇士手执利矛互不相让。
两个勇士不分胜负有退有进，
两个勇士相互窥视寻找进攻的隙缝。

两把长矛交错闪出耀眼的火花，
双方马蹬碰撞发出刺耳的响声。
怒发冲冠的英雄哈班拜义愤填膺，
嘴里喷着烈火，胸中堵满了仇恨。

哈班拜驾驭着身下的骷髅马，
他猛戳着敌人粗壮的锁骨。
他掀翻对方使他蜷缩成一团，
三次像捡起蓬蓬草举起他又砸向地面。

柯尔克孜人沿着阿拉套山峦赶来，
他们不行夜路却在大天白日赶来。
一位姑娘牵着峰白公驼赶了过来，
只是看到父亲已经死掉不再醒来。

哈班拜开始摆弄自己的长矛，
姑娘开始为父亲吟唱哭丧歌。
勇士们却顿足聆听如痴如醉，
姑娘的哭丧歌能把人心撕碎。

她牵来两岁母驼默默耸立,
她快步赶到了伤心的地带。
“我很害怕,我亲爱的爸爸!”
她悲痛的声音划过辽远的天际。

“我不能坐着,也不会站立,
我得去找那些对阵拼搏的勇士。
我要让他们交出父亲的尸体,
我要央求他们给予馈赠。

如果湖泊太浅慢慢就会枯竭,
男子汉没有财富自然就会憔悴。
我曾经劝说不要与亲族为敌,
我曾经劝说他不要离群迁徙。

我说不要迁徙啊,你没有听从,
你还是解开了自家毡房的围绳。
你率领众民遥遥迁徙漂泊异地,
今天却在这里落得个全体覆没。

是哈班拜将你打倒在了地上,
你没有提防到他突然的进攻。
你身下骑着青鸟一般的骏马,
你怎么可能没有驰骋千里?
刚刚还健康平安的父亲大人,
转瞬之间灾难便要了你的命。

89

英雄哈班拜

哈班拜,父亲逃遁你还在追踪,
你落井下石是否已经报仇雪恨?

你摔落在了英雄的身下,
你丢尽了尊严还有廉耻。
哈班拜桦木柄长矛已折断,
父亲松木柄长矛也已折断。

哈萨克民族的英雄哈班拜,
将利矛扎进了父亲的心脏;
我的至爱啊我亲爱的父亲,
犹如雄狮倒在了血泊之中。

我用大盆小碗准备饭食,
牲畜游牧绿茵茵的草地;
哈萨克地域涌来众多勇士,
早已经把这儿夷为了平地。

我成年累月一针针一线线,
积攒起了惹人眼红的嫁妆。
哈萨克地域涌来众多勇士,
却牢牢地扼住我们的咽喉。

我们的人被斩尽了,被杀绝了,
克烈和乃蛮部落聚集在一起了。
众多的勇士吵成一片,
追逐争夺我们的牛群。

我不知你曾经有过什么样的念想，
只是哈班拜已经为你准备了丧典。
众多的勇士吵吵嚷嚷，
追逐争夺我们的羊群。

这些人夺走了我们脸上的笑容，
这些人夺走了我们甜蜜的梦境。
众多的勇士吵成一团，
正在哄抢我们的马群。

他们抢走了马群里的神骏，
他们夺走了财产中的嫁妆。
他们杀死了我们的主人，
他们又夺走了我的力量。

他们抢走了役驼背上的行装，
你甚至没有来得及报仇雪恨。
你败给哈萨克民族的哈班拜英雄，
真主怎么会让你失去应有的灵敏。

我身下的黄膘马没有马掌，
我穿着一件马甲没有领子。
我身后并没有可以依靠的兄长，
我怎样才能长大成人照料众民？
我穿着靴子但没有袜子，
我穿着衬衫但没有外衣。

我怎么样才能长大成人，
我身前没有可以抚慰的母亲。

除了哭喊，我无法继续去生存，
失去亲人，心灵一刻也不安宁。
我身边没有可以助佑的弟弟，
我怎样才能长大成人去生活？

我是没有兄长的丑陋姑娘，
我是没有小弟的落魄姑娘；
我是天空高悬的一颗星辰，
我是怀着梦想的一个姑娘。

我是旷野上的一只旱貂，
我是水泊里的一株薄荷。
哈萨克人啊，别让我继续哭泣，
我是母亲留在世上的唯一后代。

你的饭食可能蜜一般香甜，
你的役驼可能熊一般健壮。
哈萨克人啊，别让我继续哭泣，
你也有我这样孤苦伶仃的后代。

我不会呆坐，也不会站立去流浪，
我不会消停只会想方设法去生存。
我会混入兴高采烈的勇士们之中，
我会向他们讨要赏心悦目的馈赠。

请你听听我的哭诉,
请你给我一点施舍。
请你听听我的哭诉,
我只向你吐露心声。

我诚心地祈求你们——
喝下我的一腔鲜血。
只有唯一的真主知晓,
我确实无力抗击你们。
你们中某一个会迎娶我,
他会将我娶进他的家门,
他会宰羊宰牛忙活一阵,
他会举办婚礼庆典快活。

我不会忘记曾经的宿敌,
我不会一直给你当老婆;
总有一天你会落得两手空空,
总有一天你追悔莫及直拍腿。”

姑娘的话儿说得清清楚楚,
比哈萨克人说得更为透彻。
善良朴实的哈班拜英雄,
却陷入了一片沉思之中:

“我说大伙儿呀,大伙儿,
都快转向我听我把话说。

你们每一个人家中间，
都有像这姑娘般的女儿。

咱们不要抢劫可怜的姑娘，
否则，我们又能得到什么？
她眼中哗哗流淌的辛酸泪，
能把咱们大家一个个淹死，
能让咱们大家都睡不踏实。

如果我平安走出战场，
我会带头去做一件事：
我会来替姑娘把话说，
我会来送姑娘一匹马，
我来将姑娘放在这儿。”
哈班拜说到做到一言定音，
他给了姑娘一匹好马上路，
还替姑娘讨回父亲的尸骨。

“我说大伙儿呀，大伙儿，
大家都来看着我如何行事。
大家快去驿队那儿看一看，
看见什么就拿什么挑一挑。
看见女人你们千万不要去碰，
看见男人一个不留杀个精光！”

大家涌向了驿队那一边，
看见了什么就拿了什么。

看见女人谁也不会去碰一下,
看见男人一个不留杀个精光。
勇士们面向想念已久的家乡,
满载猎物踏上回程归心似箭。
宠辱不惊的哈班拜英雄,
将夏哈拉克带在了身边,
留在了这儿看守着姑娘。

哈班拜半夜三更梦中醒来,
却不见了身边的夏哈拉克。
原来那人翻来覆去睡不实,
悄悄地摸到了姑娘的身边。

黑色的长裙扣得严严实实,
上上下下有三十二颗扣儿。
只见夏哈拉克摸了过去,
动手动脚就想亲吻姑娘。

“我亲爱的夏哈拉克,
你这究竟在做什么?
你别揪掉姑娘的纽扣,
你别扯下姑娘的胸针。
真主并没有给你下达旨令,
你可不能亲吻姑娘的脸庞。”
哈班拜就这样保护了姑娘,
放她一人返回自己的故乡。

姑娘带着馈赠离去了，
回到自己思念的故乡。
哈班拜带着白头单峰驼，
面向家乡一路飞奔前行。

单峰驼的头颅像木槽一样硕大，
眼睛就像山涧的泉眼一般晶莹，
双腿颀长一步能穿越一支驿队，
驼背上可以骑上整整一十个人。
白头单峰驼步履矫健令人吃惊，
身体顶天立地似乎每天在疯长。

他握着毛拉们诵念的经文，
故事的精彩这才刚刚开始。
已经返回了故乡的勇士们，
现在觉得单峰驼趣意盎然。

这是一个抢劫柯尔克孜人的时代，
达吾列提拜仗着是兄弟赶来探望。
他百般讨好左右吹捧，
只想讨要兄长的战利品。

“达吾列提拜，你在说什么？
我绝不会给你白头单峰驼。
我已经七十又七人老体衰，
就让我将它当做役驼直到离世。”

"需要时,你支使我跑东颠西,
跟随你征战只愿有个好结果。
请将白头单峰驼赏给我吧,
我会喜气洋洋地去见你的弟媳。"

"达吾列提拜,你已获得成群牲畜,
现在请你听我苦口良言再劝一句。
你为什么讨要兄长的四岁公驼,
我会从畜圈给你挑上七峰公驼。"

"阿尔卡尔山麓羚羊盘羊结队成群,
能猎获的无一例外都是战利品。
你舍不得从敌人那儿得来的一峰骆驼,
而我今天偏偏只要它任何什么都不要!

否则我会骑上我的公驼离开此地,
否则我今后不再追随你一直到死。
如果寿数已尽,我死在了这里,
我知道你甚至不会将我来掩埋。

我会骑上我的公驼远远地离开你,
如果继续追随我宁愿成为一条狗。
谁会死去?谁会活着?只有真主知道,
如果我死去,你没必要为我伤悲。"

主帅阿布赉连连制止:"快别这么说!"
达吾列提拜带着随从哈塞回了家。

他曾经说不会拿你的一针一线，
这时却顺手将山坡上的骆驼拢在了一起。

他就这样为吝啬的兄长恼火，
他一进家门就给役驼鞴鞍垫。
他迁徙了七个白昼，七个夜晚，
他一路跋涉到了阿西特苏河岸。
他在阿尔卡尔山泉水痛饮骏马，
骏马还不及羚羊的一只幼犊。
勇士们渐渐听到了这样的音讯：
达吾列提拜已迁徙到阿西特苏河岸。

他不听游说者的肺腑之言，
他甚至面无悦色从不讲和。
因兄长的一句话恼羞成怒，
他甚至不见任何来人一面。

阿拉湖湖面吹拂着阵阵轻风，
阿拉湖水成为了牲畜的饮源。
每个人都有自己的主见，自己的判断，
哈班拜一气之下迁徙到沙热别里山梁。

哈班拜在沙热别里窝了一个冬天，
患上了膀胱顽症百治不愈已衰弱。
哈班拜已经病入膏肓的音讯，
传遍阿尔根部落里所有的人。

有的人笨头笨脑攒不了财富，
有的人笨嘴拙舌说不了好话。
听说哈班拜身患重病卧在床，
可汗阿布赉前来关心地探望。

可汗大人骑的是黑骏马，
像大雁掠过广袤的原野。
听说哈班拜已身患重病，
英雄的同龄好友齐聚一堂。

八十又八[①]的布哈尔歌谣家来了，
他亲自前来探望哈班拜的病体。
德高望重，年老体衰的老人，
依然像孩子一样嘤嘤地哭泣。

歌谣家布哈尔泪流满面，
语重心长开了尊口唱道：
“我已经是九十高龄的人，
我的腿已很难快快迈动。
后脊梁常常被太阳灼伤，
双脚板常常被大地烫伤，
还要遭受泼妇百般辱骂刁难。
我亲爱的哈班拜呀，我的英雄呀，
敌人入侵，你就是我手中的兵戈；
发生纠纷，你就是我竖起的耳朵，

①《英雄哈班拜》的其他版本上是“九十又九”。

有了动静，你就是我围绳上的骏马。
你就是山涧的一股清泉，
让焦渴的马群痛饮解渴。
昨天当午休息的时候，
我听说你已经身染重病，
感到了无边无际的孤独，
流下了爱怜痛惜的泪水。

我向唯一的真主祈求：
我给你一百个阿尔根人，
我给你一百个乃蛮人，
我给你一百个乌孙人，
三百个人组成的浩荡队伍，
是否能成为袪病的黑颈羊羔？

我亲爱的哈班拜，我的英雄，
你就是真主之后的一位圣贤，
你就是人间智多计足的长者。
我亲爱的哈班拜，我的英雄，
你的安身立命之处今在何方？”

布哈尔老人说着站起了身，
站起了身他依然谆谆教导：
“有一种铠甲叫布热勒代，
只有领子却没有袖儿。
一母所生的同胞之间，
只能生气不能结仇恨。

你们快去找找达吾列提拜,
要和颜悦色,再好言相劝;
你们快快接回达吾列提拜,
切记语重心长,话语婉转;
你们别责怪他离开了部族,
切记口气温和,态度诚恳。
你们一定要快把他找回来!”

这时,哈班拜也开了口:
“你们别去找达吾列提拜,
去了他也不一定会回来,
来了他也不会再来见我。”

这时,哈班拜连连咳嗽。
他用手肘着身体又连说:
“我亲爱的乡亲们,我的至爱,
我情愿为你们的利益而赴死!
有你们在我的身边陪伴,
还要达吾列提拜做什么?
只是请给弟媳妇再三行礼,
请给弟媳妇带去我的问候。

达吾列提拜刚刚八岁时候,
我带着他去各地旅游玩耍。
达吾列提拜刚刚九岁的时候,
我从弘吉喇惕部落为他说亲,

从四十个风姿卓绝的姑娘中，
相中了她贤惠善良的性情，
相中了她从容矫健的步伐，
觉得她能成为夫君最好的谋士。
请你们向这位贤惠智慧的弟媳，
再三行礼，带去兄长我的问候。”

这时，布哈尔歌谣家又开了口：
“让夏哈拉克骑上骷髅马，
让欣霍加骑上灰白骏马，
让他俩再带上四匹空马。
你们不要歇息哪怕片刻，
你们一定要日夜地跋涉，
你们一路飞奔直到夕阳落下，
你们一路飞奔直到黎明升起。
次日可不要顿足，继续飞奔，
要去阿西特苏河岸找到达吾列提拜！”

夏哈拉克骑上了骷髅马，
这是一匹天下无双的骏马；
欣霍加骑上了灰白马，
这是一匹四蹄生风的神骏。
他们信马由缰一路飞奔，
他们扬鞭挥马不曾歇息。
他们一直飞奔到了正午，
回头一看还有三天的路程。
他们信马由缰一路飞奔，

他们扬鞭飞马不曾歇息。
次日他们依然飞奔向前,
终于在阿西特苏河岸找到了达吾列提拜。

只听达吾列提拜的妻子斥责声声:
"你这个逃兵!为什么背离故土?
你漂泊流浪蹚过阿西特苏河,
你该如何面对德高望重的兄长?
你该如何面对高贵智慧的部落?
你怎么可以高枕无忧,若无其事?
你快听听,那是骷髅马的蹄声!"

她的话音还未落地生根,
夏哈拉克已经飞奔而至。
达吾列提拜惊愕之极:"这是谁?!"
夏哈拉克坦然应对:"这是我呀!"
达吾列提拜大惊失色:"你来做什么?!"
"你曾经有过石筑的城堡,
但门栏已经腐烂根基摇晃;
部落曾经有两株参天大树,
其中的一株已经枯萎衰败。
白吉格提部落的三个分支——
巨莫克、托哈斯、曼别特在哭泣。
没有树皮的一棵枯树啊,
会被婆娘们拣去当柴烧。
三个雄狮的后代们呀,
我们该推举谁坐在宗位?"

夏哈拉克道出肺腑之言，
夏哈拉克泄尽满腔幽怨。
达吾列提拜不辨是真是假，
再三发问依然追根究底。
这时，只听见哈班拜的弟媳——
扯起嗓子哭嚎起来："哎呀呀！"
她胡乱抓挠脸颊留下道道血印。

"我说达吾列提拜，达吾列提拜，
你为什么缩成了一团不吱声？
犹如去了壳的麦粒没有分量。
问得再清楚现在又有什么用？
难道你的财富仅仅是塔依拉克部？
我们即将失去的是雄伟的大山，
我们就像卷曲了的破烂铁皮。
我敬爱的兄长啊，我的依靠，
一旦失去了您，我懊悔不及！"

她走出门外还在怒吼声声，
她叫来了妯娌们一顿斥训：
"你们总是懒惰睡到日上三竿，
你们的性命真主都懒得接纳。
你们立即收拾行装做准备，
启明星升起时我们就迁徙！
清点牲畜后你们快快上路，
病的瘸的一个也别留下来！

别让兄长知晓论长道短呀!”

她打开了木箱翻了个遍,
拿出了件件珍贵的物品;
她解开了行李翻了个遍,
拿出了崭新物品堆成山。
“我的力量我的太阳我的兄长,
我祈求真主您可千万要好起来!
哎,达吾列提拜!达吾列提拜!
你心胸狭隘惹恼我亲爱的兄长,
你使我失去了原有的沉重分量。
等到敌人进犯百姓困苦的时候,
你是否还有以一胜百的力量!
等到敌人进犯百姓困苦的时候,
是否有人将你的衣服撕个精光!

哎,达吾列提拜,达吾列提拜,
你快去看看你的兄长帮帮兄长,
你快快回到早已经荒芜的家园。
你为一峰公驼而生气离开故乡,
瞧瞧没人看管的牲畜到处都是。

哎,达吾列提拜,达吾列提拜,
你为何缩手缩脚不挺身而出?
你快让人去牵回自己的战马,
不要再迟疑,我们马上就走!”

达吾列提拜听从了妻子的劝告，
达吾列提拜不再犹豫不决：
“我的精神依靠啊，我的兄长，
我到处流浪今天又身处在何方？”
他悔恨交加无地自容黯然神伤，
他跃上了焦灼刨地的神骏飞奔。
他们马不停蹄日夜兼程，
他们直到天亮还在飞奔，
他们终于来到了阿吾勒的附近。
有一个牧羊人说：“他还健康。”
另一个又说：“哎，谁知道呢。”
还有人说：“我已给真主牺牲了青山羊，
走开！走开！成群的绵羊快快地走开！”

“昨天我心情沉重没去放羊，
去阿吾勒里把哈班拜探望。
只见他躺在那儿神志不清，
只见他连双腿都无力收拢。
他真舍不得让你远走他乡，
他舔着干裂的双唇不死心，
他不断询问你是否已回还，
他还一个劲儿地瞅着门栏。”

达吾列提拜听了热泪盈眶，
达吾列提拜扔下了牧羊人，
他策马拼命向阿吾勒飞奔，
他看到故土已经摧肝折肠：

“我日思夜想的同胞兄弟呀！”
听到了弟弟急切的声音，
哈班拜顿时就昏迷不醒。

这时，布哈尔歌谣家开了口：
“达吾列提拜，达吾列提拜，
你不仅令兄长悲痛欲绝，
你还让他派坐骑去接应。
你仿佛与他结下深仇大恨，
明明看到他已经病入膏肓，
你怎么有脸嚎哭：‘我的同胞兄弟！’

再亲近的人也会逝去，
好人同样也会有一死。
如果他真是骨肉兄弟，
为什么不与我说句话，
就要无情地弃我离世？”

哈班拜昏迷不醒的时分，
弟媳也来到了他的床边。
她心疼自己敬重的兄长，
低垂着头立在兄长膝下：
“敬重的兄长啊，您好吗？
我没有吃到您送来的礼食，
我没有守在床前加以孝敬，
我没有端来茶饭加以侍候。
如果我曾经喂你一日三餐，

我还会有什么奢求和遗憾？”

这时，哈班拜咳嗽了一声，
他终于拄着双肘撑起了身，
他没有记恨任何人和事情，
他依然倾心交谈气和心平，
他依然像从前一样端坐正堂。

“我因为身体虚弱才昏迷不醒，
我因为牵挂太多才心生郁闷。
我的力量啊，达吾列提拜，
我的铁汉，忠诚之士哈塞，
我来说说你们大嫂的趣事。
她从不洗手那双手太脏污，
她从不会做客饭又太吝啬，
当世纪末日来临的时候，
我一定会向你讨要孩子。
不要让她骑用怀胎母马，
不要让她穿着补丁衣服，
不要让骷髅马远走他乡，
那可是我自幼骑惯的良马。
不要让人们掩嘴耻笑——
‘这就是大名鼎鼎的哈班拜的婆娘！’
不要让阿吾勒居住偏远，
不要让马群到处去游散，
不要让亲朋好友的孩子们，
去追击逃遁之敌无法回还！

如果落入敌人的血腥之手，
怎么样才可能回到故乡呢？
如果无法回到自己的故乡，
如何洗刷部落的奇耻大辱?!

让我告诉你悲痛的情形：
如果失去了自己的土地，
男子汉还会冷静理智？
如果挤用他人的乳牛，
是主妇还会有饭吃吗？
还有比这更悲痛的吗？
这奇耻大辱难道可以洗清吗？

我告诉你悲痛欲绝的情形：
如果亲朋好友中有人背叛，
你的公马会仰天长嘶，
你的马驹会垂首低泣。
还有比这更悲痛的吗？
这奇耻大辱能洗清吗？

我可以告诉你哭泣的情形：
母羊失去了可爱的小羊羔，
会四处寻觅‘咩、咩’直叫。
母驼死去了可爱的小驼羔，
会阵阵哀鸣‘唔、唔’没止境。
世上还会有比这更悲痛的事情？
这奇耻大辱什么时候才能洗清？”

这时，勇士夏哈拉克，
也来到了哈班拜身边，
眼里涌出泪水洒满襟，
涓涓流淌已汇成一滩。

“夏哈拉克呀，夏哈拉克，
你站在这儿为什么而痛哭？
我的双唇只能微微地翕动，
像窃窃私语的婆娘般低吟。
只要我还有一口气在胸间，
我的眼皮一定会不停眨动。”

“我跑上了一座山梁观望，
只见骷髅马不再吃绿草。
如果不是已经走投无路，
我怎么会哭泣着来找您！
阿特克之子沙德尔做统领，
带着千人队伍来到了河谷。
我已惊慌失措，惊慌失措！
听说他要乘着哈班拜活着，
大举进犯他辽阔的疆域。”

哈班拜听了眉头凝成一座山麓，
哈班拜听了恨不得将敌人掀翻。
那可是一个性格暴躁的伟人，
这时已经怒不可遏坐立不安。

那可是一个长发飘逸的伟人,
这时长发已经低垂在了前额。
那可是一个睫毛很长的伟人,
这时睫毛已经把眼睑都遮掩。
那可是一个胡须很长的伟人,
这时胡须已经把前襟来遮蔽。
哈班拜气得面红耳赤的脸颊,
汗毛早已经一根又一根乍起。

"我会向清泉奉献马匹,
我会向天花奉献绵羊,
我会向天神奉献幼驹,
真主啊快给我力量吧,
快给骷髅马儿鞴上鞍,
快给我虚弱的身体注入活力,
使我在正午前变得强壮无比。"
他给清泉奉献了马匹,
他给天花奉献了绵羊,
他给天神奉献了幼驹,
真主接纳了他的祈求,
让他正午前变得强壮无比。

真主给了他无比的活力,
人们给骷髅马鞴了马鞍。
这个时候的哈班拜英雄,
变成了力大无比的男人,
夏哈拉克身手非常捷敏,

给他系上六抱镶银腰带。
哈班拜的口号震天界响，
哈班拜的旗帜迎风飘扬。

这时力大无比的哈班拜开了口：
“我说夏哈拉克呀，夏哈拉克，
我将你自幼带在身边冲锋陷阵，
我知道你身手不凡是个好助手。
快去把我的骷髅马牵过来，
快去给我的骷髅马钉上掌。”

夏哈拉克即刻牵来骷髅马，
夏哈拉克即刻钉上金马掌。
那牲畜认出了自己的主人，
欢快地扬起蹄子喷着响鼻。

哈班拜早熟知坐骑的习性，
哈班拜与它是交心的知己。
哈班拜与骷髅马共同盟誓：
最后一次共同出征战胜敌人！

“我亲爱的牲灵骷髅马，
你自小就吮吃母乳，
长成了一匹有斑纹的枣骝马；
三岁时吮吃了母乳，
长成了鹰座儿一样的枣骝马；
四岁时吮吃了母乳，

成为了粗木桩一样的枣骝马；
五岁时吮吃了母乳，
成为了魁梧健壮的枣骝马；
六岁时吮吃了母乳，
成为了茁壮雄健的神骏；
七岁时我们调教驯化你，
让你拖着缰绳自由地奔跑。
我骑在你的背上稳稳当当，
参加了无数次遥遥无期的征战。

我曾经将岳父的女儿，
放在了你肥硕的后臀坐稳。
我亲爱的牲灵骷髅马，
真主熟知你一生所有的故事。
我已经是七十八岁的高龄，
你已经是三十八岁的年数，
如果骑着别人的陌生战马，
我犹如骑在牛背上慢慢悠悠。
我骑着你驰骋万里也不回头，
我骑着你毫不犹豫奔向海洋。
我亲爱的骷髅马，我的骷髅马，
你千万别让人说哈班拜已死亡！
四位圣贤人数众多的后代啊，
千万别让外敌弄得七零八落！
在我的胡须已经银白之时，
在我的生命面临死亡之时，
如果你想以身殉道就该挺身。

你长着芦苇一般竖起的双耳，
你长着火星一般飞溅的四蹄。
你如果不能驰骋，就是懦夫，
我如果不能冲锋，就是孬种！”

奋起四蹄飞奔的骷髅马，
驮着鼓起勇气的哈班拜，
一跃闪过飞箭抵达的地方，
一跃闪过刀剑触及的地方。
他像一把锋利的大刀挥起，
将敌人一个一个剁成肉泥。
他挑起胆敢来较量的敌人，
猛摔在地上，使他粉身碎骨。
他将一个又一个徒步的敌人，
他将六十名乘骑的敌人，
一口气杀死扔在了洼地，
尸骨垒成了凸起的小山。
他将胆敢迎面冲来的敌人，
一个又一个赶尽而且杀绝。
百里挑一的骏马就在身下，
坚不可摧的头盔戴在头上，
哈班拜英雄指挥着千军万马。
这时他一眼瞥见少年沙德尔。
顿时，他心潮起伏义愤填膺，
他从高高的山冈冲向了洼地，
他一路挥动一把锋利的刀剑，
他一路狂奔来到了少年身边。

少年没有丝毫怯懦英气逼人,
哈班拜怒不可遏逼视着少年。
哈班拜挥剑过去少年被刺中,
少年锁骨断裂被掀翻在地上。
主帅阿布赉也冲了过来怒吼:
“我要剁下你这盗贼的脑袋!
要杀掉这胆大妄为的少年!”

这时,哈班拜则连声恳求说:
“阿布赉,千万不能下此毒手,
千万不能再扩大我们的伤口!
十六岁正是风华正茂的时节,
他也是个少年得志的男子汉,
因为无所事事受怂恿才参战!”
阿布赉则坚决不从不依不饶:
“他抢劫了我山冈上的牲畜,
他抢劫了我篷车里的姑娘,
他们烧杀抢掠十恶不赦,
曾经草菅人命害得满目疮夷!”

这时,那个少年却出言不逊:
“我可是不畏强暴的少年勇士,
我可是要砸烂你大帐的勇士!
请你快快地杀了我不要犹豫!
否则我会杀掉你所有的百姓!”
面对口出狂言不屈服的少年,
阿布赉毅然从马背上跳下来,

阿布赉马上从鞘里拔出了刀，
他根本没听从哈班拜的阻拦，
他操起刀剜下了少年的心脏，
他操起刀杀掉十六岁的生命，
英雄们痛饮鲜血解心头之恨。
柯尔克孜勇士血溅大地毙命，
柯尔克孜士兵恓恓惶惶逃窜。

哈班拜的双脚滑出了脚蹬，
疲惫不堪的英雄也慌了神。
他将达吾列提拜叫了过来，
他向乡亲们做了最后叮嘱：
“哎，达吾列提拜你快来，
你快过来呀看看我的情形。
猎人费尽心思支起的兽夹，
理智的人们呀绝不会踩中。
天神早已经注定的劫数，
无论任何人也无法逃遁。
你将我送回自己的毡房，
我从此再不会康复出征。
年幼的孩子孤寡的婆娘，
我该交代给身边哪个人?!
不要说拿走我的一峰骆驼，
你甚至可以拿走广袤疆域；
快拿走曾经舍不得给的母马，
快拿走曾经放不了手的母驼，
这成群的牲畜全部都留给你！

有什么话最好现在就敞开说,
不要憋在心里太久懊悔不已!
明天是礼拜一是吉祥的日子,
悲痛将会笼罩着你们每一人。
整个疆域会阴云密布愁死人,
所有的百姓都会悲痛地哭泣。
请在阿尔卡尔山麓掘一座坟墓,
请将我埋在绿草茵茵的山谷。
请你们宰掉怀胎母马做圣餐,
分给四面八方赶来奔丧的宾客。

我闭上双眼离开人世之后,
柯尔克孜人会来盗走尸体。
我闭上双眼离开人世之后,
你一定要静静地守墓三天。
我离开人世再过三天之后,
白公驼就会驮着我的尸体,
将我葬入地底,让我安息。
我不会分什么远亲和近邻,
我不会分穆斯林与异教徒,
谁如果先呼喊我的尊名大姓,
我一定会先去辅佐那位英雄。”

英雄贾尼别克

贾尼别克·别尔达吾列提(1714—1792),是哈萨克汗国阿布赉汗手下著名的军事首领之一,他还是一位能言善辩的雄辩家,一位高瞻远瞩的外交家,一位出口成章的诗人。在民族危难关头,他与哈萨克民族英雄阿布赉、哈班拜、博甘拜、纳吾热孜拜等共同抗御准噶尔蒙古贵族的叛乱,并作出了杰出的贡献。

119

英雄贾尼别克

这件事搅得我思绪纷飞，
但愿真主使我如愿以偿。
听众们，请你们仔细聆听——
我想讲述贾尼别克英雄。

他的形象挥之不去让人难眠，
我不是因为闲得无聊才赞颂。
许多年我都没有机会讲述，
后代们还要等到何月何年？

每个人都必有一死撒手人间，
我想趁活着记录他的伟绩丰功。
命中注定的劫难来临的时分，
红润的脸颊会变得灰白枯黄。

阿巴克是克烈部落的大婆母，
我将一一数说她的后代子孙。
因为真主赐予她衷心的祝福，
她的后代繁衍成为十二支阿巴克克烈部落。

谁不知克烈的优秀后代焦吾巴沙尔，

谁可以忘记自己的先祖令利智昏。
他的儿子就是贤明的毕官玛怡和，
他的孙子就是阿里达别尔德英雄。

阿里达别尔德之子是巴哈纳勒，
我们现在开始数说先祖的系谱。
他的次子巴依劳又来到了人间，
巴依劳总是围着父亲撒娇撒欢。

巴依劳又生育了别尔德乔拉，
带来吉祥的坚铁开也生于他。
之后繁衍坚铁开支部的三位后代，
他们都受到克孜尔圣人的青睐。

苏英夏里、苏英德克和苏英拜——
人们都将他们称为三个坚铁开。
如果我说的再简单明了点的话，
他们是阿巴克克烈部落的一支。

我们是坚铁开部中的苏英德克，
我们始终关心忧虑部落的命运。
我们有了哈列克和阿勒特两个儿子，
我们繁衍生息受到了众人的关注。

胡勒曼别克是哈列克的独子，
他去了舅舅家那边成家立业。
所以我们与他们没有了来往，

除了奥恩德尔汗和布兰,其他人都已离世。

阿勒特一共生育了十五个孩子,
他为此欣喜若狂仿佛够着了天。
他周围扎起了十三顶新婚毡房,
他的左右前后鲜花朵朵怒放。

那是一段连年战争的峥嵘岁月,
谁会拒绝获得巨大的利益。
他们拥有一大群剽悍的骏马,
人人赞誉:啊!阿勒特的马群!

人们在礼拜五开始向故乡迁徙,
谁也不知明天会发生什么事情?
大婆母因为洗涤衣裙没有搬迁,
无可奈何,她是否感到懊悔万分?
人们劝道:可别拖到礼拜六才动身,
人们劝道:阿吾勒不扎营您可别松劲。
俗话常说:悬崖之下藏着进犯之敌,
您应该聆听劝说三思再行不可鲁莽。

人们说您该听劝说多多思考,
聆听众人劝说当然理所应当。
俗话说:分离的人肯定被消灭,
紧追不舍的敌人绝不会放过他。

人们都说危险已经迫在眉睫,

人们都说这都是苦口良言。
连乌拉娅提[①]都说服不了大婆母，
儿子阿勒特只好说:随她的便!

人们再三再四地苦苦相劝，
大婆母却怎么样不肯顺从。
他们悠闲自在地住在这一带，
一个阿吾勒就这样留在了旧营盘。

因为双眼还未昏花依然明亮，
所以老人家听不得苦口相劝。
妄自尊大有百害而无一利，
她自高自大终将吃尽苦头。

自吹自擂会带来各种害处，
倒霉之时没有人把你可怜。
他们后来遭受了灭顶之灾，
他们后来被敌人乱刀砍杀。

他们就这样留在了偏僻地带，
人们的苦口良言却一文不值。
他们高枕无忧显得悠闲自得，
没料到敌人在凌晨把他们砍杀。

同部落的乡亲们离他们并不远，

①乌拉娅提:人名，苏英德克的妻子。

但是他们的行动实在非常迟缓。
他们甚至来不及跑去通风报信，
无可奈何，他们没有乘骑只能步行。

敌人那边却准备得特别妥当，
全副武装来到偏远地带抢劫。
人们赤手空拳无法进行抵抗，
倒在血泊之中的人们能干什么？

整个阿吾勒血腥味儿扑鼻，
遭受抢劫他们已插翅难逃。
他们强忍着悲痛懊悔万分，
悲痛嚎叫又能奈何了什么？

那是一个人丁兴旺的阿吾勒，
人多势众什么人把他们轻视？
现在被杀得没留下一个男丁，
首领被斩首，财富全被抢劫。

卡尔梅克人一次又一次进行侵扰，
他们抢劫了牛马羊驼全部四畜。
群狗绝望吠叫，孩儿惊恐哭嚎，
整个阿吾勒顷刻变得一片狼藉。

那时敌人静观任何风吹草动，
已经为这个部落套上了枷锁。
如果他们与大部落一同搬迁，

卡尔梅克人不会如此大胆烧杀抢劫。

相邻的阿吾勒也遭到了洗劫,
那儿也没剩下哪怕一个男丁。
敌人已无所忌讳杀红了眼睛,
所有能看见的人都格杀勿论。

叶斯纳扎尔那天正好外出寻畜群,
他顺着牲畜踪迹到了要去的地方。
是真主赐予了他仁慈的福祉,
他保全了性命没有遭受劫难。

啊！人间,这是多么地残酷！
婴儿沙热在襁褓里啼哭涟涟。
被一位大嫂捡起来藏在灶间,
这使他终于逃过了灭顶之灾。

叶斯纳扎尔与沙热安然无恙,
两位后代总算活下来保了命。
我们感谢真主所赐予的恩典,
留下后代之根就是一种福分。

叶斯纳扎尔终于长大成人,
现在他成为阿吾勒的头人。
他的儿子是巴扎尔拜、巴扎尔克里德,
巴依哈斯哈、布哈尔拜、昆吐和奥里加。
沙热是阿勒特最小的儿子,

还不谙世事就失去了父亲。
他养育了别尔达吾列提和克尔达吾列提,
他们没有来得及向卡尔梅克人报仇雪恨。

别尔达吾列提回首往事感叹声声,
他憧憬丰饶富裕的岁月再次回返。
他看到了破败的阿吾勒忧心忡忡,
但是他也看到了希望投来的光亮。

有一天秀发[1]婶婶突然害口要吃狼肉,
这使他的希望变得更加强烈。
他逮来野狼让她吃了狼肉,
她满足了食欲更加美丽漂亮。

她生育了一个儿子人们奔走相告,
婴儿的个头杨柳般一天天蹿长。
厚背梁,粗脖颈,宽阔的肩胛,
配着他高大的身材显得更加英俊。

宽宽的胯骨高高的胸脯犹如麋鹿,
后背竟然长出鬃毛犹如一匹野马。
他的双肘粗壮双臂堆满了肌肉,
恰似睁着饿眼四处觅食的山鹰。
小腿有力,踝骨硕大,双眉浓密,

①秀发:在哈萨克语里读作"恰希",因为贾尼别克的母亲长着茂密的秀发,所以人们称她为"秀发婶婶"。

方脸,大眼睛,额头宽大平滑。
他犹如壮士行动稳健性格沉静,
人们都为他的魁梧伟岸而惊叹。

这就是声如洪钟的贾尼别克,
我们亲眼看到他游历这一带。
我们知道他就是勇士和圣贤,
我们祈求他为这个婴孩命名。

听到贾尼别克来临父母前去拜见,
他们诚恳祈求老人家为儿子祝福。
别尔达吾列提终于将他带回家中,
他们想图个吉利愿望也非常强烈。

“请您仔细看看孩子再给他命名,
我们将这份重任委托与老人家。”
当时,贾尼别克将孩子捧在手中,
答应郑重其事为自己的外甥来命名。

他说这孩子四肢健壮五官端正,
天生一副伟岸英雄勇士的俊样。
我看见摇篮就已经踌躇满志,
我以自己的名字为他命名——贾尼别克。

别让他人指名道姓地诅咒他,
别奢望碍手碍脚地去控制他。
我赐予他这孩子诚挚的祝福,

让我们摊开双手为他来祈祷：

“克烈是一个人口众多的部落，
愿你成为周游各部的雄辩家；
克烈是一个地域辽远的部落，
愿你成为头领英勇征战四方；
你面前横着万重关山，
愿你用智慧信步翻越；
你面前站着进犯的敌人，
愿你冲向敌人杀绝砍尽；
部落里有许多棘手的纠纷，
愿你成为明辨是非的法官。
愿你击败肆意进犯的敌人，
愿你在征战之中安然无恙。
如果你迎着敌人站出来决斗，
愿你身手麻利砍下他的脑袋。
如果你忧国忧民怒发冲冠，
愿你像倾盆大雨压境而来。
愿你成为为民请命的将领，
愿你成为万众拥戴的领袖；
愿你成为不战则已要战必胜，
能将敌人狠狠压在双膝之下，
百炼成钢勇猛强劲的大英雄。”

人们都感激老人家的诚挚祝福，
人们都恳求老人家辅佐这个孩子。
恳求真主赋予孩子英雄的勇猛，

恳求真主使他成长为旷世英雄。

这孩子一出生就已经闻名遐迩，
熟知钻石和珍宝都出自乱石堆。
因为造物主赐予了他无限福祉，
还在年幼苍狼之神灵已经附身。

他还在摇篮就听得懂上马的召唤，
他后来在征战之中渐渐长大成人。
贾尼别克长到了一十二岁的时候，
便参加了一次远途跋涉的征战。

贾尼别克就这样跃上马背去打仗，
瓦提汗、巴尔玛克都是他的随从。
当他骑着三岁青马杀向疆场，
亲眼目睹过的人都惊愕万分。

一块铁千锤百炼才能成钢，
连年征战正好考验男子汉。
因为他听从命令完成使命，
哈萨克可汗阿布赉极欣赏。

人们看到了一位朝气蓬勃的青年，
他英勇杀敌奋不顾身不畏死亡。
阿布赉亲自挂帅指挥这次征战，
青年贾尼别克同仇敌忾奋勇当先。
我们的雄狮就要杀向疆场，

他们要为前辈们报仇雪恨。
虽然他还年幼还未长大成人，
但他舍生忘死准备决一死战。

贾尼别克与敌人一对一决战，
败敌制胜为前辈们报仇雪恨。
他使丧心病狂的沙德尔浸在血泊之中，
苍天啊，他们总算解了心头之恨。

英雄贾尼别克大声吼道：快出手！
所有的人都被他的吼声震慑。
对方吓得缩头缩脑不敢上场，
对方吓得东倒西歪屁滚尿流。

卡尔梅克人连声求饶乞求妥协，
他们终于软下来不再张狂不羁。
贾尼别克使凶悍的敌人低下头，
贾尼别克以勇猛顽强声名大振。

他们到了杂草丛生灌木遍地的角落，
不知真主怎么会让他们飘落此地。
可汗阿布赉的棕马不幸突然中弹，
赫赫有名的大将领只得徒步行进。

辅佐可汗阿布赉成了首要大事，
贾尼别克此时显示出非凡身手。
他率部杀向疆场奋死拼搏，

哈萨克军队大获全胜喜气洋洋。

人人万分感谢贾尼别克，
他们高奏凯歌返回故乡。
阿布赉可汗下达了这样的命令：
由贾尼别克挂帅带兵掌握大印。

可汗阿布赉使他成为了左膀右臂，
赐予浩荡的克烈部落珍贵的大印。
他任命贾尼别克为军队统领，
他赐予了英雄浩浩荡荡的军团。

贾尼别克成为英雄声名显赫，
成为了克烈部落的中流砥柱。
他为人民谋幸福维护部落尊严，
他与各路敌人不懈地征战。

我们的讲述另有一段隐情，
生活之中深藏着无数玄机。
哈萨克与卡尔梅克连年战争之时，
哈萨克汗国内部也时有内讧发生。

卡尔梅克人从左右两侧夹击哈萨克军队，
托布克特、阿尔根部落又与克烈反目。
如果克烈部落和乃蛮部落再发生争纷，
那么，事态很可能更加恶化难以应付。
克烈人终于被乃蛮人牢牢地制伏，

最初也怪他们自己没有安分守己。
克烈部落也因此受到三项严厉惩罚：
赔偿三位姑娘、三十峰怀胎母驼、三百匹母马。

这场纠纷使两个部落产生了裂痕，
但是没有人从中汲取教训和经验。
而且乃蛮部落那些别有用心的人，
每年都要巧立名目索取赔偿物品。

“难道他们就该这样肆无忌惮？
难道无人能阻拦他们为非作歹？
难道克烈部落不会同仇敌忾？
逼迫他们不再继续妄自尊大。

难道他们可以如此无情无义？
难道这一切不是侮辱与欺压？
难道他们忍心将同胞当仇敌——
年轻的贾尼别克义正词严地怒吼！

我们究竟怎么惹恼了乃蛮同胞？
使我们个个都为他们扎起毡房？
让我们个个都为他们辛勤奔忙？
让我们个个都为他们准备姑娘与牛羊？

他们做了闻所未闻的丑事，
他们割下了姑娘们的发辫。
他们肆意挥动手中的大棒，

他们是从哪里来的老滑头?
他们这算是什么样的行径?

他们割下了怀胎母驼的牵鼻绳,
他们割下了三岁马匹的尾和鬃。
他们为什么如此虎视眈眈?
他们为什么像敌人盯上了我们?
他们部落是不是已经发疯发狂?

你们为什么对我们进行三项惩罚?
你们为什么如此放肆巧取豪夺?
你们的脐带血究竟洒在了哪里?
相互呼唤深情相见的礼仪何在?
难道血缘同胞就这样反目为仇?!”

他又说:“为何说我们不是属一个部族?
没有人逼迫他们来到我们中间栖息。
六个部落都是同胞共同构成中玉兹,
相互认可相互尊重一顺百顺多自在。

同胞们,我想阐明此事的恶果:
一滴滴水汇聚起来会变成洪灾,
你们有九个支部,我则有十二个,
我们与你们地位平等没有啥差别。”

贾尼别克说了这话义愤填膺,
他眼睑低垂一脸的怒容难平。

“我也会跃上棕马准备决战到底！”
他如此对答一时怨恨难以消解。

难道我们就这样分崩离析？
同胞啊，死亡已经窜来了！
他们割下了三耳帽的帽顶——
剃发实际上意味着削除脑袋。

你割下了鬃尾就是割断我的腿脚，
那么我也应象征地割下你的裤脚。
我会让你们每三户支起一口肉锅，
我会这样为你们端上整盘的食物。

割断了牵鼻绳就是折断我的腰肢，
留在旧营盘！——难道不是作对？
割下了衣服的一片片衣襟——
还大言不惭说权当进行了三次惩罚。

这种争纷没有中断一直继续，
平民百姓对此不满颇有微词。
双方互不相让各自我行我素，
卡尔梅克人却为此感到沾沾自喜。

这种争纷延续了相当长的时间，
这种争纷更有害于后代的成长。
相互指责相互刁难能有什么结果，
但愿整个哈萨克民族平安无恙。

有些事随着岁月流逝渐渐淡出，
尽管如此心中依然会留有伤痕。
我之所以讲述令人懊悔的事情，
只为后代们从中汲取深切教训。

阿布赉若再生父母提倡和睦，
他挺身而出阻止事态的发展。
他将整个哈萨克草原整合在一起，
感谢这位尊敬的可汗胸襟辽远。

那是动荡的时代连年征战，
民族的江山何时稳固平安？
人们不脱衣不绊马严阵以待，
哈萨克人民暗无天日悲愁伤心。

阿布赉准备率部开拔前线，
众多的将帅准备一同上阵。
双方就要进行最后的决战，
这是一场令人惶惶不安的战争。

哈萨克人和卡尔梅克人准备决一死战，
他们从来彼此相知是世代仇家。
双方的先头部队已经白刃相接，
双方的军队浩浩荡荡没有头尾。

卡尔梅克一方的勇士奔到了疆场，

只见他虎背熊腰似庞然大物。
他掐死对手恰似掐死一只山鸡，
他嗜血如命还没有饮够鲜血。

卡尔梅克勇士色仁雄狮一般吼叫，
他想征服哈萨克最棒的勇士英雄。
他妄想让哈萨克将帅束手就擒，
以便实现他们独霸一方的野心。

他向黑压压的人群滥施淫威，
他示意有胆量的人出来比试。
尽管他把哈萨克人骂得狗血喷头，
依然无人敢挺身而出与他来对决。

哈萨克众将看见他便惊慌失措，
曾经的誓言在那一刻黯然失色。
甚至还有一些胆小如鼠的将士，
这时却为了保住性命临阵脱逃。

阿布赉一时窘迫大汗淋漓，
他审时度势一时乱了方寸。
哈萨克人的军心这时已经动摇——
哎呀呀，谁敌得过这样的恶棍！

突然人们大喊：有人挺身而出！
如果不是贾尼别克又会是谁呢？
当哈萨克将士六神无主的时刻，

竟然有人义无反顾地挺身而出。

卡尔梅克勇士身骑威风凛凛的神骏,
神骏的冠发辫成了发辫在风中飘逸。
他甚至不用正眼直视贾尼别克勇士,
他一时显得狂妄自大又无法无天。

贾尼别克看见此状怒发冲冠,
他立即操起一把锋利的长矛。
他爆发出了雄狮一般的狂吼,
他洪亮的声音震得天动地摇。

挺身而出的正是贾尼别克勇士,
两位勇士相互搏斗很难决胜负。
可汗阿布赉就在这片疆场督战,
宰掉坐骑赐予了他诚挚的祝福。

贾尼别克高呼口号奋力去打拼,
两位勇士相互窥视以扳倒对方。
他们两仇人在浴血的战场相遇,
像两只发疯的公驼狂吼着交战。

他们怎么可能无功而回返?
他们怎么可能不显示神威?
他们相见就无法按捺怒火,
他们仿佛渴望与对方交锋。
他们互相交手又竭力规避,

他们挥戈拼杀无法接近对方。
他们虎视眈眈地盯着冤家，
他们小心谨慎，以防被动。

他们互相死缠硬磨还竭力拼搏，
但不得要领无法击到要害之处。
他们互相挥矛想致对方于死地，
但不得不防备一时很难决出胜负。

他们咬牙切齿发出公驼般的吼声，
但无法将对方咬成碎片唾他一地。
他们双眼清澈犹如公马般放肆，
但是依然无法让长矛浸满鲜血。

他们使周围尘土飞扬似公牛刨地，
仿佛空旷的战场盛不下两个勇士。
他们狂吼乱叫投出长矛划过天空，
但无法像摔跤手将对方打翻扳倒。

他们无法牢牢地骑在马背之上，
他们有时俯下身去仿佛要倒地。
两把长矛一次次相交又一次次滑开，
矛峰始终无法戳入对方的心脏。

战场上烟尘四起一片狼藉难收场，
犹如巨龙摆动着尾巴从这儿经过。
两柄长矛狠狠挥起来又闪向对方，

在滚滚烟尘中闪烁着耀眼的光芒。

长矛相交发出“咔嚓”“咔嚓”的响声，
犹如一堆一堆巨石从悬崖上滚落平原。
马镫在他们的腿间发出“啪啪”的声响，
恰似年迈的奶奶在光板皮上抽打羊毛。

脚下的土地已经成为一片洼地，
看看那惨状你肯定会惊愕万分。
他们四周掀起一股股滚滚烟尘，
仿佛这一带狂风大作蔽日遮天。

对手扭打在一起累得筋疲力尽，
双臂酸痛双腿已没有多少气力。
他们哪有空暇喝一口水解渴，
他们已经口干舌燥嗓子冒火。

战马已经疲惫他俩也已劳顿，
他们也知道自己有几斤几两。
他们挥动长矛投向对方侧面，
战马因困顿而跪地缩成一团。

他们无法呼吸口中喷出白沫，
他们双腿颤抖、酸困、肿胀。
他们气力相当无法立即制伏对方，
他们毫不怜惜气力只是难决输赢。
他们绞尽了脑汁想尽锦囊妙计，

也无法将长矛刺入对方的心脏。
他们越战越勇热血直涌脑门，
他们不眨眼紧盯对方的身手。

在他们无法刺入对方要害时，
贾尼别克突然清楚地看到——
对方掉了一颗纽扣蹦了出去，
劫难已来临谁又能侥幸逃脱？

他的要害之处原来就在这儿——
贾尼别克挥起长矛猛刺一下。

卡尔梅克勇士瞬间滚落倒在血泊，
他翻来滚去已经奄奄一息没动静。
双手沾满鲜血嘴里尽是粪便的家伙，
终于被英雄贾尼别克彻底制伏！

贾尼别克揪着他的发辫割下脑袋，
贾尼别克摘下他颈上勇士的项链。
他骑着战马飞奔到阿布赉的面前，
他把那颗肥硕的脑袋扔在了一边。

所有的人都对贾尼别克瞠目结舌，
敌人阵营那边将士惊倒了一大片。
他们终于承认自己已经败下了阵，
贾尼别克终于在战场上转败为胜。
妖魔鬼怪一时兴风作浪，

他们像毒蛇缠着人不放。
因为侵略他们激怒了整个民族，
更大的战役一场接着一场发生。

我绝对不会信口开河满口雌黄，
哈萨克人与卡尔梅克人不停地交战。
英雄哈班拜、博甘拜已经衰老力尽，
贾尼别克勇士继而挺身英姿飒爽。

卡尔梅克人准备发动更加惨烈的进攻，
哈萨克人义愤填膺已经无法继续忍耐。
贾尼别克率领浩浩荡荡的军队，
十二次征战一次一次捷报频传。

他身经百战一路高歌猛进，
他战无不胜一生功绩辉煌。
他战胜了无数的艰难险阻，
他勇敢地保卫了父老乡亲。

贾尼别克的英名犹如春风浩荡，
他将迎面而来的敌人砸进地底。
他率领众部一路征战四方凯旋，
没有人与他匹敌与他平分秋色。

他是雄辩家又是孤胆英雄，
个中自有可以论说的隐情。
他舌战群儒还要征战四方，

他始终灵敏地挥动这两把宝剑。

雄辩才能就是一把尚方宝剑，
所言所述谆谆教诲深入人心。
娓娓道来循序渐进语重心长，
乡亲们都为他的说服而心动。

哈孜别克勇士曾经是雄辩家，
贾尼别克继承衣钵以他为师。
哈孜别克当年这样评价贾尼别克：
“现在没有人比得上你的雄辩才能！”

贾尼别克是人人拥戴的领袖，
他生性谦逊和蔼襟怀坦荡。
他是受到先祖亡灵辅佐的人，
却从不会聚敛财富以势压人。

敌人进犯他会义愤填膺奔上战场，
他会奔上战场激战消解心头之恨。
虽然他身经百战立下赫赫战功，
但面对战利品他总是退避三舍。

他是心地善良慷慨直率之人，
这些可以证明他是温顺的人。
他永远关注穷人的饥饿温饱，
所以人人都爱戴他把他推崇。
他是个慎思慎言的沉稳之人，

他从不会摆出架子去吓唬人。
汗国如果碰上棘手的事情,
可汗阿布赉都会与他商量。

可汗阿布赉信赖贾尼别克大臣,
所以常常召他来一起运筹帷幄。
可汗阿布赉经过再三思索掂量,
准备委以他重任让他独当一面。

可汗阿布赉独处之时再三思量,
我是否选错了贾尼别克这个人?
他派贾尼别克去朝见乾隆皇帝,
表示哈萨克汗国将归顺于清朝。

他在可汗宫殿庄严地宣布——
贾尼别克将担任使团大臣。
他又指派了六位文将武官,
他们将随团开拔去到东方。

贾尼别克亲手递信给乾隆皇帝,
清朝的皇帝眉开眼笑欣喜万分。
贾尼别克详细说明此行的意图,
贾尼别克将可汗阿布赉捧上了天。

乾隆表示接纳汗国的请求,
第一,从此不再收取任何赋税,
第二,双方和睦相处互赐平安,

第三，皇帝旨令不会朝令夕改。

贾尼别克对乾隆皇帝敬佩有加，
他跋涉冬和春整个半年的路途。
因为此行万事如意一帆风顺，
所以再远的路途也不在话下。

贾尼别克带来了乾隆皇帝的问候，
贾尼别克带来了情谊厚重的礼品。
贾尼别克满面春风地回到了故乡，
贾尼别克劝阿布赉不必另谋出路。
他的丰功伟绩先讲述到此处，
停步不前当属男子汉的耻辱。
我不会隐瞒自己的所见所闻，
我再讲述阿巴克克烈的轶闻。

在此之前克烈部落散落在各方，
他们的破败贫穷已经到了极限。
他们经历了磨破脚板的大迁徙，
曾一度驻扎在了锡尔河的沿岸。

“我们会在锡尔河沿岸繁衍生息，
这是蜜汁我们当然会开口吞下！”——
这首诗最终成为了历史的记忆，
人们啊，我怎么可能将它忘记?!

贾尼别克陷入沉思再三掂量，

他回首历史汲取经验与教训。
他将克烈部落的大权尽揽手中，
他想让克烈部落变得繁荣强盛。

贾尼别克齐聚克烈部落十二分支，
他号召所有头领共谋发展都尽力。
他召集所有头领运筹帷幄在一起，
卖关子说空话对部落又有什么用？

克烈十二分支组成队伍浩浩荡荡，
犹如人体的所有器官完美又灵敏。
在此之前他们无法统一形成整体，
民族历史上可汗与英雄代代辈出，
相比之下，我们可不比任何人差。

克烈十二分支犹如一年的十二个月，
整合统一就能形成一个周年吉利。
犹如刚刚临世的婴童长出了手脚，
开始光顾大千世界开始咿呀学语。
让我们成为统一的部落奋发图强，
让我们万众一心众志成城谋发展。

克烈十二个分支犹如属相一轮，
现在可以回想过去的峥嵘岁月。
既然成为了一轮属相般的男子汉，
怎么可以没有动作万般俱损。

如果克烈十二分支齐聚一堂，
那么肯定人才济济盖世超群。
你肯定看得见天上的北斗七星，
虽然远离人类但不显孤苦伶仃。
七个强盗星、雪青马星、白灰马星，
还有两根拴绳和铁蹶子星，[①]
总计相加就是十二，你是否知晓？
你们应当振奋精神奋力拼搏，
这是我们所有人应尽的职责。

你们十二个分支应当聚在我身边，
犹如山鹿犄角分十二杈威武雄壮。
山鹿临难也不会低下高贵的头颅，
你们应当学习它顽强不屈的精神。

竞赛中应当像飞毛腿一般飞奔，
抱成一团就会赢取远方的珍宝。
繁衍优良品种和庞然大物的猛虎，
十二周年一个生肖才会出现一回。

我们应当成为百兽中的猛虎，
绝对不将冠军扔给他姓外族。
我们应成为负重的一峰黑驼，
愿真主赐予我们它的气力。
黑驼耐得住饥饿还有焦渴，

①指七个强盗星、白雪星、雪青马星、两根拴绳和铁蹶子星等星辰。

所以在母腹孕育十二个月。
我们难道连峰黑驼都不如,
我这样规劝请你们多思索。

穆斯林教徒有十二个伊玛目①,
他们前前后后都生活在人间。
如果你们像他们凝聚在一起,
尊贵的安拉一定会降临福祉。
面临危难你们定要抱成一团,
十二个人要携手并肩同前往。

传说中解梦析梦有十二条法则,
自古以来这样的轶闻广为流传。
如果我们仔细钻研个中的奥妙,
就有许多值得我们借鉴的地方。

你们十二个人不能再各自为政,
你们面对的不是梦境而是现实。

我曾经远离自己的部落流落他乡,
男子汉是否成才取决于他的顽强。
每个人的故乡都犹如波斯古城,
我为此所思所想依然铭记在心。

①伊玛目的原意是领拜人。十二个伊玛目指的是受教徒崇拜的,源自于哈力和法蒂玛的后代,也被认为是伊斯兰教法定的指路人,即:阿里、哈桑、侯赛因、栽因·阿比丁、巴基尔、贾法尔·萨迪格、穆萨·卡兹姆、阿里·里达、穆罕默德·贾瓦德、阿里·哈迪、哈桑·阿斯凯里、穆罕默德·蒙泰扎尔。

由于受十二支阿巴克克烈先祖的辅佐，
所以十二岁本命年我就奔赴战场。

谁会喜欢顽固不化僵死的人？
人们大都喜欢温顺谦和的人。
我聚拢了遗散各处的克烈部落，
又想起这些实在无法消停安睡。
我在十二次征战中均大获全胜，
我将十二次凯旋分发给十二个支部。

马具有马勒、缰绳、笼头绳、笼头，
后鞦、胸带、鞍绳、鞍垫、马肚带、
马镫、鞍鞒再加上马鞍不正好十二？
你们应当像鞍具齐备的男子汉一样，
披挂齐整严阵以待准备出发去远征。

马具一一数来正好也是一十二个，
为民族奉献一切是男子汉的誓言。
如果男子汉率部进行重大的征战，
想想吧，那可是民族的一道风景。
我只是向你们提出了十二个问题，
谁怎么做相信男子汉们自有主张。
身材健壮可以完成许多人业丰功，
时间流逝机会已经来到我们面前。
许多年来我们懒得动弹没有行动，
那么，为什么依然安睡？快行动！
我们是经历了十二生肖纪年的人，

十二支的阿巴克克烈请快快行动。”

贾尼别克列举了许许多多事情，
听到的人们个个感到惊异万分！
他是胸襟辽远足智多谋的首领，
他使聚集的人们陷入一阵沉思。

他对百姓似亲兄长语重心长，
他对敌人似黑风暴无比凶残。
只见两位愁云满面的老人家，
激动万分对齐集的人们说道：
这一边居住着俄罗斯大公国，
如果嫁与姑娘就有栖身之所，
兄弟们，谁会知晓个中艰难！
那边是虎视眈眈的卡尔梅克，
他只会残忍地割下你的头颅，
所有的人都应该想到这一点！

这一边盘踞着柯尔克孜人，
他们是你们心中的一块冰，
这一点大家也都应该知晓！
那边则是泱泱大国——中国，
人口多地大物博，吉祥富饶，
这一方面你们也应该想得到！

他举一反三论说并告诉大家：
“请你们大家加以选择和掂量！”

“你们说的正中下怀，说得对！”——
众人纷纷赞誉他们睿智英明。

我这话没有半点是假全为真，
如果不说出来我会懊悔万分。
我们随你上路，请挂帅统领，
聚会上人们就这样达成一致。

贾尼别克博学多才雷厉风行，
他准备着手解决棘手的问题。
他亲自率领克烈部落的民众，
开始向先祖的故乡阿勒泰行进。

克烈部落选择了正确的路线，
成为强势部落世人刮目相看。
他们高擎大旗一路向前发展，
福祉和人道主义沐浴着人们。

但是阿勒泰毕竟是陌生的地方，
民众还没有融入此地看个究竟。
在杜尔伯特和土尔扈特部落之中，
贾尼别克实在没办法安静地生存。
心中的梦想万千令人急追寻，
贾尼别克忧国忧民烦躁不安。
如果民众没有挂帅的领头人，
就无法成为一个强势的集团。

所以他召集仁人志士进行协商,
请听听他们在协商中如何论辩。
俗话说:世上没有无头领的部落,
世上也没有无高坡的大地,
他们商议请一位领头人来挂帅统领。

所以他们推举能人塔瓦沙热当领队①,
由他率领十七个人踏上路途去东方。
他们带来艾布勒波依孜之子阔葛岱,
来担任克烈部落的首领率领民众。

贾尼别克做出了英明正确的决定,
整个部落相当一段时期得以安宁。
已经熄灭了的火焰又重新燃起,
四周燃起了烈火形成燎原之势。

贾尼别克又想起了一件事情,
部落首领怎么可以闲着无事。
他老人家怎么可以高枕无忧?
他最近听到一些的闲言碎语。

他只为部落不遭受外敌侵扰,
他只想让对方吓破胆丢了魂。
他一次一次想着这样一件事:

①塔瓦沙热:坚铁开部落哈孜别克支部的人。

派阔葛岱前去朝拜乾隆皇帝。

他为此召集头领们进行协商，
万众一心当然就会事半功倍。
他们想献上九九八十一种贡赋，
献上黑貂、水獭、松鼠皮大衣。

一块块元宝已经齐备成九，
他们又准备了足够的金子。
麝香还有鹿茸已经成堆，
使人们大开眼界更为惊奇。

他们如此这般已经准备停当，
他们商量随行七员加以挑选。
最后选定了四个人一同前往：
巴尔勒拜、切葛泰、许巴西、江托热依。①

阔葛岱选择他们四个人为参谋，
他带足带够了人员随从和装备。
当时阔葛岱从阔克铁莫地方的阔别克，
浩浩荡荡踏上路途启程上路。

贾尼别克找来头领聚集克烈民众，
否则，谁会将克烈部落放在眼中？
他派阔葛岱带着随从去朝拜乾隆，

①巴尔勒拜属坚铁开部；切葛泰属贾迪克部；许巴西属切茹齐部；江托热依属莫里和部。

他们取得玉玺获得官衔凯旋回返。

乾隆欣然接受阔葛岱的请愿,
他们归顺乾隆终于如愿以偿。
他们打碎了被吞食的阴谋,
克烈部落终于获得了权利。

十二支克烈部落就这样聚集壮大,
他们汲取了以往痛心疾首的经验。
他们已经成为团结和睦的部落,
恓恓惶惶的岁月一去不再复返。

他的雄辩才能百世流芳,
他的英明才举青史垂名。
因为有人挺身而出为民谋利,
所以克烈部落终于安居乐业。

许多仁人志士们都已经仙逝,
贾尼别克治国有方有目共睹。
在他短暂辉煌的一生之中,
他率领穷苦之人走向富裕。
他从不畏惧敢于进犯的敌人,
他曾给予各类混账迎头痛击。
他给后代留下部落大业和遗产,
他展示了自己永不妥协的忠心。

他曾经说:“我的人民将赢得平等,

将赢得辽阔土地百姓沐浴无限福祉。
即便现在离世我也会感到满足欣慰。”
他说了这一番话,然后离开了人间。

这些话就是他最后的遗言,
愿他的魂灵辅佐后代子孙。
留在身后的人民犹如一轮满月,
心头郁结万种悲愁终于消解。

他一生都在为人民群众忧虑,
他一生奔波活到了八十四岁。
他在身后竖起了一面大旗,
他的陵墓就在柯孜里苏夏尔河岸。

一七九二年明媚的六月份,
圣贤终于这样离开了我们。
我们何以忘记这样的英雄,
他是克烈部落的铜墙铁壁。

他是阿巴克克烈部落出类拔萃的英雄,
他勇敢打击了敌人名垂青史声名显赫。
所以克烈部落向敌人发起进攻的时候,
都会高呼口号:“贾尼别克!贾尼别克!”

他拨正了克烈部落的前进方向,
他激励鼓舞了千千万万的人们。
沿着贾尼别克英雄指引的方向,

克烈部落维护着自己崇高的尊严。

贾尼别克精心培养了阔葛岱,
向阔葛岱传授治国治民良方。
阔葛岱执政之时心地善良,
他治理民众有方人人拥戴。

阔葛岱去世之后有了继承人,
他的玉玺也留给了后人阿吉。
他无法担当“公”这个爵位,
曾使整个部落变得分崩离析。

阿吉成为了头领后笨头笨脑,
没有智谋心胸狭窄只知抱怨。
他动不动就会使用残酷暴力,
所以民众退而避之恓恓惶惶。

人们就这样怯于阿吉的统治,
男子汉在艰难之中百炼成钢。
克烈部落的人民进行自我治理,
推举出四位毕官执政为民。
我们的人民至今缅怀这些毕官,
他们都是治理民众部落的楷模。
白山布、阔克恩、托潘、胡勒别克,
他们都是人民群众坚强的依靠。

那个时代已经离我们远去了,

仁人志士也从人间匆匆离去。
苍天啊，生命是多么的短促，
但所有的人都乐在其中生活。

因为真主为他们降临福祉，
阿巴克克烈部落已经成熟。
我不想多说什么就此打住，
相信后人会延续辉煌历史。

我当然会探寻自己的先祖根底，
如有出入请大家共同拾遗补缺。
我名叫伊布拉英，属沙热支部，
英雄贾尼别克是我的五代先辈。

我只拣了重大事项来阐述，
我这不是给所有人的评价。
这部长诗写于1927年的夏天，
这部长诗到这儿已经该结尾。

1946年口述：伊布拉英·博泰
记 录 保 存：阿肯·巴依包森

英雄博甘拜

博甘拜·阿克恰(1690—1775年)出生于博甘河畔,祖父阿勒迭温曾经是额斯木汗手下最出色的勇士之一,父亲阿克恰勇士则是率领头克汗近八万壮士冲锋陷阵的将领。他是哈萨克汗国时期阿布赉可汗手下运筹帷幄的军事指挥家,他几乎参加了哈萨克汗国后期的所有战役,是保家卫国、令入侵之敌闻风丧胆的英雄。关于英雄博甘拜的达斯坦有许多版本,本书录用的这个版本讲述的是膝下无子、已经年迈的博甘拜指挥自己手下的将士和养子打击入侵之敌,保卫家园的故事。

少女再娜甫

哈萨克人曾经居住在那片美丽的地方，
人们会惊羡并且饱赏她那迷人风景。
我来讲述英雄博甘拜颇为有趣的故事，
他在准噶尔卡尔梅克人时代驰骋疆场。

当年阿布赉执政哈萨克汗国时光，
年老的博甘拜曾立下了赫赫战功。
他向众多部落展示了自己的英雄风范，
他保卫部落、土地和人民不受敌侵。

博甘拜是一位英雄，高擎着白旗，
他说礼拜一常破敌阵是个吉日。
卡尔梅克人在准噶尔地域一败涂地，
相当时期也不敢再与哈萨克人为敌。

战功赫赫的博甘拜声名大振，
曾打得来犯之敌尿流屁滚。
准噶尔丘陵地带趋于安宁，
人们不再磨破脚板颠沛流离把罪受。

他是面容黝黑冷峻的好汉，

发起火来没有人敢靠近。
他高大魁梧显得腰圆膀宽,
他高额头直鼻梁相貌英俊。

他从来都披挂着战戈并警惕万分——
铠甲、骏马、弓箭、长矛还有长剑。
他与各个部落的英雄结成联盟,
总能战胜胆敢前来作对的敌人。

那时是阿布赉可汗当政的时代,
整个哈萨克草原都属于他统治。
每当敌人入侵进行骚扰之时,
他都会请求博甘拜率兵平定。

有些人也将博甘拜称之为可汗,
因为他的声望地位不亚于可汗。
听到敌人的动静他便跃马迎战,
没敌人他就躺在家中享受天伦。

他的前世先祖就是高贵尊严的察哈台,
汗吉哈是后代祖父也是他的部落称谓。
他的父亲就是亡灵附身的勇士玛彦拜,
他的故乡在切提胡拉依、阔克苏合牙克一带。
那儿有玛彦拜的坟墓石碑,
他于七十六岁时离开人世。

博甘拜称他为尊敬的父亲,

他的亡灵辅佐儿子茁壮成长。
他总是伸展双手给予尊崇，
他从不会亵渎亡灵的英名。

玛彦拜生育了三个儿子一个女儿，
他自己也是双胞胎儿子中的一个。
三个儿子卓彦拜、叶根拜和博甘拜，
还有一个女儿我们把她叫做哈丽发。
因为他的父母总是生育双胞胎孩子，
所以，我们也会称他为双胞胎后代。

卓彦拜有六个儿子都是双胞胎，
谁能比得上阿娜丽克懂事伶俐？
所有的亲戚都称她为大婶婶，
她可是整个家族的中流砥柱。
哈斯哈拜和哈勒别克生自于她，
哈斯哈拜就是冲锋陷阵的勇士。
叶根拜总计有十七个儿子，
虽然家里贫穷却人丁兴旺。

玛彦拜的孩子没一个会怯懦哭泣，
最小的儿子也高擎着正义的大旗。
如果抱养亲戚留下的孩子当儿子，
哪里会像自己的孩子称心又如意？

当时娶两房妻子已经成为风俗习惯，
他的后代们也继承了父辈们的传统。

如果一一数列留在身后的后代子孙，
仅仅男丁人数就已经达到九十六人。

婆娘们总说他们都是双胞胎，
说她们总是生育一对对孩子。
他们都繁衍于一个父亲一个母亲，
他们互相称兄道弟生活欢乐融融。

玛彦拜是博甘拜呼叫的震天口号，
博甘拜高擎着玛彦拜的正义之旗。
他是所有同胞兄弟拥有的金柱子，
他足智多谋又勇于杀向进犯之敌。
面对着敌人他们绝不会魂不附体，
男子汉们都会杀向战场英勇无畏。

他的嫂嫂都亲切地称他为“老么”，
他的弟弟、弟媳称他为“小叔叔”。
他仿佛就是正堂之上的金色宝座，
人们都因为敬仰他感到心满意足。
当民众失去勇士悲痛欲绝的时分，
英雄博甘拜会冷静理智寻找出路。

博甘拜也会弹起冬不拉自在又悠然，
那时汗吉哈部落有九千户人家百姓。
他们绝不会顺服任何可汗自成一统，
他后来成为这个部落的可汗和毕官。

他会给形影相随荣辱与共的战友们，
分配丰厚的战利品共同拥有和享用。
不知晓博甘拜的人不配做哈萨克人，
也必须知道他生于玛彦拜这位可汗。

在浴血奋战的战场鏖战的时分，
他会将自己的战马留给徒步的战将。
但是他膝下至今没有孩子嬉笑欢奔，
尽管他已经为此已娶了十四个婆娘。

“谁会将我博甘拜称为自己的父亲”——
他为万贯家财没有人继承而伤神。
“我死了之后家族的香火就会中断”——
他为这件事情久久思虑忧心忡忡。

这是一个兔年的纳乌鲁孜月初升，
也是博甘拜深知自己境况的一年。
他又想起了没有子嗣而黯然神伤，
他男子汉的英武之气已荡然无存。

琳琅满目的财物他视而不见，
他的牛羊马驼散落满谷满山。
自己身后竟然没孩子啼哭的声音
为了孩子博甘拜曾经这样哀怨：

“谁不知我博甘拜的赫赫英名？
谁不知我博甘拜的谦谦为人？

为了能听到孩子的啼哭一声,
我迎娶了众多的女人做婆娘。
泪水早已经流成了河水滔天,
谁会站出来理直气壮地宣言——
我是博甘拜的儿子英勇威猛!?

我拥有整整一万八千匹神骏,
其他的牲畜财富也与之相仿。
把所有的牲畜财富堆积起来,
不过就等于一个孩子的分量。

我的家中真萧条冷冷清清,
我的容貌真憔悴无色无光。
我现在已经到中年的时分,
我已经上天入地没了办法。

我躺下去睡也难以闭上双眼,
我可以活着只是不能被埋葬。
我度过了整整五十年的时光,
简直犹如一天时光一般短暂。

我曾经迎娶了整十四个婆娘,
我曾经驻扎在整十四座山峦。
尽管我累得半死不活却瞎忙,
大小婆娘依然没有一个怀孕。

我的牛羊难道就这样没有主人?

我是否将它们吆赶到野外丢弃？
亲戚们家中有的是一个个儿子，
但是哪里能比得上自己的后代？

我获得了万贯家财富得都流油，
我何曾惧怕过张牙舞爪的敌人？
我直到活了五十岁中年的时分，
我这才真正地感到了恐慌不安。
我曾经残忍杀戮过无数的敌人，
我究竟遭到了怎样的诅咒报应?！”

博甘拜哀怨之后躺在自己家中，
他想着孩子日夜都在泪水纵横。
“真主让我破落到了破败的境况，
我还能去向什么人乞求怜悯？
我的夏牧场在遥远的阔克苏合牙克，
博甘拜呀你已经没了男人的神圣。”
他发誓从今往后不再骑马去飞奔，
因为身后竟然没有留下一个子嗣。

他的辉煌历史已经时过境迁，
谁曾经达到生命的终极之巅？
即便凶残敌人再次压境入侵，
他还是发誓不会再披挂上阵。
“财富和英武没有一丁点儿用，
原来生命是如此虚无与悲惨！”

年迈的博甘拜如此黯然神伤，
哀叹以后的生活又会怎么样?
博甘拜有一位同父同母兄长，
他的名字叫叶根拜手足情深。
虽然他没牲畜生活显得贫穷，
但是家中人丁兴旺孩子成群。
他有十七个生龙活虎般的儿子，
他最小的儿子名字叫做萨热拜。
有的人牛羊成群有的家人丁兴旺，
他只有一匹牲畜就是身下的坐骑。

他的孩子个个英武挺拔魁梧健壮，
常常会在聚会娱乐之时夺冠争雄。
博甘拜非常地喜欢小侄子萨热拜，
认为只有他能高擎大旗成为英雄。
“我是既没有儿子也没有姑娘的人，
没有孩子可以留在身后继承遗产！”

英雄博甘拜常常有这样的念想，
他们需要什么他都会愿意奉送。
他们的人员往来密切牲畜同圈，
他们同悲同乐共同渡过了难关。
儿媳们总是骑着大马做驿队引领，
行装华丽格外耀眼一路风风光光。

这一切都使叶根拜心中非常悲痛，
他以为弟弟会因忧愁而撒手人间。

“孩子们，别像以前那样无马骑用，
别尽想着博甘拜叔父会给予馈赠。

他曾经是一个无忧无虑悠闲的人，
如果没有，他会奉送马匹与衣裳。
不在一个屋檐之下当然不会同葬，
如果他真的狭隘你们肯定会伤心。
所以啊，孩子们，都得离他远点，
我们遭受着贫穷他肯定能看得见。”

叶根拜说了这话退避远方，
但他们依然如故来来往往。
为了能让后人正确地欣赏，
我将从几个方面细细评论。

这个部落有一个支部叫做托烈，
杜拉提与托烈本属于一个部落。
不知他们从哪儿从何时来到这里，
说自己是哈萨克人就生活在这里。
饱经风霜的老人们常常讥笑他们：
你们充其量也不过是萨尔特托烈①！

在过去由玛彦拜当政治理的时代，
曾经在正堂给予了托烈们以尊位。
他们企图统治汗吉哈部落称汗称王，

①萨尔特托烈：过去统称维吾尔人为萨尔特。

所以常受到英雄博甘拜的强烈抵抗。
现在所有的杜拉提臣民和托烈臣民,
看到博甘拜扔掉了兵戈便忧虑万分。

这样两个部落相隔得相当的遥远,
这儿达官贵人仁人志士赫赫有名。
他们居心叵测想在汗吉哈部称汗,
长期内讧与博甘拜结下深仇大恨。

他人的闲言碎语不值得惊悸不宁,
世上哪有无怨无悔自满自得的人?
发了毒誓跳下马背的博甘拜英雄,
怎么还会骑上马背再度成为可汗?
如果不治理百姓稳固汗宫稳坐宝座,
他的英武和财富又有什么魅力可言?!

胡里加别克和叶森木别克是同胞弟兄,
他们俩都是属于托烈部落的强势之人。
杜拉提和托烈部落的人们聚集在一堂,
曾经多次说服胡里加别克来担任可汗。

胡里加别克有个姑娘格外漂亮,
看见她的人羡慕不已连声赞叹。
汗吉哈部落的小伙子都在传言——
不知她会成为哪个男人的新娘?
哈斯哈拜是他们心中的佼佼青年,
他自幼就非常喜好围着姑娘打转。

托烈部如把这姑娘嫁给他做婆娘，
他一定会操起兵戈与博甘拜干仗。

这位姑娘名叫再娜甫格外漂亮，
犹如一匹新生的马驹神采飞扬。
她说起话来人人都会浮现笑容，
她狡诈多疑善变，性格更倔强。

有一天她突然来到哈斯哈拜面前，
说整个部落只有你是我最佳配偶。
她让人们在绿茵之上扎起大宫帐，
她让人们饱览了各种各样的盛况。

人人赞叹哈斯哈拜体魄健壮，
看见的人们都为他惊叹声声。
两肩的距离足足有两抱之宽，
人们想他会超过博甘拜英雄。

他长得眉清目秀格外的英俊，
他的胸怀与博甘拜英雄相仿。
他的性格非常独特令人刮目相看，
脾气火暴，轻率冒失，但是勇猛。

那年他正好到了二十岁年龄，
他的身材魁梧显得高大健壮。
成千的人聚集在一块草坪上，
他显得格外出众似鹤立鸡群。

他说如果有个把儿会把地球转动，
他拥有千钧之力人们都心知肚明。
披挂着五种兵戈身着坚固的铠甲，
他显得更加的英武更加抢眼夺目。

十五岁时，人们已赞誉他为英雄，
十八岁时，他挥动刀剑杀向敌人。
他在历次战役中站出来决斗对阵，
一对一决斗无人能让他认输败阵。

他总是骑着一匹白额战马驰骋，
骑着其他马匹他就不自在从容。
这是他在一万两千匹马中所选，
这匹战马配着英雄更加地威猛。
佩着镶金镶银的鞍具笼头缰绳，
白额战马精神抖擞马鬃随风扬。

博甘拜曾经依靠哈斯哈拜英雄，
老人熟知他毫不示弱勇敢顽强。
同时知道他是个私心很重的人，
有时会格外注意他的一举一动。

富人的女儿格外漂亮而且蛮横，
她的旁边总是带着一帮帮随从。
“因为整个部落只有你与我般配，
所以我动情专程前来把你邀请。”

看再娜甫对哈斯哈拜深情脉脉，
这番话纯粹就是一个弥天大谎。
“其他部落有的是才子还有佳人，
但你们部落的男人真令人眷恋。

你看我现在已经十八岁年龄，
我对你这个勇士已经深深迷恋。
我发誓成为你这个勇士的婆娘，
首先请您给我个念想让我高兴。

我非常适合给你的父亲当儿媳妇，
整个部落再没有人比你还要英武。
请你帮助我父亲统治汗吉哈部落，
首先平定内乱，也抗击外侵之寇。

这样的话我不会再说第二遍闲扯，
我的父兄都因为耻辱而痛哭不止。
博甘拜说我们部落属于外姓外族，
常常排挤和刁难我们的贵族平民！”

哈斯哈拜意外获得猎物内心狂喜，
哈斯哈拜马上答应了姑娘的请求。
他想即便让我在部落中挑选，
也不一定娶得到这样的姑娘。

“就让博甘拜我行我素解甲归牧，
就让博甘拜去放养无主的牲畜。

如果双方发生争纷由我来顶着，
请你的父亲扎起可汗的宫帐来。
我们搬迁到夏牧场切特胡莱去，
如果博甘拜不去就由他自己吧！”
他俩就这样一言为定结成同党，
他俩就这样欣喜若狂男盗女娼。
哈斯哈拜马上披挂兵戈严阵以待，
成为护卫托烈可汗宫殿的指挥官。

而博甘拜对这个事情却一无所知，
人们准备行装开始向夏牧场进发。
人们犹如被敌人抢劫显得萧条冷落，
两天之内就仓皇地离开了此地。

哈斯哈拜将七百户人家分了出来，
把他们带到切特胡莱夏牧场一带。
由于没有乘骑也没有衣服可穿，
叶根拜只好留在平原养家糊口。
博甘拜辛苦迁徙了整整三十天，
之后终于到达了预定的地方。
博甘拜登上沙尔乔合高高的达坂，
眺望着远处牧道的尽头看看动静。
他久久等待着后边的大队人马，
他坐在那儿感到惊奇不知何故。
“敌人是否知道我已经弃戈下马，
是否已经侵扰了我后边的驿队？
难道是我给了敌人可乘之机？

难道他们已经乘机报仇雪恨?!”

男子汉的悔悟天天都在增加，
他天天都在不停地唉声叹气。
再加上没有子嗣这件事带来的烦恼，
两种悲伤加在一起心情更加地沉重。

博甘拜每天都在悲伤中度过难耐，
以往的遗憾现在的担心一起压来。
哈斯哈拜和萨热拜二人不见踪影，
要不然会派他们去驿队取得音讯。

这可真是没有掘坟就把博甘拜埋葬，
老人家满腹的苦水应该向谁去诉说?
整个夏天他都住在阔克苏一带，
他企盼这身后的驿队传来音讯。

两种悲伤将博甘拜打倒在地，
英雄博甘拜伏倒在地上痛哭。
托烈部落迁徙到了切特胡莱夏牧场，
胡里加别克扎起了自己的可汗宫殿。

少女再娜甫终于实现了自己的夙愿，
她将一顶新帐就扎在了高高的山冈。
她用丝绸围绳装饰了新帐，
她用红色丝绒披盖了新帐。

她的官兵中有哈斯哈拜般的勇士，
她身边还有许多英武国人的同伴。
哈斯哈拜听从了少女再娜甫的命令，
哈斯哈拜自己却没有任何权力使用。

阿娜丽克见此情况伤心流泪，
她不同意哈斯哈拜如此屈辱。
她家中有卓彦拜的空怀青马，
那是只配英雄的一个好伴侣。

空怀青马拴在专门扎起的毡房前，
赤尾骏马也无法与青马平起平坐。
这匹马整整喂养了六年才断奶，
所以整整九年来它从未消瘦过。
千里马曾将飞驼远远甩在了身后，
人们都赞誉青马成为男子汉的助手。
哈斯哈拜没有能骑用空怀青马驰骋，
不要说骑用甚至连影子都未曾见过。
阿娜丽克没有舍得把这匹马给他，
因为这是小叔子最初喜爱的马匹。
两个驿队分开已经有三个月之久，
相互分离的人们已好久没有相见。

托烈扎起了可汗宫殿驻扎在那里，
不知可汗之尊会把他们引向哪里？
父亲是可汗，女儿再娜甫是大臣，
阿娜丽克心急如焚叫苦连天不应。

当时，阿娜丽克这样向苍天哭诉：
“托烈的部落使我们遭灾遭罪，
他们诅咒哈斯哈拜断子绝孙！
你追随萨尔特人已经脸面扫地。
不流血不受苦你就不会哭声涟涟，
霍斯托汗部落的恶霸显而易见。”

无论如何，托烈也不会嫁女与你，
我劝你千万别踩托烈踩过的道路。
该死的，让大地看看你的笑话，
看看你如何从世界上销声匿迹。
我落满野鸭的浩荡湖泊在哪里？
我犹如同胞兄弟的两个部落又在哪里？
率领浩荡的哈萨克人谋天下幸福——
像坎杰泰那样的男子汉又在哪里？
我夏季六个月芦草浩浩荡荡的地方啊，
那长满马兰草的阔克苏牧场又在哪里？

亲人们啊，我生命一般的同胞，
我处处吉祥自幼和睦的阿吾勒。
毗邻的敌人比进犯的敌人更狠毒，
看看同胞们的进犯有多么的险恶！

我将向天挤洒自己洁白的乳汁，
我亲爱的坎杰泰亲爱的玛纳甫。
哈斯哈拜你将同胞出卖给萨尔特人，
你以后该如何面对自己的手足同胞?！”

她说这话躺在那儿久久哭泣，
她眼泪汪汪汇成了一条河流。
哈斯哈拜受到蒙骗已在姑娘的手心，
昔日的男子汉竟然没再回首看一看。
其他的孩子都没有靠近她的身边，
只有小儿子哈勒别克陪着她痛哭。

有位男子汉出自于喀拉克烈部落，
他追随博甘拜常常聆听他的教诲。
他是真正的勇士名字叫做哈班拜，
他屡次与敌人交手并让他们败阵。

他带着六十位随从四处巡游娱乐，
一行人终于走到了切特胡莱地方。
在这一片没有人迹的茫茫戈壁，
他们竟然遇到了黑压压的牲畜。

哈班拜看到了畜群惊愕万分，
“原来这儿从未驻扎着阿吾勒。
别碰上敌人来进攻悔恨万千，
请你们快手持兵戈做好准备！”

他们走着走着来到了牲畜这里，
他们没听说过这儿有什么部落。
哈班拜勇士只身前往察看境况，
他想知道是哪个部落又自何方。

他在许多毡房之中急急地穿行，
他看见了美丽耀眼的可汗宫殿。
他想知道宫殿的主人以及尊名，
勇士一路疾走来到宫殿的跟前。

华丽的可汗宫殿披着赭色呢绒，
犹如修建在旷野上的血红大门。
他碰到了一位手持红棒的姑娘，
她头上的鹰羽随风而抖动飘荡。
她身下是枣红马鞴着镶金马鞍，
她没下马便与旅人进行了谈话。

“亲爱的，请说出这是谁的宫殿？
这是哪位别克哪位托烈的宫殿？
我不知道这儿驻扎着哪个部落？
难道阿布赉可汗迁移到了这里？”

“我手执镶银的大棒站在这里，
难道你向我们怜惜可汗权力？
这就是胡里加别克汗的宫殿，
不知道底细的人们毕竟很少！”

哈班拜听了这话突然十分焦躁，
和蔼的面容立即变得灰白难看。
“我非常熟悉昨日的胡里加别克，
什么时候拥有过可汗的尊位？

哎呀呀,瞧他竟然成了部落的可汗,
他原本受到博甘拜的奴役受到驱赶。
你的话是否是夸夸其谈？亲爱的,
你的可汗尊位是否可以长久不衰?!”

“你说得没错,勇士哈班拜,
你是追讨赔偿人命的男子汉。
你想抵抗,但无法将我战败,
现在就是我沐浴幸福的时分。”

“我的孩子,你是否见过博甘拜?
你年纪轻轻,说话却如此放肆?
今天看来你胆敢与博甘拜为敌,
等着,你马上就会大眼瞪小眼!”

“看来你已经为自己的同伴热血沸腾,
让玛彦拜这个狗东西给每家当毕官。
请你给博甘拜这个绝户头带去我的问候,
他只能留在遍地马兰的阔克苏一带吠叫!”

哈班拜为姑娘的话语愤慨不已,
他说这是多么没有教养的姑娘。
他义无反顾地要与这姑娘较真,
他从刀鞘抽出寒光闪闪的长剑。
他的同伴马上将他拦在了一边,
劝他在外处事一定要理智冷静。

姑娘见状也顿时火冒三丈，
她马上下令聚集部落众民。
哈班拜的同伴们硬是将他带走了，
认为没有必要为一只虱子而抽刀。

虽然他为姑娘的话语气急败坏，
但还是没有争吵没惹麻烦离开。
“曾经成为哈萨克首领的博甘拜，
难道就落得遭一个臭丫头嘲笑?!

这个世道是多么的无情无义，
他是男子汉曾为民众谋利益。
就因为他身后没有一个子嗣，
所以连丫头片子都敢抖威风！”

他说了这话渐渐走远泪水长淌，
他感慨万分地爬在了马背之上。
他沿着切特胡莱方向向前行进，
他只想马上就找到博甘拜英雄。

他想起姑娘的话语就灰心绝望，
他日夜兼程寻找着博甘拜英雄。
他抄近路翻过了一座山梁，
太阳落山已经是傍晚时分。
英雄为姑娘的话语而泄气灰心，
博甘拜的福祉仿佛已随风飘尽。

这是易于敌人驻守的险要地方，
这儿的地势哈班拜已了如指掌。
他环顾四周正在徐徐向前行进，
突然听见山谷里轰鸣的马蹄声。

山谷里奔出来一个乘骑的人，
他们也看见了这个乘骑的人。
“你们是友好乡亲？还是敌人？”——
那个人站在不远处大声询问。

哈班拜则对他说:“你是什么人？”
他没把他放在眼里觉得人多势众。
“如果是敌人,我就杀了你们!
你们千万别用谎言把我糊弄！”

定眼一看那是一位高个儿青年，
他站出来的那个地方地势险峻。
他身下骑着带垫毡的青灰神骏，
不知道的人肯定说:瞧他多能!

大家为孩子的话语目瞪口呆，
哈班拜这才定睛来把他打量。
“我们可以打听到博甘拜的下落，
我看见了他犹如一匹苍狼的后代。”

“我们是和平的旅人正在各地游历，
你是何人？为何只身在深谷游走？

你问起了先祖，先祖是喀拉克烈，
看见敌人我从来都不会心慈手软。
如果你不知道，我就是英雄哈班拜，
别说哈萨克人连卡尔梅克人都知晓。”

“我当然知道你属于喀拉克烈的部落，
你为何在黄昏时分在我的故乡游走？
你不会是敌人不会伤害我这孩子吧？
你们人数众多，我也不会与你结仇。”

“我的孩子呀，你的话语过于伤人，
少数人当然会去乞求多数人留情。
你说说自己的前辈先祖还有父亲，
我亲爱的孩子，看来你朝气满胸。”

“我的父亲叫叶根拜，我叫萨热拜，
我出自汗吉哈部落的玛彦拜部落。
我的叔父吼声震天屡屡战胜敌人，
我从来就不会向着敌人低下头颅。
博甘拜叔父搬到高山草场悠闲自在，
我们依然驻在平原一带休养生息。
每一天傍晚时分我出来打猎习武，
认真练习对敌挥舞刀剑拉弓射箭。”

“我的孩子萨热拜，我已心知肚明，
你自己就是个年轻有为的男子汉。
臭姑娘懒媳妇都在嘲笑博甘拜英雄，

看不见这些难道你的双眼已瞎不成?

我将亲眼目睹的事情告诉你这后生,
你别在我面前强装成男子汉耍威风。
我的雄狮,我的男子汉他在何方?
你的博甘拜叔父是否还健在人间?”

听了这话少年萨热拜走上了前,
他能吹口哨、笛子,又是阿肯。
他将英雄带回家中盛情加以款待,
他认为英雄思维敏捷便以友相待。
他日夜都在细心照料哈班拜勇士,
他们从头至尾倾心交谈畅快淋漓。

哈班拜给他讲了路遇的一切,
他没有落下哪怕是一点一滴。
听到别人诅咒博甘拜为“绝户头”,
叶根拜猛抽自己的脑袋说糊涂。

“哈萨克人应该为博甘拜报仇雪恨,
难道大丈夫竟然会让臭丫头来嘲弄?
刀枪不入的孤胆弟弟如此落魄失魂,
难道我真的已被牢牢牵绊在了平原?
部落已经支离破碎失去和睦和繁盛,
而我们则全然不知高枕无忧好安详。”
叶根拜哭着哭着竟昏倒在地上——
难道我们的部落已经破败不堪?

托烈部落竟然建起了大汗宫帐，
这个动荡不定的世道变幻无穷！
他醒来之后暴跳如雷大声诅咒——
“这么多儿子竟然没有丁点用途？

“难道父亲的亡灵已经不复存在？
难道四处漂泊的托烈真的当道？
让黑沉沉的大地去享受儿子们的福祉，
别让我再看见你们，统统从眼前滚蛋！

我现在才知道自己已当头挨了一棒，
我现在才知道生活已经弃我们而去。
如果我的十七个儿子可以为你效力，
我完全可以将他们全部地奉献与你。”

萨热拜站了起来请求父亲给予祝福：
“窝在家里怎么可以安闲地生活下去，
这一次防守让我前去作为牺牲，
英雄的爷爷，请赐予我诚挚祝福！

这一次如果劫数已至我将战死疆场，
这一次如果征战我将战败托烈混蛋。
如果亡灵辅佐助佑我完成这一夙愿，
我将狠狠惩治那少女再娜甫不留情！”
哈班拜摊开双手赐予后代祝福声声，
萨热拜站起身来深情说一声：“奥明！”
他接纳了英雄的祝福鞴上了马鞍，

他跃上马背向切特胡莱牧场飞奔。

他疾走了整整八天八夜,
烂背的青马也日夜兼程。
到了第九天的半晌时辰,
萨热拜听到婉转的歌声。

少年萨热拜惊诧于美妙的歌声,
仿佛歌声中蕴藏着深沉的底蕴。
少女再娜甫带着行装华丽的驿队,
正在唱歌打发着一天的遥遥路程。

再娜甫吹奏斯伯孜柯笛声声怨,
身边有八位姑娘陪着她句句唱。
少年萨热拜认出了再娜甫姑娘,
他想结识她便迎上前行礼问安。

少女也认出了少年萨热拜,
她浑身颤抖而且一阵心悸:
我们相遇在这空旷的荒地,
他会不会将我们全部杀掉。

“不知两个部落是友朋,还是敌人?
萨热拜,你还好吗?身体可健康?
你是珍贵而又和睦可亲的同龄人,
说点什么吧,借以愉悦人们的心。”

“少女再娜甫，你是托烈娇宠的姑娘，
你父亲现在已成这个部落的领头羊。
你将自己的宫帐驮在白峰骆驼背上，
今天匆匆地搬迁是否已经惊恐万状？”

“没什么烦心事儿，何以惊恐万状？
萨热拜，你别再这样说话不中听。
四处流浪被弃在平原的苦命穷人，
最好先想想自己的健康还有平安。”

“我前来只想为你传递一个音讯，
我来只为探访自己部落的境况。
因为少女再娜甫与我非常般配，
所以很想迎娶你来作我的婆娘。”

“我怎么会答应你这样无知的少年，
瞧你骑的那匹老马枯瘦如柴难看。
玛彦拜部落早已经失去了昔日的辉煌，
我手中还有哈斯哈拜可以与你们抗衡。”

“别说是哈斯哈拜，我甚至可以攻下你的地域，
别说踩平你的山峦，还会踩平你的宽阔山谷，
我会将你们的后代砍尽杀绝一个都不留！
别说杀你一个姑娘，我会杀光你的老少。”
“亲爱的，你彬彬有礼的话语又在哪儿？
你别故意惹是生非挡住意中人的道儿。
你依然念叨着根本不中用的老旧亡灵，

请你回去之后代向绝户头博甘拜请安。”

“再娜甫,你熟知我的姓名,
我确实就是玛彦拜的子孙。
如果我娶你为妻百般的蹂躏,
你就会知道绝户头究竟是啥!”

“萨热拜,我得好好对你说一番,
没想到与你在这不期而遇交战。
请你明晚到何纳曼德我的宫殿,
到我家中来我会以盛情款待你。

何纳曼德地方会举办一场盛宴,
美味佳肴的款待绝对情真义长。
如果不来,你就自己去会亡灵,
我会让你们这两代人相互会面。”

“你支起华丽宫帐拴马挤马乳,
我会以玛彦拜之名前去赴宴。
我已经听出了你的口气用意——
你不过就是想将我缚住不放。

漂亮的再娜甫不要给别人掘墓,
千万小心你自己不要倒霉背运。
如果玛彦拜的亡灵辅佐助佑,
萨尔特人,我会将你赶到塔什干去!”

"哎哟,你说的好有趣我喜气洋洋,
你来了我才会心安理得谈笑风生。
如果不来,你的亡灵只对你有用,
如果我不款待甘愿成为你的婆娘。"

"瞧瞧你自己的左左右右都有啥人?
看来没人敌得过我们的强兵强将。
即便你的阴谋可以驮在四十头驴背之上,
我也绝不会跳入你的九十二个陷阱之中。"

姑娘却想着这次如果如愿以偿,
劫数到了萨热拜自然前来赴宴。
如果哈斯哈拜割下他的头颅求赏,
那么,我终身一定没有什么遗憾。
我会在他们二人之中挑拨离间,
那么他们会反目为仇留下祸根。

看见了他们的人都惊愕万分,
无论如何他们都相约再见面。
萨热拜发誓明天傍晚准时赴宴,
然后就动身返回了自己的家中。

萨热拜这时心想:这算什么?
我可能无法从那里活着出来。
我该先去寻找母亲阿娜丽克,
对她来说,我犹如孪生之子。
阿娜丽克足智多谋是良母贤妻,

她一定保护我免遭敌人的毒手。

我身边没有同伴坐骑也不好使,
我也不知道自己将遭遇些什么。
阿娜丽克曾经说服可汗和平民,
我该去找寻她倒尽心中的苦水。

阿娜丽克就是卓彦拜的大婆娘,
是哈勒别克和哈斯哈拜的母亲。
她的阿吾勒牧放牲畜自成一体,
她也是叶根拜和博甘拜的嫂嫂。

可汗的宫殿提前一天已经向上搬迁,
但还有一些人没有搬迁驻扎在这里。
萨热拜骑着秃尾马不停地疾行,
傍晚时分终于赶到了营盘附近。

“众多的马匹布满了斑驳的荒原,
马匹的主人是否就是我的敌人?
无论如何我也必须面对明天,
劫数正在一步步逼迫着我们。”

他穿过众多的马群向前疾行,
突然在半道碰见了哈勒别克。
哈勒别克和萨热拜是堂叔弟兄,
他是孪生兄弟之中一人的儿子。

萨热拜走来问候哈勒别克握手，
萨热拜顿时眼泪飞若倾盆大雨。
哈勒别克跳下马背直奔萨热拜，
他将自己的兄弟啊拥进了怀里。

“萨热拜，我亲爱的，你还好吗？
你是我迎敌对阵时挥动的兵戈。
因为隔阂我们走向了两个地方，
人间啊，往日的欢乐是否回返？

赐予我福祉的小叔叔他可健康？
我们也没办法去向他行礼问安。
哈斯哈拜在不经意中走错方向，
这件事情的结局一定险恶难防。”

萨热拜受过欺辱痛哭了许久，
他向哈勒别克哭诉耳闻目睹。
“哥哥呀，你是否听过刺耳的嘲讽，
臭女人称咱小叔叔为绝户头老汉！”

“我来了，单枪匹马，语调也缓缓，
我骑着秃尾马在空旷的原野独行。
我的哥哥，我们曾经是同胞弟兄，
我们现在面临着明天天大的劫难。
如果您将空怀青马交给我使用，
我的心儿会释然一片不留遗憾。”

哈勒别克听了这话哭了很久难以自持,
他为小叔叔担惊受怕不停地抛洒泪水。
我与婶婶两人为这件事感到非常愤慨,
我们为千刀万剐的哈斯哈拜痛心疾首!

你的婶婶现在整日哭泣以泪洗面,
她整天念叨的是你小叔叔的安全。
当她为遍地马兰的阔克苏哭泣时分,
我们的心中便盈满令人断肠的悲伤。

我的宝贝,今天空怀青马不在身边,
我怎么可以因为你而怜惜一匹神骏。
因为婶婶不喜欢亡灵遭到践踏蹂躏,
如果你索要她怎么会不舍青灰神骏?

萨热拜说了自己与姑娘的约定,
他说知道再娜甫想的全是阴谋。
如果我身下有一匹疾飞的快马,
我绝不会让那丫头的诡计得逞。

再娜甫丫头向我们撒下诱饵,
她妄想让孪生兄弟反目为仇。
明天傍晚我会去宫殿赴宴,
尽管背负的担子确实很重。
哈斯哈拜为了姑娘出卖了部落,
哈斯哈拜不会与我们握手言和。

"哈斯哈拜早已经背叛了我们，
提起姑娘他的眼睛就会发直。
动不动就站出反对你的婶婶，
他现在的脾性就是孤注一掷。

今天空怀青马就拴在房前，
谁也没见过它，别说骑用。
它每天饮喝五匹母马的乳汁，
然后就在野地里自在地奔驰。

它的四蹄上戴着美丽的蹄花，
哈斯哈拜无法得到它去骑用。
他想讨要几次三番伸出了手，
而现在却徘徊不定心灰意懒。

因为无法死去我们依然活着，
因为无法面对小叔只好残喘。
哈斯哈拜教唆了部落的人们，
因为没有自由我们只好忍受。

有一座专门为空怀青马扎起的毡房，
你的婶婶还没有糊涂一时失去理智。
她念叨一定要活着见到老幺博甘拜，
她还说失去唯一的马驹就等于死亡。
她给马驹戴上笼头让它欢跳，
她让马驹一天三次啃吃青草。
她每天傍晚带马驹在毡房喂养，

她不会把马驹交给别人去撒欢。

你婶婶昨天已经与我进行了商议，
她的儿子也独独与我有密切往来。
她早早晚晚都在哭泣着令人难受，
因为哈斯哈拜就是她用乳汁养喂。
我现在准备给你讲一讲道理：
我认为荡妇的意图难以实现。
咱们一定要保守说出的秘密，
千万别让坏蛋偷听了去惑众。
萨热拜我的孩子呀，别要孩子气，
我是你的亲人，别拿我当陌生人。

你向婶婶讨要骏马她不会愿意，
她肯定不会听从任何人的劝阻。
首先你得前去与婶婶见一面，
向她哭诉阿吾勒危难的情形。
你现在去就可以看到空怀青马，
不到黄昏那畜生不会走进毡房。

同族的老汉会忙着拴起空怀青马，
你要趁他不备准备好需要的物品。
你要带着青剑还有银色盔甲，
再加上鞍具都准备齐整停当。
你要在半夜时分立即离开别迟疑，
你别去讨要，而要用计牵走青马。
如果你动身时分骑不到马背之上，

你一定就会无奈地失去空怀青马。

我一直在野外牧放一群群马匹，
你该去向婶婶哭诉心中的悲愁。
你正经讨要她不一定会同意，
但是她还不知道我们在干啥？”

萨热拜心事重重向部落那边走去，
傍晚时分终于来到阿娜丽克身边。
她看到了萨热拜侄儿之后，
哭诉道：我思念的孩子啊！

她哭着询问部落的所有情况，
萨热拜的回答当然自然流畅。
我那为哈萨克人民谋取幸福，
鞠躬尽瘁的小叔叔是否平安？

我因为悲愤心中天天在滴血，
你来了真好，我亲爱的宝贝。
我唯一的小叔他的情况如何？
他唯一的忧愁就是没有子嗣。

她诉说了所有的悲愤与烦恼，
仿佛失去了驼羔的母驼悲叫。
过了一会儿进了家门端上了饮料，
萨热拜琢磨着如何牵走空怀青马。

众多的乡亲毫无防备高枕无忧，
汗吉哈部所有男子汉满怀喜悦。
终于挨到傍晚已经擦黑的时分，
传来了“快上马背”的呼喊之声。

在座的人听到呼喊都大惊失色，
在夜晚那声音显得无比的刺耳。
萨热拜备好了自己需要的一切，
一个箭步就冲到了毡房的门外。

他竖耳聆听发出声声呼喊的方向，
看到马倌老汉正与空怀青马扯劲。
萨热拜奔了过去跃上了马背飞奔，
他鞴了带有三条肚带的一副马鞍。
他来不及拉紧肚带就一跃而上，
他在一刹那间就翻身上了青马。

他飞快地骑在了青马之背，
只碰到马冠还有马的后鞘。
空怀青马向着发出喊声的地方，
犹如长毛腿飞人一样扬蹄飞奔。

他这时稍稍停顿扯紧了肚带，
他越是飞奔眼睛就越来越亮。
他们找到了发出喊声的地方，
在那儿萨热拜整理了鞍具笼头。

他与哈勒别克两人双双疾行飞奔，
阿吾勒和牲畜留在身后平安无恙。
为把明天与姑娘会面的事情靠实，
他们爬上了一座没有人迹的山冈。

萨热拜对自己的同伴感激涕零，
他知道同伴不会加害于自己人。
这是他与再娜甫约定的时间，
他决定傍晚时分去可汗宫殿。
对萨热拜，那儿的人都是敌人，
尽管如此，他也只能融入其中。

他们整天都藏匿在山冈之上，
相比取胜，危险更显而易见。
“哈勒别克，我可以依靠的兄长，
请你仔细聆听我讲述一件事情。

这是我自告奋勇揽下来的事情，
我在傍晚时分一定去可汗宫殿。
即便向我招手的就是一场劫难，
我也要去坐在姑娘的右侧歌唱。
如果我能从宫殿平安出来还好，
否则该由谁负责？乘骑是否在？”

哈勒别克听了这话哭声涟涟：
“我亲爱的兄弟我的少年英雄，
你平安回转我一定会牵去神骏，

辜负了你,我就会丢掉性命。”

他们俩如此这般海誓山盟,
萨热拜鼓足了自己的力量。
今天手持兵戈,骑着神骏,
他将在可汗宫殿大闹一场。
他们的身下骑着两匹神骏,
他们向着可汗的宫殿飞奔。

他们接近宫殿放慢了速度,
他们没有怜惜自己的生命。
宫殿门口燃烧着一堆大火,
他们没有报告自己的来由。

他们惊愕地打量着篝火,
姑娘正在酝酿种种毒计。
宫殿外边站着许多徒步的人,
他们竟将宫殿围得水泄不通。

他们手中拿着各种锋利的兵戈,
想拨开人群走进宫殿很不容易。
两个男子汉扯住了神骏的缰绳,
坐在马背之上悄悄地进行商议。

哈勒别克给弟弟讲了一个道理:
他毕竟与哈勒别克是生死兄弟。
“兄弟啊,你去赴宴凶多吉少,

你面对的是托烈林立的刀剑！”

“难道这就是为我设计的圈套？
如果亡灵辅佐我会平安回归。
我为什么要怜惜自己的生命，
反正人的一生都会匆匆流逝。”

他没有怜惜自己的区区生命，
他下定决心一定要闯进宫殿。
为了臭丫头贬斥博甘拜为绝户头，
他准备义无反顾地献出自己生命。

他身上穿着银色盔甲，手握刀剑，
他背着箭囊是威风凛凛的男子汉。
他力大如牛，身材健壮神情冷峻，
他自幼乐于参与征战已百炼成钢。

他绝不会有所反悔顾及危险，
他携带的兵戈够他左右开弓。
他将缰绳揽在手中大吼一声：
“哈勒别克哥哥，请赐予祝福！”

哈勒别克祈求先祖给予辅佐，
弟弟摊开双手迎接他的祝福。
“唯一的真主请你予以辅佐，
你总是在纠正人们的错误。

萨热拜祈求我，我就赐予祝福，
祝玛彦拜爸爸的亡灵将你辅佐。
祝众多的圣人神仙来把你助佑，
祝苍天引路一帆风顺如愿以偿。”

少年萨热拜得到祝福迈开步伐，
那一年他正好长到了一十六岁。
对方那边拥有三百名执剑的人，
他踱着步子融入了他们的中间。

托烈头领视女儿为自己的苍天，
只要她悔恼就等于安拉下命令。
手持刀剑怒目而对的众多士兵，
仿佛只等敌人对阵便会一拥而上。

萨热拜的步履稳健向前挺进，
众多敌人也从那边迎到面前。
没有命令他们不敢挥刀砍杀，
少女再娜甫的气焰嚣张难掩。
还有两百个敌人骑在马背之上，
这是再娜甫酝酿的另一个计谋。
没有少女的命令谁也不敢动手，
但是他始终看不到少女的动静。

看看玛彦拜之子真是个孤胆英雄，
竟然敢徒步进入林立的敌群之中。
这是他与少女再娜甫约定的时辰，

他将进入可汗那森严壁垒的宫殿。

少年萨热拜已接近了可汗宫殿，
心想今天会遭遇什么样的情况。
没有一个人上前询问他的处境，
托烈头领敌视的面目非常可憎。

他穿过众多托烈士兵的行列，
他大义凛然不看任何人的脸。
他毕竟还是玩耍嬉戏的孩童，
许多人不认识萨热拜这个人。

四面八方站满了徒步的守护士兵，
少年萨热拜疾步走过来昂首挺胸。
在黑压压全副武装的敌群之中，
少年行进自然为什么没有惊恐？

骑在马背上的士兵站在远处，
人群中没有一个人无事可做。
他义无反顾走进了可汗宫殿，
这时少女才不管少年说什么。

萨热拜不会放过任何说话的机会，
玛彦拜爸爸的亡灵显现给予护佑。
可汗宫殿装饰得非常华丽抢眼，
地毯一直从门槛边铺到了正堂。
漂亮的再娜甫只瞥了一眼少年，

便感觉到对方顽强得不可战胜。

漂亮的再娜甫手拿一柄斯伯孜柯,
身边还坐着一群女伴轻轻地歌唱。
众多的士兵没有一个随着他进宫,
持剑的人都留在了门外静静待命。

漂亮的再娜甫朝男子汉看了一眼,
萨热拜雄赳赳走过来坐在了正堂。
他像一面金色的旗帜容光满面,
他的心中没有丝毫怯懦和惊恐。

萨热拜对少女说道:“我来了!
你让我来替你做些什么事情?
我死了,身后还会留有无数的后代,
你死了,恐怕还不及一匹马驹值钱!”

“萨热拜你这可怜虫,穷鬼克烈人,
你已经跳进了我万劫不复的圈套。
你究竟有些什么值得骄傲的地方,
非要走向这威严高大的可汗宫殿?”

“我来是为了在这儿大闹天宫,
我来是为了掀翻罪恶的宫殿。
因为漂亮的再娜甫是我的同偶,
我来是迎娶她为自己的小婆娘!”

“我从未见过你这样无理取闹的人，
你竟然还想迎娶贵族高傲的姑娘。
你想娶我，对你来说就是莫大的耻辱，
别说娶我，你甚至可以迎娶自己的母亲。”

“再娜甫，你是否知道我萨热拜大人？
不收拾你，我今天绝不会空手回返。
如果娶不到你，我可以娶母亲为妻，
你嫁了我，就让胡里加别克成夫婿？”

“我会让你这个穷鬼灰心绝望，
如果寻找烦恼这儿花样翻新。
你这个到处漂泊的苦命之人，
如果嫁给你，我就让父亲当我的夫婿！”

“我的阿吾勒搬到了坎恩齐勒克一带，
少女再娜甫我不会娶你当自己的尊妻。
我会将你当成挑拨离间无耻的荡妇，
我会因此割下你的发辫把你来羞辱。”

“你根本就不可能与我平起平坐，
你的胡作非为自然会得到惩戒。
现在是我飞黄腾达的幸福时刻，
别说你，连博甘拜也无奈于我。
你翻山越岭四处漂泊流浪，
你自投罗网跳到了我掌心。
你这急于蒙难蒙羞的穷鬼懒蛋，

你甚至不知自己能否活过今天。”

“首先你应当问清我的来龙去脉,
有人进犯,玛彦拜家族绝不会窝在家中。
我会割下你的头发,划破你的脚板,
嬉笑怒骂之间我就会踏平你的部落。”

萨热拜意气风发豪情万丈,
萨热拜势头强劲威风凛凛。
他说出的豪言壮语震慑人心,
像利刀戳得姑娘的心鲜血如注。

“犹如松林一样遮天蔽日的托烈,
我饮下悲痛之际你们就该死去。
我大声呼叫你们众人,
你们不服从我的命令。
你们就想着尽快惩罚——
跳进庭院的兔子归西。”

托烈士兵一下涌进了宫殿,
高大的门槛嘎吱嘎吱作响。
众人鱼贯而入犹如潮涌,
他们一个一个横冲直撞。
首先走进来的是别克泰,
他油嘴滑舌立即派上用场。

少年萨热拜把这一切看在眼里,

他们怎么会惧怕不共戴天之敌?
“小伙子们呀,千万别轻举妄动。”
他说着退向了宫殿的正堂那边:
“你们都是血亲都是同时代的人,
你们该知道这丫头正蛊惑人心!”
急匆匆跑进来助威的别克泰,
听了后气得不行一直在摇头。

萨热拜也从刀鞘抽出了刀剑,
他以此震慑住了涌进的敌人。
最先跑了进来的别克泰勇士,
到了这时心里已经凉了一半。

他决绝了对托烈的任何希望,
他绝不会让死亡来操纵命运。
他就站在可汗宫殿的正中央,
抽出刀剑频频有力地挥动。

顿时有的人开始抱头哭嚎,
顿时有的人跳起又倒下去。
看到宫殿里鲜血四处喷洒,
萨热拜更加坚定复仇信心。
他抽刀挥向正堂的华丽装饰,
两三下就让那儿变成了烂窝。
他跳起来像鸟一般飞跃,
他凭借毅力在挥刀砍杀。
他说话破釜沉舟不留后路,

他砍杀敌人敏捷而且麻利。
他闪出宫殿又跳到了外边，
犹如松鼠显得敏捷又轻松。

萨热拜跳出宫殿徒步死拼，
人们还醒着还未进入梦乡。
哈勒别克就站在不远的地方，
思虑着事情会以什么来收场。

他也是一个英勇顽强的英雄，
他看见萨热拜确实身手不凡。
他将还牵在手中的空怀青马，
飞快地带到了萨热拜的面前。

萨热拜翻身跃到马背之上，
哈勒别克终于露出了笑脸。
那还是凌晨月亮还在高空，
他将马头转向皎洁的月亮，
冲着那个方向离弦般飞奔。

骑兵这时才听到了音讯，
少女也大声呼喊着口号。
哈斯哈拜骑着白额神骏，
飞奔在最前面观察敌情。
男子汉应有的五种兵戈，
他已经披挂整齐带在身。
他已经纠集人手包抄围拢，

冲到迎面而来的两人跟前。

萨热拜看了看身后的敌人，
顿时浑身充满坚强与力量。
白额神骏已经冲到了面前，
它从来就不会惧怕敌人。
它不是犹豫不决的战马，
它见识过许多勇士英雄。
在伸手不见五指的夜晚，
萨热拜没想到会是这样。
他看到哈勒别克冲口而出：
“快快过来将我的战马逮定！”

敌人已经渐渐靠近萨热拜少年，
他开始呼叫玛彦拜亡灵的大名。
面对声嘶力竭的托烈阵营，
他严阵以待准备射击抗争。

他从马背上跳到了地面，
这可是背水一战的果敢。
这就是驱赶着哈斯哈拜的——
一场张着血口大嘴的灾难。

他立即向箭囊伸出了手，
他屡次向箭囊伸出了手。
他将九柄利箭握在了手。

他不是小打小闹的人，
他不是力不压敌的人。
他将九柄利箭绷在弦上，
他将九柄利箭一齐射出。

这不是悲天悯人的地方！
他年轻的英气顿时冲天，
他站稳脚跟射出了利箭。
在伸手不见五指的黑暗中，
那利箭一根根暗暗地飞出。
那利箭呼啸着飞离了弓弦，
直逼骑着白额神骏的男子汉。
那带着铅头的一柄柄利箭，
掀翻了对方又呼啸地远去。
弓箭带着夙愿一起飞离，
直抵寻找劫难的男子汉。
那飞箭直抵一排排狂奔的敌人，
齐刷刷穿过一十八个人的胸膛！
命运引领他们共同奔赴劫难，
他们一群群被射中落在地上。
哈勒别克从人群中一眼认出——
背上没人狂奔而来的白额神骏。

“唉，萨热拜，请快停一停，
快看你的裤管沾满了鲜血。
你瞧瞧生命是多么的短暂，
你婶婶的诅咒得到了应验。

只愿亡人快快地抵达天堂，
除此之外，我又奈何了什么？
弟弟啊，你扯下的是衣领，
弟弟啊，你射中的是兄长。
只要活着，仇恨永远就在胸膛，
托烈啊，该站在一边幸灾乐祸。

我会让你们威信扫地，
我会让你们愁肠寸断。
我可怜的弟弟哈斯哈拜啊，
我会用一百匹神骏——
换回哈斯哈拜的一条命！

快停下，萨热拜，快住手！
我们今天导致了流血事件。
让我们快快去聚集起民众，
我们千万不能继续恋战。”

他说了这话让萨热拜跃上马鞍，
身后呼啸的子弹无法将他射中。
他跃上了马背不停地向前飞奔，
他要去阔克苏找到博甘拜英雄。

他们离开之后躲在一边进行商量，
他们决定立即离开这个是非之地。
“应当尽快让婶婶知晓这件事情，
让她蒙在鼓里我们不会事事顺利。”

他们说完飞奔来到了阿吾勒附近，
他们想告诉阿娜丽克婶婶再回还。
阿娜丽克半醒半睡正在朦胧之中，
他们奔到了她的身边发出了响声。

他们接近毡房停下了脚步，
他们泣血的心情格外沉重。
“婶婶啊，你是否依然清醒？
我们引起流血事件含恨饮痛。”

阿娜丽克说：“进来的是什么人？
是谁自由自在地驾驭着神骏？
引起流血含恨饮痛是什么意思？
该死的！杀人是多么艰难的事情！

我昨天突然之间失去了空怀青马，
你杀了谁也不足安抚惊恐的民众。
只要哈斯哈拜和狗托烈在鱼肉人民，
不管你杀了多少人都已经无济于事。”

人群中只有他们两人在讲述，
他们讲述着事件的全部经过。
“我们还不知道死了几个人？
我们自己没有挨打平安回归。

虽然我们不说也会知道真相，

浸满鲜血的刀鞘盛不下长剑。
我们已经杀红了眼显得朦胧，
不知道杀了几个人更不知是什么人。

哈斯哈拜已经死了受到应有的惩罚，
我们在乱刀之中觉得危险不敢久留。
您的诅咒正好命中了那个家伙，
您曾将乳汁喷洒天空悲情诅咒。

请您别将这个消息告诉他人，
您明天快派人去找托烈可汗。
您该指责他为嫁女儿杀了儿子，
您明日清晨就该去与他们决裂。”

这时，阿娜丽克说：“啊，我的心肝，
哈斯哈拜，我的儿子我生命的支柱。
公公的亡灵不会保佑你平安无恙，
我曾经诅咒过你，现在已经应验。

亡灵们的诅咒不会让你得到平安，
你生性就是一个嗜血如命的混蛋。
没有小叔叔的允许不要轻举妄动，
你们快去与那个英才好好地商量。
我们不会让这儿的人们胡说八道，
我们会把托烈塞进一粒稻壳之中。
天亮时分我就派人去找胡里加别克，
让他们偿命还有赔罚牲畜做出牺牲。”

他们俩夜半时分从这儿离去,
他们没有在这儿作任何逗留。
他们俩整整奔波了八天八夜,
他们终于到了沙尔乔合地域。

年老的博甘拜居住在沙尔乔合,
落在后边的乡亲是否受到侵扰?
谁也不知道乡亲们居住在哪里?
谁知道他们两边是否平安相会?

这时,山梁上出现两个乘骑的人,
他们一前一后仿佛带来一点希望。
不分老少人们都向那边不停眺望,
还有毛头小儿也混杂在他们中间。

那两个人骑着骏马蹄声铿锵,
所有的人都警觉地打量他们。
别克苏里坦是个眼睛尖亮的人,
他一眼就认出了那匹空怀青马。

“我认出其中一个就是哈勒别克,
但是认不出是谁骑着空怀青马。
现在可以得到留在后边人们的音讯,
老兄啊,咱终于要知道他们的下落。”

转眼之间那两个人已经来临,
身下的那两匹神骏神采飞扬。

他们哭泣相见相互问候之后，
详细讲述境况以及所见所闻。

他们讲述了自己所做的一切，
讲述了自己并没有彻底尽兴。
他们也讲了哈斯哈拜的死因，
博甘拜长叹一声：啊，我的弟兄！

老英雄心中顿时充满了愁苦悲痛，
老英雄立即将将帅官兵召集一堂。
“必须结束托烈为非作歹的日子！
狂妄嚣张已经使他们肆无忌惮！”

他令手下乘骑召集远近的人们，
他义愤填膺踌躇满志斗志昂扬。
“面对可汗胡里加别克的行径，
咱们大家群策群力共谋大计。”
“孩子们从阿吾勒带回了音讯，
谁还会比您更精于出谋划策。
没有一个人会违背您的号令，
他们会血战到底流尽最后一滴血。”

“你们要带领人马驿队平安回转，
如果敌人不从就给予严厉惩罚。
他们是我们多年争纷不止的宿敌，
你们去了后要好生商量一起行动。

你们要在玛彦拜的墓前做祈祷,
你们要得到祝福然后踏上征途。
萨热拜将高擎玛彦拜的旗帜,
你们大家必须一致随他行进。”

到玛彦拜墓地要走十五天路程,
男子汉们一个不留地跃上马背。
这个托烈建立可汗制度鱼肉人民,
他使哀嚎遍野,而且把我来嫉妒。
哈斯哈拜不幸死去不过是一块疤,
而托烈的所作所为是永远的仇恨。

那时玛彦拜祖父已经有七位孙子,
最大的就属萨热拜和别克苏里坦。
吐曼别克、居马别克和阿依达尔汗,
他们个个都是以一当十的英雄。
应该将他们七个孙子个个点到,
还有沙德尔别克和特尼斯别克。

七个人年龄都在十五到二十岁之间,
萨热拜十七岁是其中最英武的少年。
他拥有飞箭无法追及的深邃智慧,
他足智多谋就是开拓道路的先锋。
而站在他们之前的是博甘拜英雄,
他就是部落金色的支柱运筹帷幄。

他们都繁衍于尊贵的父亲玛彦拜,

他们任何时候都对敌人严阵以待。
他们吆赶牲畜驮着毡房率领部将，
向着玛彦拜墓地浩浩荡荡地挺进。

他们本驻在阔克苏拴母马酿柯莫孜，
现在跃上马背高呼口号："玛彦拜！"
他们就选择礼拜一这个吉祥的日子，
他们吆赶着浩荡的马群向秋草场开拔。

博甘拜运筹帷幄指挥千军万马，
造就了成双的英雄成群的骏马。
他让手下在马群中逮来了火红神骏，
那是他老人家万般呵护留用的良马。

他将萨热拜扶上了火红神骏，
那牲灵仿佛只为勇士来骑用。
两岁时他用五十峰骆驼替换，
适宜于男子汉骑上奔赴疆场。
玛彦拜身后的英男聚集一堂，
准备向托烈的统治发起进攻。

前来聚集的人们个个都是知己，
他们摩拳擦掌只等着黄道吉日。
从玛彦拜祖父直到今天这一刻，
礼拜一已成为部落吉祥的日子。

给予祝福专为他们宰杀了四匹灰马，

集聚的人们吃饱马肉喝足了柯莫孜。
他们的首领就是勇敢坚毅的萨热拜，
他们马上就向萨热胡拉依一带出发。

博甘拜给予孩子们诚挚的祝福，
只要真主肯保佑会有什么危险？
有什么必要带上没用途的孬种？
只要劫难在即你又奈何了什么？

“祝福你们智慧理智福祉多多，
祝福你们的声势震慑凶恶对手。
千万不要与首领萨热拜去作对，
我诅咒作对的人从此断子绝孙。
你们是向敌人发起进攻的利剑，
你们八个人去解决托烈的问题！”

他们八个人跃上精心调养的神骏，
他们八个人挎上了长矛还有利剑。
得到了老博甘拜的诚挚祝福之后，
他们高呼亡灵的尊名离开了墓地，
他们渴望平安凯旋享受天伦之乐。

他们离开了人群整理了队阵兵戈，
他们渴念着与敌人白刃相见的时机。
萨热拜是一个足智多谋的少帅，
他想趁着敌人不备之时发起猛攻。

他们不停不歇奔向切特胡莱，
他们祈求亡灵给予辅佐助佑。
切特胡莱山麓有一处是清泉，
他们第八天之时走进了山谷。

他们将驮来的毡房扎了起来，
他们将神骏拴在拴马桩之上。
他们一直得住到父辈沿袭的吉日，
他们个个身强力壮气拔山河。

他们在清泉旁边驻了整整七天，
他们每天磨刀擦矛在做着准备。
他们将玛彦拜的白旗插在地上，
萨热拜振臂高呼着："玛彦拜！"

托烈的阿吾勒驻扎在山冈上，
秃鹫争吃着哈斯哈拜的死尸。
托烈阿吾勒的达官贵人齐聚一堂，
绞尽脑汁日夜思索也无计可施。

阿娜丽克每天都要带话给托烈可汗：
"你使阿吾勒破败还搭上儿子的性命。
作为托烈竟然欺骗说嫁女儿给我们，
来了之后就放暗箭打黑枪破坏安宁。"

托烈可汗已经知道哈斯哈拜送了命，

他不知道是什么人所为而惊诧万分。
阿娜丽克是一个有计有谋的母亲，
她趁机与他们划清了双方的界线。

那少女聚集起达官贵人进行商量——
他们个个都是无所奢求英勇的人。
别克包吾是别克泰的同胞弟兄，
这人最适宜担任首领率兵打仗。

别克包吾也开始收集各种兵戈，
他自吹自擂俨然已经成了英雄。
别克包吾也准备迎娶那个少女，
即便世纪末日已到也决不放手。
他在自己的队伍中是一位英雄，
在两次抗衡之中与对手交锋。

切特胡莱原来是一座高高的山峦，
众多敌人竟然成为和睦的阿吾勒。
阿娜丽克的话语令人羞愧难当，
看来不交战这件事情不会完结。

日子一天天滑过已到了礼拜日，
少女再娜甫绞尽脑汁苦想诡计。
她放开了母马并将它们赶到四野，
她以此来窥探阔克苏那边的动静。
她扔下了乘骑马上登高临远，
她看到了山梁上移动的队伍。

人世间的远和近只在咫尺，
再娜甫心中涌起一股酸楚。
她站在山顶一眼认出了他们——
那是玛彦拜朝气蓬勃的后代！

她认出了他们中英姿勃勃的哈勒别克，
看来他们有的来自平原有的来自山区。
只要惊慌失措还有什么可以救药，
她大喊一声："我真的无路可走?！
不知有多少人已经大难临头，
依靠理智好事才能成双成对。
如果我是男儿就会去投奔部落，
苍天为什么让我成为女儿之身？"

再娜甫站在那儿已经腿脚发软，
仿佛一块巨石从头顶压了上来。
这一切都无法再责怪任何人，
这一切都是她自己亲手酿成。

再娜甫站在那儿定了定神，
她准备牺牲生命奔赴死亡。
"我一个人绞尽脑汁也没有办法，
还是聚集大家一同来出谋划策。"

次日是礼拜一是玛彦拜选择的吉日，
他的骏马已经拴在了毡房的围绳上。

博甘拜虽然多妻但没有子嗣,
但他的后代们已经长大自立。

再娜甫徒步走向了自己的神骏,
她忧虑明天将出现的混乱局面。
如果他们和谈我不会责怪他们,
但事情的结局会使人难以掌控。

“我的父亲拥有六千匹良马骏骑,
我为女儿之身又能奈何了什么。
该死的玛彦拜部是什么样的部落啊?
瞧他们的后代个个犹如三岁的雏鹰。”

再娜甫这时流下了泪水,
再娜甫这时充满了悲愁。
看见那黑压压的敌人压境,
这可怜的人儿如何再忍耐?

她用金线绣花的腰带扎紧腰,
她吆喝着几千匹骏马在面前。
她怀着悲愁百灵鸟一样鸣叫:
“事情没有想象的那么顺利,
我碰上了迎面冲来的敌人。
我这一群黑灰色的良马神骏,
一匹匹瞪着灯盏一般的眼睛,
难道马上就要落到敌人手中?

他们会不会摧毁我美丽宫帐，
可怜的再娜甫，你别再哭泣！
变化无穷交互更迭的财富啊，
怎么会总是被捏在一个人手中？

我身前身后统统拥满了敌人，
我面前千山万水路又在何方？
与自己相配的对手已经足够对付，
我为什么又会去得罪博甘拜英雄？”

再娜甫吆赶着马匹回到了家中，
叮嘱人们敌人来了要多加提防——
“他们成群集结在切特胡莱山麓，
我不知他们究竟来了多少人马。”

人们聚集在一起下定了决心，
老老少少嘈杂声声熙熙攘攘。
达吾列提部落的达官贵人已经发疯，
他们哪里会知道最后落得什么下场？

他们甩出了一个又一个套马杆，
逮住了可以骑用的良马和神骏。
他们披挂兵戈跃上马背待命，
他们发誓不将牲畜送给敌人。

先将达吾列提部的托烈放在一边，

谁知道他们明天的命运又会怎样?
他们宰杀牲畜款待了聚集的兵将,
他们大吃海饮真可谓最后的晚餐。

萨热拜没有入睡守护着马群,
明天就是向敌人进攻的吉日。
清晨,他将马群带来拴好绑定,
然后闭眼入睡进入了一个梦乡。

朝气勃勃的后代们吃了早餐,
他们相互较量并扳倒了对方。
萨热拜突然梦见祖父玛彦拜在召唤,
猛地跳了起来发出号令:“赶紧鞴鞍!”

“我刚才睡在那儿做了一个梦,
我分明梦见祖父玛彦拜英雄。
我的祖父前来向我报告——
他将率领众兵一起上场!”

别克苏里坦也说自己梦见了祖父——
他说我仔细地观察了战马的境况。
那是一个长着胡须高大伟岸的人,
他说我前来看看率兵打仗的后代。

他说我前来看看率兵打仗的后代,
他说祝你们战事顺利且平安无恙。

他说你们呼喊着“玛彦拜”口号，
让我不得安宁我便前来助佑你们。

他将身上的银色盔甲送给了我，
那盔甲浑身上下没有一处破洞。
我非常喜爱他手中的那柄马鞭，
但是他没有给予我却不知何故。

他刀鞘里的长刀显而易见，
祖父他为何来到这个地方？
他身下骑着匹白额枣骝马，
我想自己一定会梦想成真。

特尼别克这时也说做了个梦，
因为过于高兴竟然坐起了身。
大人曾经说过要给予我礼物，
我索要长剑他就慷慨地赐予。

他说造物主会使你梦想成真，
造物主绝不会让你临阵脱逃。
哈勒别克则说他将马鞭赐予了我，
马鞭的柄穗已经缠绕在我的手臂。

这次绝没有我们攻不破的敌人，
无法攻破大山的就不是男子汉。
快快鞴鞍高呼“玛彦拜”口号，

让我语重心长地给予你们指点。

快让哈勒别克牵上八对神骏,
让我高擎大旗奔上戈壁山梁。
你们六个人不畏艰险杀向敌阵,
让差役们带着驼队留在这个地方。

他们听从了萨热拜的进攻命令,
他们声声高呼亡灵的尊名大姓。
哈勒别克带着伙伴们冲锋陷阵,
剩下的人们没行动留在这个地方。

勇士萨热拜高擎大旗奔向山冈,
他们六个人豪情万丈杀向战场。
他们在礼拜一吉日跃上了马背,
就看万恶的托烈是否保住性命。

“玛彦拜!”——口号声冲破云层,
清一色威猛的年轻人勇往直前。
他们从这里纵马驰骋一直飞奔,
奢望利箭穿透托烈官兵的心脏。

英俊的白马伸着长长的脖颈,
群马疾奔苏里坦超出了众人。
精心喂养几日的神骏驰骋飞奔,
主人无法扯住缰绳磨烂了掌心。
他突如其来地冲上了一道山梁,

其他五人也随他一起登高临远。
拉着长步跨越飞奔的神骏，
一头扎进众多敌人的队阵。

瞧瞧玛彦拜的后代多么勇敢，
没有因为敌多势寡向后退缩。
他们冲过的地方已经被踏成平原，
切特胡莱已经横尸遍野血腥一片。

许多人已经蒙难失去了性命，
见到敌人勇士绝不抱头逃窜。
一对一冲上来的用长矛戳烂，
一群群涌过来的用长剑砍伤。

勇士别克包吾猛抽身下的战马，
跨过山梁他只为保性命溜走。
勇士萨热拜高擎大旗站在山梁，
六位后代中他的技艺超群压众。
特尼别克也杀了过来大喊了一声：
“侵扰部落，危害民众，杀人越货——
瞧瞧啊，万恶的再娜甫正在逃遁！”
萨热拜这时却看走眼没注意姑娘。
特尼别克接过大旗留在那个地方，
萨热拜扬鞭飞马一路围追堵截。
他在一刹之间翻过高高的山梁，
少女这时已经瘫软无力没后劲。
少女频频打量后边拼命向前奔，

萨热拜则狠狠地抽打火红神骏。
他犹如离开了弦呼啸飞去的箭,
转眼之间就已与对方交手交峰。

少女猛回首看见了萨热拜少年,
她正在逃跑但是还能说话回应。
她孤注一掷想与对手来个死拼,
她抽出了银柄的短剑频频挥动。

她是个女流之辈不适于死拼,
萨热拜也没看得上她的短剑。
“你曾经说无人可以抵御我的威风,
现在为什么又拼命逃逸?”他询问。

“再娜甫,你的铮铮誓言还管用?
违背誓言的混蛋你还算什么人?
你挑拨两个部落使广大百姓蒙难,
你是个危害部落杀害百姓的妖精!”

“萨热拜,我无法忍受你的侮辱,
劫数来临我真想死却无法死去。
如果你与我平起平坐并杀死我,
那直到死去我也不会悔誓弃约。

你是玛彦之后,我是可汗公主,
父亲则是托烈部落的达官贵人,
我们也曾经和睦相处共度岁月。

你如果不将我杀死在战马之背，
我即便已破败也还会养活自己。”

“我的誓言绝不会被重复说出，
与其悔誓活着不如立刻死去。
再娜甫，我会划烂你的脚板，
我看你还不如一头三岁驽马。”

再娜甫听了这话便魂飞魄散，
成为了孤胆英雄的胯下小人。
再娜甫偶尔还会发出喊叫声，
萨热拜则时不时地掐她一把。
他大功告成没有停留奔回阵营，
他骑着火红神骏一路飞奔不停。
再娜甫已经知道死亡逼近，
她能否摆脱困境还不一定。
他将再娜甫交给了哈勒别克，
并且叮嘱不要让这妖精逃逸。

他再次来到经过扫荡的部落，
只看见托烈的营盘一片狼藉。
有位女人声泪俱下乞求声声，
只求苏里坦放了他们的小命。

“我亲爱的孩子别克苏里坦，
你不能因死人而恼怒发火。
你可是我疼爱的脐带之子，

你别让他们继续屠杀民众!

瞧托烈建立的汗制带来的灾难,
这就是受到了真主惩罚的明证。
该死的,怎么才可以摆脱死亡,
死去的人们成为了部落的冤魂。

你说什么我都随你,赶快下令,
哪儿会有死去的人复生的事情?
我们部落遭受了一次血腥屠杀,
少女再娜甫没有干过一件人事。

人们受到侵扰才跳向了火坑,
求你别再让乡亲们备受蹂躏。
女人的境遇比男人更加悲惨,
我首先带头践行自己的诺言。”

她就是胡里加别克的婆娘,
面临杀戮她竟然神志清醒。
“听信一个鬼丫头的乱语狂言,
博甘拜为何屠杀自己的乡亲?!”

听着老太太不停地哭诉乞求,
苏里坦无言以对僵在了那里。
年轻的小伙子没有经过多少事情,
只知道挥动刀剑一个劲儿地杀戮。
听着他俩一问一答的谈话,

萨热拜款款走到他们身边。

他站在那儿听了一小会儿，
哭诉的话语令人刻骨铭心。
她乞求我们下令停止杀戮没错，
那让我们马上下令吧！苏里坦。
活着的人们明天必须整装搬迁，
我们的命令自有一定时间限制。

“明天清晨所有的人都必须立即搬迁，
不能有人哭泣，有人茫然不知所从。
儿子离不开父亲女儿离不开母亲呀——
不能再叫嚷我们无法容忍继续流血！”

“我的宝贝萨热拜，我们听从命令！”
老太太听了后哭着喊着频频叩首。
但是依然有人在追杀平民百姓，
萨热拜立即吹起号角阻止杀戮。

托烈达吾列提遭到屠杀浸在血中，
他们有的人被砍倒有的人已中箭。
他们起初不想臣服还有继续反抗，
但是之后就品尝到了被杀的苦难。
杀红了眼的赢家这时候何以住手？
明天凌晨他们会像风暴进行扫荡。
真所谓：溃败的敌人由女人当道，
没有一个人对这个命令提出疑问。

少女的行径使两个部落结下仇恨，
建立汗制的奢望已经成过眼烟云。
男子汉萨热拜想履行自己的诺言，
所以让人立即削掉疯姑娘的长发。
叶斯木别克、胡勒加别克的八个姑娘，
被一对一对地缚在了四峰骆驼的背上。
“这一切都是为非作歹作恶多端的下场！”——
他让疯姑娘再娜甫徒步跟着驿队疾奔。

傍晚时分，他们开始追悼亡灵，
失去哈斯哈拜的损失何以填平？
他们追悼哈斯哈拜称他为弟兄，
他们奔向阿娜丽克母亲的毡房。

阿娜丽克正在那儿等待他们，
看护着已经驮好行装的驿队。
她起身迎向前来悼念的男人们，
她下令道：“孩子们，停下来！
你们有什么脸面悼念勇士？
如此恸哭悲伤又有什么用？
我们应当驻扎在阔克苏牧场，
那样恸哭和悼念才合意合情。

快别哭了，停下来吧，我的孩子们，
与全副武装的敌人英勇作战的后代。
他们也是历史悠久的部落民众，

不要对他们横眉冷对让他们再受创伤。”

阿娜丽克的号令温暖人心，
萨热拜听了之后心悦诚服。
他重新回到托烈的阿吾勒，
催促他们赶紧驮行装搬迁。
征服了敌人喜气洋洋的众将射出飞箭——
飞箭从人们的头顶“嗖嗖”地飞过。

阿娜丽克率领着驿队遥遥领先，
阿娜丽克终于实现自己的夙愿。
八位儿子联手杀向托烈阿吾勒，
但在征战之中没有幼稚的行为。

叶森木别克、胡里加别克早已逃匿，
他们的部下看见众兵已经唯唯诺诺。
许多人都钻进了披毡的底下，
他们显得无处藏身六神无主。
叶森木别克、胡里加别克的八个女儿，
排成一支长队唱起了摧肝折肠的挽歌。

仇恨已经使再娜甫决绝希望，
她无法再敞开心扉与人交谈。
不经过萨热拜下令给予允许，
任何人都不敢靠近这位姑娘。
毒辣的日头曝晒她白皙的肌肤，
她行尸走肉般行走在驿队之中。

烈日之下再娜甫姑娘徒步行进,
她思前想后百感交集仰天长叹:
“与其让我如此遭受生活的磨难,
真主啊,还不如不要把我生养!”

她不知道自己究竟是怎么回事,
她悲愤至极但又无法立即就死。
她的双辫被剪,还光着脚板,
她再无法与萨热拜平起平坐。
她如果听劝绝不会遭受苦难,
她无法启齿向别人诉说苦衷。

因为无力反抗还能有什么辙,
可怜的再娜甫只能默默随行。
因为灰头土脸,汗流满面,
粉嫩滴翠的脸颊流着浊泥一片。

再娜甫名誉扫地灰心丧气,
她使双方的争执更加激烈。
再娜甫可怜兮兮落在后边,
萨热拜会赶过来抽她几下。

“漂亮的再娜甫你该知晓谁是绝户头,
你今后多多加以小心不要胡说八道。
你曾经说下嫁于我就让父亲当丈夫,
你现在可得想想你当时的豪言壮语。”

阿娜丽克听了这话知道了真相,
她心想不能再让部落发生内讧。
“萨热拜,你不能再这样去打人,
这样做不对,这是幼稚的行径。”

萨热拜听了之后飞奔离去,
再娜甫可怜兮兮步履蹒跚。
萨热拜听从了长辈的劝阻,
懂事的人儿当然会被折服。

她偶然遇见了别克苏里坦,
她用一句话就咬住了对方。
她有着一副翻云覆雨的嘴脸,
她能挑拨得男人们吵成一团。

当时再娜甫曾悲痛地这样说道:
“别克苏里坦,我心中满是悲愁,
即便你拿出厚重聘礼迎娶姑娘,
你也不要去迎娶我这样的女人。

如果你能救我摆脱萨热拜的侮辱,
如果你能救我摆脱他无情的欺压,
啊,我亲爱的别克苏里坦——
不论你说什么,我都会唯命是从。”

只见那少男热切地打量着姑娘，
他随即来到了萨热拜身边乞求：
“我们为什么与一个姑娘过不去？
请把坐骑还给她吧，还有衣服。”

“别克苏里坦你别再提这一件事，
你该考虑亲情关系是一种天意。
我无法吞噬对再娜甫发出的誓言，
如果不赢她，我母亲将成为我妻。

苏里坦，你的叛逆实在不好，
你别像个孩子，要三思而行。
我与其吞噬对再娜甫的誓言，
还不如走上赴死的不归之途。”

“萨热拜，难道是你一个人侵扰部落？
侵扰部落，杀害民众有什么可炫耀？
我却一定要践行对再娜甫的诺言，
萨热拜，如果你不愿意就得小心！”

萨热拜为这番话气炸了肺，
姑娘的毒计已渗入他的心。
他从后背取下了利箭拉开弓箭，
两人中间突然竖起了魔鬼之幡。

“苏里坦，你当然比我高大健壮，
我知道自己不如你，只能长叹。

我无法毁掉对再娜甫发出的誓言，
只要活在世上，此恨绵绵无尽期。”

别克苏里坦转过头颅站起了身，
他也猛地将弓箭握在自己手中。
瞧那奸诈的姑娘多么的手辣心狠，
即便徒步也会使两兄弟反目成仇。

阿依达尔汗与他们是亲生同胞，
见此状况马上奔到了他们身边。
“唉，萨克[1]冷静一点，别冲动！”
他过来猛地抽了别克苏里坦一鞭。

“你怎么就分不清朋友与敌人？
你怎么就会替敌人鸣屈喊冤？
你是否已经失去理智还有冷静持重？
你可记得小叔叔曾说的话语重心长？”
特尼别克也从一边冲了过来，
勇士们闻讯从四方赶了过来。
他们猛烈抽打别克苏里坦的头顶，
众多的亲戚都给了他应有的惩罚。
阿娜丽克也骑着青灰骏马奔了过来：
“我的命根根啊，你们为什么而争纷？”

萨热拜看见了阿娜丽克之后，

①萨克：这是萨热拜的爱称。

便推说自己做事太幼稚草率。
他也不喜欢兄弟们四分五裂,
他们七嘴八舌地诉说着苦楚。

“我今天最好立即就闭眼,
婶婶啊,你是明晓事理的人。
满腔的怒火我已经无法再忍,
不向这姑娘复仇我甘愿牺牲。

我们都是生于玛彦拜祖父的好后代,
别克苏里坦、特尼别克是我的助手。
我曾经与这个姑娘共同发下毒誓,
难道让姑娘赢我,让我娶母为妻?!”

她将侄子萨热拜堵在了那里,
她又派人把别克苏里坦叫来。
“瞧瞧你做的这些幼稚可笑的事!”
她将弟弟扳倒在兄长面前谢罪。

搬迁途中发生了这样的意外,
差一点酝酿成纠纷无法平息。
别克苏里坦承认了自己的过错,
他以悔恨万分的泪水冲洗脸颊。

再娜甫这时碰到了特尼别克,
她面对他窘态万状哑口无言。
特尼别克则说:“漂亮的再娜甫,

看来你倒霉背运已经失去了理智。

你已失策聪明反被聪明误，
你企图使亲人们分崩离析。
你的阴谋诡计在这儿没有得逞，
我们劝退了两位作对的男子汉。

你这可怜的人应该乞求萨热拜，
你应当五体投地地去顺从英雄。
如果你不低头顺从甘拜下风，
你以后绝不会得到丁点好处。”

“往日的骄宠淫逸今又何在？
你说的话语对我十分有益。
你说什么我都会言听计从，
请你躬下身子劝说萨热拜。

你的叔父曾经征战四面八方，
曾经迎娶了许多女人为妻妾。
即便如此，你去问问长辈们，
难道抽打女人会让她们顺服？

我没衣服遮体，身下没有坐骑，
萨热拜没有给我一丁点儿自由。
你的叔父曾经多次征战四方，
难道他曾经就这样对待女人？

我顺从男人们的一切发配，
我已经身陷在黑暗的牢狱。
托烈部落没有一个人侵扰外族，
就让我遵从你父辈的悠久传统。
英雄征战疆场难以光顾身后的家园，
玛彦拜的七个孙子像七块钻石灿灿。
我愿意追随英雄一同南北征战，
萨热拜不会因此削掉我的脑袋。

我有罪当然会记在自己心中，
特尼别克请转过脸听我讲清。
即便该死的再娜甫罪孽深重，
她依然会跪在博甘拜的面前。”

年幼的孩子不谙世事知道什么？
他听着这话觉得姑娘说的有理。
“我还不知道父辈们的规矩如何，
我得向阿娜丽克母亲问个清楚。”

他掉转了马头离开这个地方，
他小心翼翼向阿娜丽克请教。
“征战的时分应该如何处置女人？
征战的时分是否允许抽打女人？

婶婶啊，天下哪有你不知道的道理？
是否允许我们去随便抽打女流之辈？
她说愿意服从男人们的规矩，

割了舌头她依然会喋喋不休！”

阿娜丽克这时转过身站在了那里：
“如果整个部落听到这事就是耻辱，
亲爱的孩子萨热拜，快听我来说，
让我们就在乌勒河岸驻扎下来吧。

快让我们堵住异教徒的嘴巴，
快给予那些女俘择婿的自由。
咱们的先辈定下这样的规矩，
你再也别像个幼童轻举妄动。”
萨热拜终于被阿娜丽克说服，
所有人对这个建议没有异议。

他们将可汗的女儿们拢在了一起，
马上就给了她们择婿出嫁的自由。
“我们竟然会有获得自由的日子？”——
少女再娜甫心花怒放欢天喜地。

“孩子啊，以前有过许多这样的事情，
许多男女都这样实现了自己的梦想。
过去的男人立下了这种规矩须遵从，
给予女俘们择婿认命的自由和自在。”

而再娜甫却说：“我不择婿认命，
我也绝不相信择婿这种蛊惑之言。
如萨热拜熟知先辈们的规矩传统，

那么,我也不会对他的威胁屈从。”

阿娜丽克面对萨热拜这样说:
“萨热拜,请你听听再娜甫的话语,
俗话说,刀刃上可没有什么誓言,
你是否放弃你们两人之前的誓约?”
萨热拜说:“好吧,我放弃誓约,
我为何要继续与这个狗东西作对?
我已经削掉她的双辫她像秃尾马,
再娜甫犯下的滔天大罪人人知晓。”

“那么,首先由谁来选择夫婿?”——
百灵一般的再娜甫脱口而出。
可汗的女儿们却都沉默不语,
可汗的女儿们却都面面相觑。
“首先应该由漂亮的再娜甫择婿,
你选择谁都行请不要心神不宁。
在这里所有的男人都不会食言,
别迟疑,别再胆怯,我的孩子!”

“萨热拜,是我赢了,还是你赢?
我现在可以不给你做奴隶做婆娘。
我选择谁做夫婿都由自己的意愿,
我是否践行了我先前的誓约相盟?
你悔了誓约我也不好再一意孤行,
我现在面对着老老少少坦诚相言。”

“再娜甫，你是个姑娘，生性聪明，
重复已经说过的话语有什么必要？
你只要低头认罪改邪归正，
要嫁给谁都由你自己做主。”

这时，少女再娜甫立即站起身，
她千般娇态走到了萨热拜身边。
“别说削掉头发，就是削掉脑袋——
就是杀掉了我，我也死而无憾。

萨热拜，除你我还有谁可钟情？
我怎么可以向少年们抛撒飞眼？
你是从悬崖冲下来猎狐的山鹰，
却受到黑乌鸦如此地践踏蹂躏。”

狡猾的姑娘找到了嫁给他的姻缘，
她像弓箭一样弯下身体谦逊殷勤。
她选择玛彦拜部赫赫有名的战将，
在场的老老少少顿时全看傻了眼。

对此，阿娜丽克却开口称赞，
她说事情到这儿已有了转机。
如果她愚笨一定会束手无策，
她做的这件事情可谓恰到好处。

两位姑娘选择了嫁给别克苏里坦，
另一位姑娘不知道会败落到何方？

拒绝迎娶托烈家的姑娘万万不行，
这可是先辈们一代代留下的传统。

特尼别克却拒绝来到这个地方，
说是不相信父辈有这样的传统。
“我会拿出聘礼在族内寻找姑娘，
我绝对不会迎娶女俘来做婆娘。”

他甚至拒绝进入毡房观看姑娘，
说自己并不知道先辈们的传统。
侵扰外族又抢劫女俘作为婆娘，
我才不会遵循无情无义的传统。
可能会有几个姑娘把我来垂青，
但我怕她们相互嫉妒令我不宁。

每个姑娘都嫁给了一个人名媛有主，
她们频频亲吻意中的男人喜气洋洋。
最后独独剩下了一位姑娘顽固不化，
这个异教徒不顺服择婿嫁人的命运。

她的想法确实与众人不相同，
她也遭到了四面八方的围攻。
她头上顶着一件黑色的袷袢，
她认准了人群中的某一个人。
她阴冷严酷心中藏满了毒计，
她站起了身开始责难再娜甫：

“再娜甫啊，你最初到处为非作歹，
你从不放弃对人民和部落的统治。
你招来灭顶之灾牺牲百姓的利益，
现在你做的这些事情又算做什么？
你聚集民众说是要嫁给哈斯哈拜，
你后来眼睁睁地看着他独自赴死。
兄死弟继的古老传统在哪里？
你为什么要打破先祖的规矩？

哈斯哈拜与哈勒别克是亲兄弟，
而萨热拜是孙子中间隔着一辈。
兄长的亡妻本来该由胞弟承继，
该死的为什么不嫁给哈勒别克？

你使我们遭到了哈萨克人的嘲讽，
你使我们遭受了炼狱一般的苦难。
难道嫁给玛彦拜后代以外的姑娘，
就会失足跌入真主造就的地狱？

你已使汗吉哈部落鸡犬不宁，
我有什么必要为往事而悔恨。
即便今世不能邂逅哪怕一个男人，
我也绝不会与你们成为同道鬼混。
如果你不按照部落传统去行事，
即便削掉脑袋，我绝不会择婿。”

阿娜丽克为姑娘的话语欣慰——

"我们不能强迫你去选择夫婿。
你暂时先在这里待一段日子,
待人们安静下来就送你回去。"

她说了这话羞辱了少女再娜甫,
少女再娜甫怎么可以轻松自在。
她认识到自己的过错默然失神,
姑娘的话语穿透了她的心肺。

托烈的七个姑娘都有了主儿,
再娜甫还有一句话有待说出。
在这儿人和牲畜都得到歇息,
次日早晨人们准备一路迁徙。

阿娜丽克可谓是贤明的母亲,
她不仅见多识广且胸襟辽远。
再娜甫这时来到了她的面前——
"我真想对您诉说心中的悲苦。"

再娜甫说:"我不会前往你们部落,
我感谢您给了我自己择婿的自由。
我罪孽深重并且曾经诅咒过博甘拜,
我会留在旧营盘,即便捡屎壳郎吃!

他是个德高望重亡灵附身的人,
他不赐予祝福我就会感到屈辱。
我只配四处漂泊直到困病而死,

我的面前永远拉着一张张铁网。

我胸中充满了无尽的悲苦，
您是否可以让我如愿以偿？
如得不到大帐先辈的祝福，
我将会失魂落魄难以成行。

如果您让我如愿以偿，我则说一句，
我会诚挚地恳求老老少少每一个人。
我将会前去拜倒在英雄博甘拜面前，
不知圣贤大人是否能原谅我的罪行？”

阿娜丽克同意了她的这个请求，
她派人叫来了萨热拜共同商议。
“那么，就请你说出自己的心愿”——
她用温暖的语言迎接了再娜甫。

再娜甫说道：“如果我如愿以偿，
我会给英雄博甘拜带去一件喜讯。
我会说您的儿子们征战已经回还，
只有这样我的悲苦才能烟消云散。

他会不会原谅我粗俗的话语？
他会不会说我原谅了你，孩子？
我竟敢诅咒德高望重的老人，
我这可怜的人儿难道是白痴？！

请您给我坐骑让我带上同伴们，
得不到老人的祝福我心神不宁。
他不是我可以嬉笑怒骂的凡夫俗子，
万能的苍天使我遭受了无情的惩罚。

他深明大义说起话来言之有理，
狗的诅咒怎么能击倒一匹苍狼？
只要我向他讨要喜礼到他面前，
贤明的豪杰不会不赐予我祝福。”

阿娜丽克准备给她坐骑还有衣裳，
还准备派人带着她一起前往谢罪。
她还将给新娘子披上美丽的披巾，
让她亲自前去拜见博甘拜老英雄。

她骑上了骏马穿上了丝锦衣裳，
少女又变得先前一样光艳照人。
新娘花枝招展与众人华丽同行，
只是头发被剪得很短令人难堪。

她们跋涉了两天的路程终于到达，
她作为新娘站在大帐外行了大礼。
“我是个来自远方部落可怜的人儿，
快赐予喜礼！男子汉们已经凯旋！”

博甘拜的大老婆应声出了家门，
她了解到了再娜甫的来龙去脉。

新娘的话语能使听者迷醉融化，
新娘的神态温文尔雅令人倾倒。

“我这可怜的人对英雄有亏欠，
我已经受到了诅咒，满腹愁云。
大妈呀，我今天来到您的面前，
千万别让我无地自容伤心归返。

我本人也应当向长辈讨要喜礼，
我虽然是姑娘但有着滔天大罪。
我没有脸面乞求什么荣华富贵，
只盼老公公诚挚地赐予我祝福。

我作为这个部落的孙媳来到这里，
太婆啊，请您快快将我拢在身边。
我为先前的罪孽受到了严厉惩罚，
您千万别再让我遭遇英雄的讥讽。”

大婆母这时连忙拉起了她的双手，
再娜甫美人则像白天鹅一般美丽。
她就站在不远处款款地行了大礼，
犹如先前嫁来的儿媳们彬彬有礼。

她向博甘拜数说了自己的来龙去脉，
她讲述自己的部落一败涂地的过程。
“天下哪有小老鼠与山鹰嬉戏的道理，
看起来我这纯粹是稚童的轻举妄动！

我只请求你老人家遂我一个心愿，
面对好人，我不会绝决生的希望。
我的父亲和兄长没有一点点过错，
祖父啊，一切过错都在于我一个人。

所以请您不要让人们再去撕咬我们，
所以请您不要让人们说我们是俘虏。
请您让托烈的阿吾勒驻扎在身边，
请您把他们当成孪生的部落对待。

我不想以女俘的身份嫁来当孙媳，
所以请你们履行说亲迎亲的义务。
请您一定满足我所有的可怜乞求，
请您派人去我的阿吾勒提亲送礼。”

博甘拜说出了自己的肺腑之言，
他满足了孙儿媳妇所有的心愿。
“你分裂部落罪孽深重但我可以原谅，
今后不允许乌鸦再与山鹰比试输赢。
我没理由不原谅前来讨要喜礼的人，
因为真主已使我的孩子们胜利凯旋。”

他老人家派人去托烈阿吾勒提亲，
只有愚蠢透顶的人才会做蠢事情。
俗语说：言之有理，令人满意，
姑娘已显示出自己是睿智的人。

整个部落已经人心所向尽释前嫌，
与托烈部落结了亲准备举办婚宴。
“她会成为一位深明大义的好媳妇”——
博甘拜一开始就这样称赞再娜甫。

苦难的汗吉哈部落终于趋于了安定，
托烈、杜拉提部落顺从博甘拜英雄。
这场征战使七位少年英杰发挥才干，
立下了赫赫战功声名大振扬名四方。

七位少年英杰这时已经闻名遐迩，
他们常常找凶狠的敌人进行较量。
他们说这就是先辈们开拓的道路，
别说哈萨克，甚至打垮了卡尔梅克对手。

七位少年英杰个个骑着神骏去征战，
他们不怕敌人反而喜好与他们交锋。
他们扎起帐篷渴望邂逅敌人去相拼，
没有什么敌人可以成为他们的对手。

玛彦拜的阿吾勒已经牛羊成群，
博甘拜的阿吾勒天天轻歌曼舞。
母马生了雄驹也会举办一场赛马，
这是博甘拜部落古老的礼仪习俗。

定亲之路

七位英杰寻觅敌人在大地处处游览，
只要听说有敌人就把财富甩在一边。
他们拥有梦幻一般的首领萨热拜，
他以自己的睿智感悟人们的心灵。
阿勒庆部落遭到卡尔梅克人的侵扰，
侵扰带来的是哀嚎遍野满目疮痍。
阿勒庆部落派信使前来禀报情况，
请求博甘拜快为自己的部落解围。

博甘拜派七位英杰前来助战，
他们纷纷求战早已摩拳擦掌。
那个叫阿汗的少年也前往助战，
他只有十四岁早已经身经百战。

他们得到了尊贵的玛彦拜亡灵助佑，
他们杀向疆场替阿勒庆部落解了围。
他们挥刀扬剑砍杀前来侵扰的敌人，
他们猎获兵戈、鞍具还有战马成群。

他们将敌人驱赶到巴尔合提达坂，
他们还俘虏了大量的敌人在手中。

少年英杰们征服敌人捷报频传，
六个月之后他们终于凯旋而返。

他们回到家中歇息了整整一年，
不久又开始渴望着与敌人交战。
他们梦想去滔滔的锡尔河对岸，
他们恨不能插翅立即飞到那边。

他们十分渴望把想法告诉小叔父，
他们几个结伴去找老博甘拜英雄。
他们几个人竟然不知去对岸何方，
他们犹豫不决不知究竟该怎么办？

博甘拜冷静并理智地询问他们：
“咱们部落没有受到敌人侵扰吧？
艾布里曼别提已经派人来找我，
可能明天会前来提到这个事情。”

“艾布里曼别提对您有什么用？
达官贵人们都对你服服帖帖。
我们很想出去周游一圈看看，
小叔父，请您赐予我们祝福。

我们已经游遍了锡尔河的此岸，
我们没有注意彼岸是否有敌群？
当您享受荣华富贵的岁月之时，
请您允许我们去对岸游历一圈。

据说那边也有哈萨克部落民众,
还听说卡尔梅克人常骚扰他们。
现在,纳乌鲁孜三月刚刚来临,
如果允许,我们将去对岸看看。"

"萨热拜,把你的旗帜拿来看看,
如果那旗帜开口说话我就应允。
不要去侵扰安居乐业的部落民众,
我祝你步步高升且一路顺风平安!"

他将白色大旗交给了博甘拜英雄,
你看神圣的博甘拜多么英武雄壮!
博甘拜擎起那一面大旗高高飘扬,
老人家却伤心绝望潸然泪下悲伤。

神圣的旗帜使每个人激情涌荡,
博甘拜仰望着大旗急切地念诵。
只见那面大旗自如地开始飘扬,
只见那面大旗徐徐地向上升腾。

博甘拜说道:"萨热拜,请听我说,
这面大旗果然改变了以往的姿势。
你既然恳求我允许你去对岸游历,
千万别踏上邪路难返,我的孩子。

你必须游历对岸再平安回返,
千万别人云亦云自己找麻烦。

在游历途中要懂得说明来历，
这样，无论是谁都会来关照。

你会身陷纯洁与肮脏的纷争之中，
萨热拜，祝你永远面向纯洁善良。
你可不要去侵犯安居乐业的人们，
从而勾起别人对你们的刻骨仇恨。

你们不要在那边久留要快快回返，
巴尔合提山梁上可能藏匿着敌人。
男子汉离去整个部落便群龙无首，
不论在何处都该想着自己的家园。”

他们接纳了长辈的祝福准备上路，
他们于礼拜一这个吉日整装待发。
他们将行装和帐篷驮在四峰驼背，
他们一行十五人结伴去对岸游历。

他们受到博甘拜的祝福踏上行程，
他们十几个人摩拳擦掌欣喜万分。
他们说自己将去境外的地域观览，
他们相互都是熟人队伍非常精悍。

他们径直向锡尔河一带开拔疾行，
他们十五个想涉过湍急的锡尔河。
锡尔河大概就是咸海那一带，

谁知道那儿的河流是否湍急?
切克特部落的四个人与他们分开上路,
他们准备返回的时候再相见问安行礼。
他们互相祝福行程一帆风顺,
他们约定平安返家欢乐聚首。

他们从没有见到过锡尔河是什么样,
他们来到了一个叫哈热莫斯的地方。
他们以手遮阳站在一片山冈上眺望,
他们看见这一带的峡谷不怎么宽展。

他们看到河面上结着洁白的冰,
他们想从这儿涉河便一直向前。
他们在冰面上走了两天没有停顿,
他们最终涉过了锡尔河到了对岸。

他们到了对岸扎起了几顶帐篷,
他们没有打听当地的风土人情。
他们不知这儿的人们属哪个部落,
他们只知道都是一样的哈萨克人。

他们在锡尔河流域游历了三天,
他们没向任何人询问本地情况。
他们看到一处河湾有马匹一群,
他们已忘记长辈离家时的叮咛。

那儿聚集着一群肥硕健壮的马,

其中有能耐受干旱的优良种马。
他们对雄壮的马群大为赞赏，
他们想将这一群马吆赶回家。

这是将近一千匹马的一个大马群，
马群属于在这儿休养生息的部落。
他们把博甘拜的叮嘱丢在脑后边，
他们将这群骏马赶回自己的家乡。

他们忘了忠告更忘记了那位老人，
他们吆赶着近千匹马涉过了河流。
那时节正是母马下驹的紧要时分，
他们在此岸休整了整整一十五天。

他们没有想到追兵会紧追不舍，
勇士们的威猛让他们踌躇满志。
可以使任何人蜕变堕落的财富——
怎么能放得过这样一群年轻人。

有个富人叫阿勒泰有许多的儿子，
他们的牲畜遍布锡尔河所有地方。
当年大老婆与小老婆闹起了纠纷，
当年他们两帐各自分离自成一帐。

阿勒泰的大老婆生有九个儿子，
小老婆则有三个儿子一个女儿。

富人给女儿起的绰号叫做莫尔扎①,
还说我的哈尼夏依呀犹如百灵鸟。
哈尼夏姑娘排在十二个儿子之后,
整个乌孙部落都知道这个情况。
哈尼夏依当年正好一十八岁年龄,
她瞧不上部落里的小伙子和富人。

这个部落有个奴隶但很富有,
每年都有一百峰骆驼产驼羔。
他的马、绵羊、牛不计其数,
他的老婆当年不幸撒手人间。

阿勒泰的长子叫做霍帕是个勇士,
所有的乌孙人都好找他商议要事。
“可怜的奴隶还奢望迎娶我的妹妹,
会给我们许多牲畜,他现在正赶来。”

奴隶当时与霍帕进行了商议,
定亲之时就送与一百峰骆驼。
这事霍帕没有商议自作主张,
不知事态最后会变成什么样。

霍帕勇士带着百峰骆驼回到家中,
听了这个消息哈尼夏依非常悲伤。

①莫尔扎:先生的意思。

姑娘的父亲阿勒泰与母亲，
前年已死去留下女儿可怜。

小老婆有个儿子叫做奥尔达，
两个老婆之间常有争纷发生。
奥尔达说绝不会将妹妹嫁与奴隶，
为此事双方的孩子作对剑拔弩张。

“你以前曾经将妹妹嫁给了富人，
没嫁给奴隶，而嫁给了豪门望族。
你现在要与破败的奴隶结亲，
霍帕，你还有没有一点廉耻?!

你不要多管闲事不要靠近我，
我不管走到哪儿都会这样说。
如果你认为奴隶拥有众多财富，
那么就请把自己的女儿嫁与他。”

他们俩就为这件事结下仇恨，
他们的家产以前由霍帕掌管。
他们将乌孙四部召集在了一堂，
他们相互争夺属于自己的财产。

霍帕只想按照人头分封家业财产，
霍帕想让老年中年幼年人人有份。
两个老婆的孩子成了两个家族，
大帐里的人也叫嚷要分门立户。

他们让人骑马快去召集乌孙人，
他俩向人们诉说了各自的主张。
人们将财产分给阿勒泰的儿女，
并没有留下牲畜分给孙子一辈。

大帐分得了财产马上就搬迁，
离开部落搬到了库尔甘地方。
有八百户人家随大帐一起搬迁，
还有众多人口与霍帕一起营生。

大帐搬到了叫做库尔甘的地方，
这儿地势险要适宜当做夏牧场。
他们涉过了锡尔河的上游地带，
他们抛弃祖辈居住的领地离开。

富人阿勒泰有个奴隶叫巴依萨勒，
他犹如可以分得大帐财产的儿子。
他与富人儿子们生活在一起多年，
他一人掌管着这个家族全部事务。

巴依萨勒老人和女儿生活在大帐，
他们掌管事务是人丁财富的主人。
人们将哈尼夏依当成老幺捧在手心，
不将她称为“姑娘”改称为“先生”。

巴依萨勒老人与哈尼夏依住在大帐，
他们也随着大帐迁徙到了这个地方。

两个兄弟部族成为敌人相邻，
他们相互之间常常抢劫牲畜。

霍帕的所有心思都是将姑娘嫁出，
众多人口在自己一边他踌躇满志。
年轻气盛的小伙子才不会服气，
仇恨已经盈满了他狭窄的胸襟。

勇士萨热拜正好碰上了这种事情，
竟然赶走了他们的马群一个不剩。
霍帕却说马群是大帐劫走的云云，
他没想到是外敌劫走自己的马群。

当初与萨热拜分头出发的四个人，
顺着锡尔河岸一直不停往上行进。
他们驻扎在了马匹停下来的地方，
他们驻扎在了这儿没有什么事情。

这四个小伙子不歇不停地向前行进，
他们奢望可以获得亲家家族的牲畜。
他们来到了富人阿勒泰的家里借宿，
他们说自己一行就要去很远的地方。

那是太阳下山寻找宿处的时分，
他们接近一个阿吾勒牛羊成群。
“我们是来自远方的一行旅人，
我们就想住在这儿借宿歇息。”

他们来到了富人阿勒泰的大帐,
他们看见家中只有姑娘一个人。
“客人来了,快出门去拴好坐骑”——
姑娘立即命令着巴依萨勒老人。

富人家是八个格扇的一座大帐,
大帐的摆设华丽尽显财富阔绰。
除姑娘是大帐的主人没有别人,
她身下铺的是厚厚的锦缎被褥。

这是夏初灿烂的五月时分,
搬迁的人家境况相当寒碜。
主人家给四位客人宰杀了牲畜——
那是一匹极度瘦弱困乏的马驹。

客人们住下之后开始闲聊,
都说姑娘的财富真了不起。
不知这姑娘是否是独生丫头?
什么样的男人可以把她迎娶?

人群中是否会有她这样的姑娘,
她生性高贵犹如坐在宝座之上。
不知道玛彦拜众多的年轻英雄,
是否在这个时候邂逅这个姑娘?

姑娘坐在那儿听到了这一番话,
心想该如何与客人们开始交谈。

不知道玛彦拜部落究竟怎么样?
以前从没有听说过他们的音讯。

明早我一定要向客人打听清楚,
这样可以探得他们的底细怎样。
如果他们成为兄长的助手得力,
我就不会成为财富牲畜的奴隶。

次日早晨她开始与客人攀谈,
询问他们是谁从属哪个部落。
“那边有玛彦拜这样的部落吗?
他们的地域和百姓境况如何?”

“哈萨克人人都知道玛彦阿吾勒,
他们的名声大概早传到了这里。
老英雄博甘拜是我们部落的福分,
他高瞻远瞩观察身前身后才行事。
哈萨克再没有比此还强悍的部落,
他们那儿可谓牛羊成群人丁旺盛。

七位年轻英雄向敌人发起猛攻,
英勇作战占据了大片辽远土地。
敌人来犯他们没有惧色整装待发,
他们个个顶天立地个个都是英雄。

我们的首领是萨热拜他酷爱自由,
他的英勇顽强四周百姓人人皆知。

他能只身一人打败进犯的敌人,
追随他的人们不会沦落为奴隶。

他到处寻找可比试高低的对手,
任何对手在他眼里都不屑一顾。
他与我们相处了十五天之后,
已经率部来到锡尔河的彼岸。

他们想去看看锡尔河的彼岸,
如果找得到敌人就与之交锋。
如果没有敌人便游历各个地方,
一路欣赏风光然后平安地回返。"

"除了萨热拜其他人又叫什么名字?
该让我知晓伟岸的男子汉之尊名。
如果可以知晓伟岸的男子之尊名,
我的客人,算你给我们带来了喜讯。"

"他们是别克苏里坦、特尼别克和阿依达尔汗,
只要惹恼了他们,他们再也不会转意回心。
居玛别克和吐曼别克也是两位英雄,
还有勇士沙德尔别克也是一母所生。

他们都是英勇善战一往无前的战将,
他们个个骑着土耳其优种良马飞奔。
只要看看他们飒爽英姿就大饱眼福,
他们的表率行为已经四处飞扬传诵。"

“这几个同胞兄弟个个出色显赫，
因为他们的智慧超群如出一辙。
我听到男子汉的尊名知晓了他们，
他们是否有老婆？抑或还是单身？”

“特尼别克勇士至今还是单身汉，
朝思暮想只想迎娶一位好姑娘。
其他的人现在都已经有了老婆，
妻子们个个花枝招展美若天仙。”

客人们起身告别就要离去游览，
可姑娘一心想让他们逗留片刻。
“他们在这儿住多久？何时回返？
勇士们会不会在我们这儿久留？”

“我们与他们分开已经有五天，
远途行进确实有点儿说不准。
他们大概一周之后可以回返，”
客人们说罢话跃上马背离去。

他们走了，留下姑娘陷入沉思，
仿佛相思已涌满了自己的胸襟。
她这样来命令自己亲爱的嫂嫂——
“把花马牵来，我要去参加婚礼！”

她将一个小伙带在身边做同伴，
她穿上了铠甲，又背上了弓箭。

她将去干无人可以想象的事情，
她将财产牲畜交给老人家看管。
他们就这样骑着两匹骏马启程，
他们沿着锡尔河彼岸下游行进。

对姑娘来说白昼已经变得很短暂，
对姑娘来说地域也显得非常遥远。
他们走了整整五天，到了第六天，
精疲力竭才走近了哈热莫斯地方。

姑娘来到了这片陌生的地方，
只见成群的马匹在草场牧放。
这就是英雄们驻扎的地方，
他们在两岸之间穿梭来往。

她看见了正在游牧吃草的马群，
她看见了支起帐篷的男子汉们。
她看到了马群的印记似曾相识，
她终于认出了那是自己的马群。

她来到马群之中穿梭游览，
悲伤咀嚼着心儿隐隐作痛。
曾经引来优良种马改良品种，
曾经培育出神骏良马一群群。

这是克孜尔圣人造访积攒的财富，
这是可怜的父亲一点一滴的积累。

在万贯家财牛羊成群的基础之上，
我这姑娘才生活得如此趾高气扬。

我的神骏们邂逅了一群男子汉，
受到吆赶的马群肯定淋淋大汗。
我尾随而来向男子汉行礼问安，
请你们也带上我前往遥远地方。

两个人都挎着兵戈穿着男装，
赭红色的貂皮皮裤滚着裤边。
两个人身下都骑着一匹神骏，
两个人犹如男人般勇闯难关。

帐篷里有人出来跃上了马背，
勇士以为他俩是尾追来的人。
骑马人想知道他俩究竟是谁，
骑马人一直奔到了他俩面前。
骑着白马的小伙子奔上前来，
以为他们是男性便问安行礼。

那两个人看看马群又看看来人，
身下的坐骑早已经是大汗淋淋。
这是一个非常相信自己的男人，
以为那两个人是尾追而来的人。

“你们是谁？为何查看巡游马群？
我前来是为了弄清你们的来路。

你们不经允许为什么巡游马群?
你们到帐篷说说来龙去脉!”

“小伙子,你属何部落?口号是什么?
我们是出远门寻找失散牲畜的牧人。
我们的马群被敌人抢劫已经有数日,
我们身下的坐骑几日来已筋疲力尽。

我们的空怀母马全是花斑马,
马颈上一匹匹都带着护身符。
我们出来寻找马群已经辛苦疲劳,
说不定我的马群就混在马群之中?”

“如果真有你们的马群,一定会找得到,
请你们到帐篷坐定之后然后慢慢絮叨。
不知道你们是谁,还以为是入侵之敌,
你们可不要毫无声响毫无理由地走掉。”

他二人随着小伙子一道走去,
他俩来到帐篷向勇士们问安。
既然他们远道来到自己的帐篷,
勇士们便上前扶他们翻身下马。

来了之后他们说出了自己的事情,
小伙子们也都知悉了他们的来由。
其他的人都以为来者均是男性,
只有萨热拜识别出了姑娘的计谋。

勇士们用美味佳肴款待两位客人，
勇士萨热拜则打开了自己的话匣：
“既然你们掉转马头来到了这地方，
如果这儿真有你的马群我会归还。

你们来到这里肯定有大事要办，
你们周游各个部落不合乎情理。
你们的骏马和兵戈与勇士般配，
你们不会白白走到了这个地域。
你们来自哪儿？属于哪个部落？
我们也应知道你们的尊名大姓。”

“勇士啊，先把我们的事情放在一边，
我得先向你询问你们这一边的境况。
你看起来就像雄狮一般的英雄，
你看起来能将敌人打得稀巴烂。”

萨热拜这时说出了自己部落的境况，
他骄傲地提到了自己所有的助手们。
“我祖父就是玛彦拜，叔叔是博甘拜，
我自己则是首领名叫萨热拜是勇士。

我们涉过了锡尔河来到彼岸处巡游，
我们转了一圈又一路游历回到故乡。
看起来你就是一个值得尊重的人，
男子汉啊，需要什么就请带回去。”

"我想知道你的部落还有你的身世,
我想知道你的故乡还有亲朋好友。
你一个人身挎所有的兵戈好威风,
不用说你就是个声名显赫的英雄。"

"请你在勇士中间选一个赠与,
否则我会自己出来挑选一个。
你说的话儿句句说到心坎之中,
我不会犯糊涂,知道该做什么。"

"我总是让客人自己做出判断,
我总是从外表识别好汉孬种。
我碰到你这样百里挑一的人,
我就会像融化了的铅水一般。

你可以拿走自己所挑选的一切,
你是有见识的人,我说话算数。
他们都不是外姓杂人死难缠,
他们是我的亲生同胞好说话。"

"你们就是源于高贵血统的同胞,
我听说你们不会容忍敌人蹂躏。
我骑着骏马从远方赶到这个地方,
请将你们中的特尼别克赠与我们。"

"当然可以,只是还需商量片刻,
让咱们冷静理智地想出个绝招。

小伙子们，过来呀，咱们商量，
快快扶哈尼夏依跃上骏马之背。”

“特尼别克，你是否与之决斗？
她这可是善者不来来者不善。
她心中肯定隐藏着一件事情，
她前来既考验我们也来挑衅。”

都说勇士草率，摔跤手气盛，
八仙过海个个都会尽显神通。
你别光想如何使用气力去征服，
如果能用智慧拿下她不是更好？

特尼别克说：“是命令，我便从命，
做人要有毅力还需要有理智做伴。
看来她并不比我理智比我还强劲，
还带有些许鲁莽可能是年轻气盛。”

萨热拜则说：“你以为她是何人？
你能否制伏她也还不怎么肯定。
她可不会扑过来就用气力较量，
她可能会缠上你软磨硬施赢你。

这姑娘并没有跟在我们的后边，
在此之前从没有姑娘尾随我们。
你可要唇枪舌剑，针尖对准麦芒，
看来她在自己人那儿受到了排挤。”

“瞧瞧萨热拜将小伙说成了姑娘，
谁知道这次来的人是否是姑娘?
她看起来比英勇的小伙还漂亮，
哪有姑娘在荒野上乱窜的事情?”

他们所有人都说来者不是姑娘，
我们才不会将小伙子当成姑娘。
小伙子们为了这番话哄笑起来——
“萨热拜随我们瞎混已乱了方寸。”

“如果信服,勇士之道就该如此，
如果不服,你马上会悔恨万分。
没脑子的人真是有眼无珠，
你瞧瞧她扯着缰绳的手指。

你瞧她不敢正眼看旁人的模样，
她的容貌她的脸颊都显而易见。
她骑在马背上我就看得分明，
她扯着缰绳的手指纤细柔软。”

特尼别克走上前去想看个究竟，
他们没有一人相信萨热拜的话。
原来萨热拜说的话语句句为真，
特尼别克走过去分辨出她真是女性。

“特尼别克,我告诉你自己的实情，
我尾随追逐你来到这里实在不当。

因为是玛彦拜的部落我才追来，
我也有显赫的地位并不亚于谁。”

她讲述了所经历的一切事情，
特尼别克聚精会神静静聆听。
“如果你接纳，我会掏肺掏心，
每个人都有喜爱的般配之人。
我叫哈尼夏依，哥哥叫奥尔达，
我是乌孙人，父亲阿勒泰，家境殷实。
我们一家十二个儿子一个女儿，
去年夏天父亲母亲双双去世。
长子生于大老婆是霍帕勇士，
他为了牲畜想把我嫁给奴隶。
我的亲哥哥们却抗命不从不依，
我只好自己逃离部落独自漂泊。
两个老婆生育的孩子反目为仇，
双方之间燃起了仇恨响起惊雷。
他想把我嫁给一个富足的奴隶，
可我不想将自己轻易嫁于奴隶。
无数人都曾经在你的部落畅游，
我这可怜的人却深陷一张大网。
我已久仰你的尊姓大名和部落，
我的山鹰啊，今天终于在黎明与你邂逅。”

她讲了四位切克特部人借宿的事情，
她讲述了客人们受殷勤款待的情形。
“如果你能平等对待我和我的部落，

我当然会为你们牺牲一切还有生命。

我拥有与我一母所生的兄长小弟，
我拥有与你一样牛羊成群的部落。
我们的部落不远请你们前去游历，
我还希望你们不要满足一知半解。”

特尼别克听了这话一时慌了神，
“哈尼夏依呀，我当然会相信你！
可这一次我没时间随你前往部落，
如果相信，我会告诉你合适的时间。

你身为女人说起话来句句在理，
你的容貌犹如鲜艳的红花耀眼。
我完全相信你讲述的一切事情，
明年的这个月我一定找得到你。

我终于得到了心仪已久的爱情，
我的哈尼夏依，你证实了一切。
明年的这个月我一定会找到你，
如果你敢食言，你就罪孽深重。

虽然没有说出但事实确实如此，
你以后可别想我为什么这样说。
这就是我向你发出的铮铮誓言，
明年的这个月我会来与你相见。
今天是五月十五夏日的灿烂时辰，

好人的好事当然也没有早晚之分。
我曾发誓不在受敌侵扰的部落迎娶新娘，
这就是我将这件事情事推到明年的原因。

对活着的人呀，明年并不遥远，
你该仔细了解话语的前后意思。
侵扰了部落又猎获牲畜和姑娘——
这对我简直就是莫大的耻辱。

这次我实在去不了你的阿吾勒，
请代我们向你的兄弟行礼问安。
我其实这次可以去你们那儿，
但是萨热拜不会允许我前往。”

哈尼夏依听了这话沉思了良久，
她想拖得太久不知以后会怎样。
对女人，心急火燎是一种耻辱，
如果继续与他论理是否算妥当？

“好啊，这已经使我如愿以偿，
你必须践行誓言，我的翅膀。
真主不让成为眷属，我们无计可施，
话说得太多了就显得没有什么滋味。”

“我的哈尼夏依，我会让你梦想成真，
我在征战中曾经出生入死屡屡冲锋。
我的祖父是神圣的博甘拜英雄，

任何敌人都无法靠近我的身边。
只要有战场我的鲜血就会沸腾，
我发誓会见到你的先祖之亡灵。
在来年咱们聚首投缘相会之前，
你先声声祈求先祖的亡灵助佑。

只要明年我依然好好活在人间，
我一定会在五月十五与你相见。
如果特尼别克还算是个男子汉，
那么一定会遵守诺言与你相见。”

他们二人如此这般海誓山盟，
其他人当然也不好说三道四。
既然特尼别克约定了日期，
姑娘只好在心里默默忍受。

相约之后特尼别克回到了帐篷，
他向萨热拜讲述了所有的事情。
萨热拜聆听了事情的来龙去脉，
也认为特尼别克做得妥当可行。

别克苏里坦不以为然：“你胡说！
你害怕对她说与我们一道回去！
你为什么要拒绝送上门的姑娘，
你回去怎么向同龄伙伴们交代？”
萨热拜却说：“我说勇士苏里坦，

男子汉绝不会将一句话说两遍。
如果一再毁约而且还反复变幻，
你就会成为一个言而无信的人。

特尼别克一言既出驷马难追，
毁约食言不是男子汉的行为。
没有办法才会以暴力娶妻，
但愿真主为你们指明方向。

明年我会率领人们重返这里，
我的哈尼夏依你可不能食言。
你们一定要遵守自己的诺言，
一直到明年五月十五那一天。”

他们的谈话到这儿已该说完，
姑娘兴高采烈准备明年再见。
他们互相祝福对方要平安无恙，
他们祈求玛彦拜亡灵辅佐恋人。

勇士们驮起了帐篷准备启程回乡，
苏里坦却缠着哈尼夏依一同归返。
他说明年不知道我们是否还能来，
与其这样不如今天就随我们上路。

姑娘说：“如果这与你们高贵的血统相符，
我的心思当然与你们的心思完全吻合。
勇士们啊，请你们千万不要违背诺言，

即便身后抛下万贯家财我也不会回头。

山鹰们呀,我已经被你们拴定,
交战之中,没有人敢靠近你们。
如果违背铮铮誓言是正确的事,
我即便死去也没有什么可遗憾。

你该去劝说自己的弟弟回心,
一句话说两遍实在太过难堪。
如果我成为了玛彦拜的孙媳,
我一生都不会再有什么遗憾。”

苏里坦来到了萨热拜和特尼别克面前——
“真主使你特尼别克如愿以偿。
你为什么如此地愚蠢固执己见,
为什么要拒绝找上门来的姑娘?

她说只要下令马上就随我们回家乡,
她说她不需要身后的牲畜家财百万。
她说让我来劝说自己的亲人,
她说只要成行便将一生无怨。”

“苏里坦呀,你干吗旧话重提?
他俩已经发了誓一锤定了音。
对活着的人,明年并不遥远,
我们明年举办婚礼明媒正娶。
你不要再重提已经说过的话题,

说得太多了会破坏誓言的魅力。
他们也是一个庞大的家族人多势众，
难道他们不会出来寻找自己的姑娘？
人们都说火烧火燎是妖魔之所为，
人们都说好事不在乎早也不在晚。”

他们就这样劝住了别克苏里坦，
他们就这样让姑娘返回了家园。
天气炎热我们会显得疲惫不堪，
我们不能再耽误马上启程回返。

萨热拜摊开双手赐予了祝福：
“年轻的小伙子们绝不能食言，
请公正的安拉给予你们辅佐，
请帮助你们实现自己的理想！”

特尼别克靠过来与姑娘告别，
生离死别对年轻人痛苦不堪。
既然两个年轻人已情投意合，
情投意合瞬间离别最为艰难。

两位恋人就这样相互告别，
他们怀恋着对方依依不舍，
他们无法毁掉相恋的海誓山盟，
特尼别克靠近了姑娘口吐真言：

“我不该把话说得过于刻薄古板，

恋人啊,你独自一人怎么回返?
最初是我用一句话定下了期限,
现在我又怎么忍心扔下你一人?!”

“你正在用刀剜我的心脏,痛楚万分,
特尼别克,我们相见恨晚一言为定。
如果先祖们的传统真的没错该遵循,
那么就将我的脑袋割下来拴在鞍鞯。

我的生命啊,你就要离我去远方,
你为什么要将日期一直往后拖延?
特尼别克,我不过胸间还有口气,
我这可怜的人儿就要昏倒在地上。”

两个人同心同德心心相印,
最终还是分了手泪眼朦胧。
起初虽然勇敢地立下誓言,
但是悲伤塞满了特尼别克的心灵。

一言既出驷马难追是男子汉的风范,
年轻人的恋情也显得艰辛异常。
只因为是两个躯体才分手离去,
但是心中的激情之火熊熊燃烧。

哈尼夏依垂泪诉说心中的恋情:
“对我十二个月犹如十二年一般漫长,
明年你违约我的生命就会无疾而终,

我虽悲伤哭泣，又有什么办法可行？”

一群勇士平安地返回了家中，
只特尼别克一个人忧心忡忡。
他向自己高贵的博甘拜叔父，
讲述与那位姑娘相恋的情形。

他讲述了涉过锡尔河的情形，
他讲述自己一行人所见所闻。
他讲述了姑娘在途中宿了六夜，
最终人马疲惫赶来相会的境况。

博甘拜老人听懂了其中的内涵，
才知道一路上发生了许多事情。
“你们竟让年轻的姑娘痛哭涟涟，
把她扔在那边，辜负了她的心。

如果上苍保佑你平安度过一夜，
如果你还有一口气就该去找她。
你们会辜负那少女纯洁的泪水，
你们只要活着一定要找回她。

姑娘的哭声使我刻骨悲痛，
年轻的玛彦拜们做得不当。
即便捡到了金子也该稍稍停留，
如果一切事情都能办妥有多好。
她说自己将成为玛彦拜的孙媳，

她这话已经透过我这把老骨头。
我如果死去身后留有许多后代,
无论如何也必须让姑娘如愿以偿。”

这一年的冬天非常寒冷与漫长,
伤寒病席卷了整个部落的民众。
别克苏里坦、吐曼别克、居玛别克,
沙德尔别克全都染上了这种疾病。
两个部落之间又发生了一场纠纷,
萨热拜率手下去巡视自己的民众。
染病的勇士们正在医治没有痊愈,
特尼别克怎么可能去找哈尼夏依。

萨热拜为了谈判已经启程去远行,
时间已到了三月准备上路的时辰。
姑娘诅咒小伙子心情显得沉重,
博甘拜老人命令后代快快成行。
阿依达尔汗、特尼别克和阿海,
他们一共七个人终于踏上征程。
他们各带着两匹乘骑准备充分,
他们带走了白留海、火红神骏。
他们没迷路直抵喀拉莫斯地方,
但是浓重的阴云一时蔽日遮天。
他们无法分辨自己走的是哪条路,
他们走出了边境才知道走错了路。
他们细细算了算离家之后的时间,
这才知道已经过去了整整的三天。

阴雨连绵阴云密布着大地天空，
他们找不到出路只能翻山越岭。
只因为他们之中没有萨热拜带路，
否则，他会在夜里找到出路疾行。

现在讲讲哈尼夏依姑娘的情形，
她总是泪满手巾显得心事重重。
霍帕更加霸道蛮横更趾高气扬：
“即便入侵她的部落也要将她嫁出！”

库尔甘山峦只有一个出口可行，
库尔甘山水注入锡尔河流滚滚。
任何敌人也无法征服这个险关，
除非在库尔甘山脚凿上一个洞，
如果抗衡中间则隔着一片沼泽。
奥尔达也常来常往给予安慰，
直到五月过去她都身心健康，
之后姑娘万念俱灰卧病在床。

五月逝去六月来临，恋人不见踪影，
哈尼夏依心灰意懒不再抱任何希望。
她将秘密深深地藏在心灵深处，
任何人也不知道她的心事沉重。

有病的姑娘将秘密告诉了嫂嫂，

在此之前她滴水未露从不开口。
“我曾经与一个小伙子海誓山盟，
已错过时间，我又是这副模样。

嫂嫂，千万不能将此告诉大帐的人们，
现在，一个姑娘的价值不过一匹马驹。
你娇宠的小姑子已经满腹愁云，
这种低贱的姑娘生涯令人绝望！

小伙叫特尼别克，是玛彦拜的后代，
曾经让我们盟誓的上苍会见证爱情：
我见不到特尼别克一天都不会安宁，
怀着满腹的心事我该向谁倾诉苦衷。”

她怀着悲愤说了这话已经病入膏肓，
看来她已被悲愁和疾病压垮了精神。
五月已逝已经到了六月五日的时辰，
还没有音讯，她已经不再开口说话。

她只不过还有一口气，奄奄一息，
人们伺候着长期卧病在床的娇女。
在万念俱灰寿数已尽的关键时刻，
她应该向谁诉说心中无边的悲苦？

即便如此乌孙人还是天天来报信，
还是天天来打听了解姑娘的病情。
他们身边聚集二百多个弓箭射手，

他们不会让敌人翻过库尔甘山峦。
他们说姑娘痊愈我们就会迎娶新娘，
乌孙人就这样在外围等候静静查看。
当他们责怪哈尼夏依里外勾结偷走马群，
悲愤至极的姑娘直言不讳地予以痛斥。

霍帕勇士牢牢记住姑娘说过的话语，
发誓只要她活着一定让对方娶走她。
妹说曾经看到哥哥的马群被人赶走，
他断定姑娘与那些盗贼是一伙的人。

“两种仇恨都深深埋在了我的心底，
我会让小老婆吃尽苦头知道好歹。
她带着敌人来到大帐赶走了马群，
否则，毫不知情的敌人怎会得手？

自己的妹妹堕落会变成仇敌，
大帐不会再得到奴隶的赏识。
我只用一天就会把马群抢回，
只因为有库尔甘堡垒护着他们。”

那一天七位勇士还在远方疾行，
他们来到从未见过的险要地方。
阴雨绵绵坐骑不走道路泥泞，
四周竟然找不到一条可走的道路。

有一天雨过天晴乌云散尽，

他们全部都上山查看道路。
他们这才知道自己已在库尔甘山外,
他们却不知道背处还有一个阿吾勒。

他们没有出路显得焦急万分,
他们打量着灿烂耀眼的阳光。
特尼别克这时忘记了险恶的处境,
特尼别克这时想起哈尼夏依姑娘。
他已经错过了约定的那个时间,
他低下了自己的头颅非常愧疚。

他们找不到出路尽摔跟头,
他们回望着故乡泪水涟涟。
傍晚时分他们静静地聆听——
传来了吆喝畜群的叫嚷之声。

附近卧着将近五十峰骆驼一片,
他们吆赶起骆驼发出狂吼之声。
他们无力走到阿吾勒那一边,
所以只好支锅做饭支起帐篷。

从下边的悬崖那边来了一个人,
清晰可辨那个人骑着青灰母马。
匆匆前来的人原来是一位老人,
他们连忙上前谦谦地行礼问安。

他们开始询问那边阿吾勒的情况,

老人看见他们时也显得有些慌张。
老人家说不出话来已经哽咽，
老人家差点背过气一腔悲愤。

“老人家，我们是迷了路的旅人，
老人家，您千万不要神情慌张。
你是否寻找骆驼？它们就在那边——”
听了这话老人家这才开口说话。

他这才镇定情绪开口说起了话——
“是呀，我寻找的正是一群骆驼。
敌人将我们的部落一分两半，
所以，我非常担心心急如焚。”

他们站在那儿与老人攀谈起来，
希望得到一点音讯并断定方向。
他们开始询问部落的种种情况，
他们询问的不是部落只是一位姑娘。

“我的哈尼夏依姑娘是否还平安？
乌孙对我们不过是众里的一个。
我们从千里之外直奔姑娘而来，
如能解开心结我们会心花怒放。”

“是啊，哈尼夏依确实是个好姑娘，
我们甚至无力问她一声是否平安。
但是她并没有死去还在卧病静养，

如果她死去心中会留下许多遗憾。

我就在她家,她就是我的姑娘,
我现在不该出门,我焦急万分。
虽然她还活着,但不开口说话,
对真主的安排我确实无可奈何。
这姑娘就是我们大家的眼瞳,
难道安拉不想让她安然无恙?
因她生病,我无法寻觅驼群,
所以黄昏时分出来到处找寻。”

特尼别克帮他吆赶驼群一同行进,
特尼别克这才知道姑娘病入膏肓。
其他人都已经驻扎在了那个地方,
他自己一路跟来想了解一些事情。
他们一路吆赶驼群往回赶,
他们趁着夜色进了阿吾勒。

洁白的毡房扎起一排排,
圈里的牲畜歇息一群群。
这儿看不到一个男子汉的身影,
只看见妻儿老小都在那儿忙碌。
男人们站岗放哨准备拦截敌人,
男人们半夜时分才能回到家中。

老人带着他一路来到大帐跟前,
特尼别克没有迟疑跨进了门栏。

他一眼看见了死尸一般的姑娘，
身边有两个婆娘一个姑娘陪伴。

老人站在了门外的地灶旁边，
老人正与一个婆娘数说机缘。
“他叫什么名字？”那婆娘问道，
“他是从遥远地方来的一个旅人。”

老人讲述着特尼别克这个人，
婆娘一直听他数说走走停停。
可怜的老人从头到尾讲了个遍，
面对年轻媳妇他没有多少遮拦。

这个媳妇打开房门走了进去，
她频频打量来人并走了上去。
“先生啊，我们理应唱起挽歌！”
她伸手抱住小伙子唱起挽歌。

“特尼别克，平安吗？亲爱的人，
你是否知悉了我家娇女的境况？
特尼别克，你没有早早地赶到，
我家娇女已病入膏肓令人悲伤。”

两人相互哭诉又行礼问安，
脆弱的女人已经泪满衣襟，
诉说年轻人不能实现梦想，
可怜的人儿又跨到了正堂，

她走过去揭开洁白的布单，
那里躺着死尸一般的姑娘。

“我的宠女，她就躺在这个小角落，
我没挂起壁毡铺上地毯装饰这里。
我的宠女，你是否有说话的气力？
你至爱的恋人特尼别克已经到来。”

姑娘终于重重地叹了一声，
她吐出的那是悲愤的火焰。
已经灭绝希望的可怜姑娘，
听到特尼别克来了便抬起了头。

她仿佛一下摆脱疾病开始说话，
上苍终于使她见到梦想的恋人。
她不知道这究竟是梦还是真景，
她睁着黑幽幽的双眼频频打量。
奥尔达为享用晚餐来到这里，
他身边还带着三百名神射手。

老婆对奥尔达说来了一个男人，
他是来自遥远地方的一个旅人。
这里有一个不为人所知的隐秘，
万能的上苍使这两个恋人相遇。

我的宠女曾经见过这个男人，
我的宠女曾经与他海誓山盟。

生病之前她告诉我这段隐情，
她祈求我一定帮她实现梦想。

现在那个小伙子千里来寻访，
你如果想见面，他就是大帐。
他是汗吉哈部玛彦拜的后代，
他从遥远的地方找到了这里。
他叫特尼别克是铮铮男子汉，
他原先说定五月十五来说亲。
他身上挎各种兵戈闪闪发光，
他相貌英俊是出类拔萃的人。
他们顺河流翻过山峦找不到路，
他们几天几夜只能宿在了大山。

“我当然渴望见到这样的男子汉！”
奥尔达当即与老婆走进了大帐。
特尼别克看到了盛装的奥尔达，
站起身来恭恭敬敬地行礼问安。

他结识了勇士知道了来龙去脉，
他也问清了勇士们现在的境况。
他让老人家带着几个人去山间，
接回了勇士其他宿在山间的同伴。

他们在这住了五六天歇息整装，
奥尔达殷勤款待尽了主人的盛情。
乌孙人也知悉了姑娘家中的音讯，

听说请了巫师驱赶邪气使之痊愈。

霍帕说:“不嫁姑娘绝对不成,
对方的威逼恐吓你没办法不听。
我一定说到做到绝对不会食言!”
他们派人来劝嫁显得手忙脚乱。

奥尔达将这些事告诉客人们,
他们相互商量究竟该怎么办?
“这事由你来做主!阿依达尔汗,
我们为什么受这条狗欺辱蹂躏?!”

“你就说我们不会把姑娘嫁给别人,
即便你们把我们全部都杀个精光。
首先你该前往那儿挑明这个意愿,
然后让我们去对付众多的乌孙人。”

这边派了使者传达了这个意思,
那没脑子的傻瓜听了暴跳如雷。
他想聚集兵力去侵犯夺回姑娘,
他想侵扰他们的部落并吞并它。

乌孙人喂养马匹使之健壮勇猛,
乌孙人招兵买马从四方涌过来。
他们也率领着二百左右的人马,
他们也量力而行前去应战敌人。
他们竖起了玛彦拜的猎猎大旗,

他们祈求先祖的亡灵给予辅佐，
鲜血直涌脑门没办法克制激情。

霍帕的儿子挺身出来对阵，
他犹如勇士也是少年气盛。
当阿海杀向前去打翻对方的战马，
乌孙人顿时没有了气焰退了下去。
那一天少年阿海上场一对一决斗，
夺得了七十一匹战马打败了对手。

没有人胆敢再上场去应对敌人，
他们再凶悍也没打败一个少年。
不论他们想出多少计谋毒辣阴险，
也没将自己的对手打得人仰马翻。

他们多人聚首又想出了一个毒招：
“不要一对一决斗，应该一拥而上。
我们五六个去对付他们一个人，
我们人多他们人少定会踏平他们！”
他们认为这一招特别险恶又适用，
他们一个个抡起大棒长矛和长剑。

他们近千人跃上马背，手持兵戈，
他们认为一定会有一场流血征战。
玛彦拜的后代全都跃上马背对阵，
面对嚣张的敌人他们已义愤填膺。

那一天整个白昼都在进行征战，
玛彦拜的后人果敢沉着地迎战。
乌孙人那一边已经死亡惨重，
天气已晚他们只好收兵回还。

霍帕剩下的兵力被堵在那里，
他们头顶上高悬着长矛短剑。
霍帕以前可谓蛮横凶残至极，
现在却是四面楚歌愁断了肠。

乌孙人再也不敢正面去交战，
他们没勇气继续与敌人对抗。
奥尔达也回到了自己的家中，
人们个个欢声笑语嚷成一片。

他们就在这儿驻扎休息了十几天，
乌孙人也从四面八方聚集在一起。
“肯定有外人前来帮他们打仗取胜，
奥尔达的技艺呀真可谓炉火纯青！”——
部落里的闲言碎语已经四处传开，
他们想商量一下再找出办法对策。
他们想在阿克克则恩荒滩予以阻击，
他们想从阿吾勒拉着水在那儿埋伏。
“让我们就在万里荒原进行一场较量，
他们是死路一条我们会活着出来！”

他们组织了八百人的兵力前往，

奥尔达他们却对这些一无所知。
“亲爱的人儿,你们要多多保重!——
无论怎么样我们都会应付局面。”
阿依达尔汗对特尼别克这样叮咛,
奥尔达也同意他意味深长的叮咛。

奥尔达忙着出嫁妹妹举行婚宴,
只是对方没有任何消息可咋办?
奥尔达想扎起新帐陪嫁成群牛羊,
他想让唯一的妹妹嫁得风风光光。
让他们在这儿载歌载舞举行婚宴,
让我们再说说身后的博甘拜英雄。

有一天年迈的博甘拜做了一个梦,
梦中所见所闻都显得万分的艰难。
他预见到出门旅行的人们有凶兆,
他马上召回了玛彦拜所有的孩子。

他对萨热拜说:“快听我来解梦,
我做了一个噩梦令人心惊胆战。
你快快挂帅带着人去帮助他们,
可别让他们粗心大意落入敌阵!

你快去阿克克则恩找到那片荒原,
我这是自己做主解析这一场噩梦。
我的这个噩梦充满了艰难凶险,
我越想越是着急不堪不知咋办。”

玛彦拜的后代们崇拜博甘拜英雄，
认为老人家所说的梦境一定应验。
俗话常常说:梦就是狐狸的粪便，
他们却不这么看,顺服老人的规劝。

萨热拜召集人马马上启程上路，
他实在无法原谅自己高枕无忧。
他带着十五个人一路星夜兼程，
那个时候正是酷暑难耐的时分。

阿克克则恩远在八天的路程之外，
那儿没有一滴水,枯草遍布荒野。
虽然还有一条捷径可以试一试，
但从没有人大着胆子走这条路。

萨热拜不息不歇一路奔驰，
他们口干舌燥嗓门直冒火。
他渴望登上阿克克则恩山梁，
他想看到兄弟们究竟怎么样。
为了迎娶一位姑娘产生争纷，
造成流血事件双方相互抗衡。

先让他们上路马不停蹄地向前飞奔，
再说这边奥尔达终于让妹妹出了嫁。
阿克克则恩荒原将发生一场激战，
这是霍帕这个混蛋的阴谋诡计。

礼拜一他们驮着行装踏上归途，
双方人员都如愿以偿欢天喜地。
当我们这儿不再有侵扰和争纷，
我们两边再进行婚事礼仪来往。

请你向部落里所有的人们——
带去我们再三再四的问候。
俗语说：只要不死就会相见，
奥尔达送走了他们折回大帐。
上路的人们带上一桶桶河水，
他们把水驮在驼背满满当当。
他们牵着三十峰役驼驮满行装，
他们的行装盖着丝毯扎着长绳。
他们想顺着阿克克则恩原野翻山，
他们就沿着亲家指点的地域行进。

他们以为没有敌人便放松警惕，
他们一路走进了荒原有说有笑。
勇士们根本没有想到会有敌人，
勇士们早将盔甲拴在鞍鞯之上。
因为出发时没有想到会有敌人，
他们甚至没有带多少武器兵戈。

当他们登上了阿克克则恩山梁，
正好已经到了正午的那个时分。
他们突然遇到了大群的匪徒，
他们个个都骑着雄壮的战马。

看来他们人多势众吵吵嚷嚷，
看来他们约摸有近千人绊了马。
匪徒突袭勇士们来不及戴上盔甲，
难道这儿就是男子汉背运的地方?

勇士们高呼“玛彦拜”分头出击，
可怜的哈尼夏依受到了践踏羞辱。
她跳下马背藏身于一团灌木丛中，
她拴起了坐骑，把役驼赶在一起。

勇士们的战马四天没有饮水，
玛彦拜的勇士们这时慌了神。
敌人认出了特尼别克和阿依达尔汗，
不分老少土匪一拥而上把他俩围定。

乌孙人挥舞刀剑拉弓射箭，
仿佛他们的气焰已经高涨。
白留海马已经累得筋疲力尽，
长时间没有饮水它摇摇晃晃。

特尼别克伫立马背没有滚下马背，
乌孙人硬拉死拽将他拽下了马背。
这是他绝决希望心灰意懒的时刻，
过去的日子像梦幻一缕缕闪过。

他们搏斗追逐到了山脚之下，
乌孙人从四面八方追了过来。

勇士们已各自为阵分头出击，
他们匆匆忙忙不知会有什么结果？
特尼别克费尽周折爬上了山冈，
为了活命他们一个个四散逃遁。

尽管逃遁他们还是无法摆脱敌人，
万里荒原一时狼烟四起尘土飞扬。
他们用手截住飞来的一柄柄利箭，
他们没有让利箭扎进自己的身体。

特尼别克这时也有二十多处中伤，
天气酷热他的心儿像火一般燃烧。
勇士们就像被狼撕咬的绵羊一样，
他坐在那里不知以后会如何收场。

这时正午偏西日头已经翻过头顶，
这时勇士已经心灰意懒疲惫不堪。
玛彦拜的孩子正在四处寻找他们，
因为受到老人祝福他们及时赶到。

他们一来首先碰到一堆行装，
他们不由分说来到役驼身边。
他们认出花斑马还有那马鞍，
萨热拜无人能比绝顶的聪明。

哈尼夏依躺在那里没有闭气，
受到惊吓脸上没有一点血色。

她白皙的面颊留下伤疤点点，
可怜的人已经失去美丽姿色。

她躺在那里认出了萨热拜弟兄，
恍如隔世竟然跳起来行礼问安。
她向萨热拜讲述了惊险的一幕，
她难以自持不寒而栗惊恐万状。
萨热拜立即扯住缰绳没有停留，
挥手让同伴们马上出击不留情。
他们一个个策马犹如子弹出膛，
他们高呼敌人就在这一片荒原。
他们像苍狼一样扑了过来猛攻，
他们打翻了许多迎面来的敌人。
他们到达阿克克则恩山冈的时分，
只见白留海失魂落魄地浸在血中。
牲灵浑身上下体无完肤处处伤痕，
已被乌孙匪徒们折磨得惨不忍睹。
勇士们拦路截住狠狠地痛击敌人，
匪徒们一批一批走上了赴死之路。

剩下的为了活命纷纷逃命，
他们争先恐后翻过了达坂。
他们本想乘胜追击将敌人全歼，
但首领下令不要追击逃跑的人。
继续追赶匪徒们又有什么用，
勇士们返回受伤的人们身边。
被匪徒们杀害的平民陈尸荒原，

还有许多人受了伤悲痛地呻吟。
空背的战马带着马鞍拖着缰绳，
没有主人牵引散落一处处山梁。
俗话说：与其顾马，不如保命，
败逃的人们各自逃命不顾伙伴。

人们看到摔倒在地的阿依达尔汗，
人们快步疾走来到了他的身边。
只见他一下一下正在捶打自己，
听到嘈杂之声他立即站起了身。

火红驹流血过多已经死去毙命，
神骏良马遭到劫难已撒手人间。
阿依达尔汗这时显得神志清醒，
他可以开口说话讲述所有经过。

特尼别克已经累得散架差点送命，
他费力地来到了自己见过的山冈。
萨热拜看到他奔了过去连忙扶住，
幸好他胸中还有一口气不至送命。

人们将特尼别克驮到原来的地方，
一场激战已经使男子汉落魄失魂。
看到了特尼别克憔悴破败的模样，
哈尼夏依姑娘顿时悲痛地哭出声。

阿海率人也从一个山谷冲过来，

他们五个人没有走散都在一起。
他们五个都没有受伤也没受气,
他们也从侧面攻击了乌孙匪徒。

茫茫的阿克克则恩原野一片狼藉,
人们马上将伤员们驮在马背带回。
人们日夜兼程不停地行走,
终于走到了一口泉眼旁边。

他们驻在这儿逗留歇息并休整,
阿依达尔汗已经可以抬头张望。
特尼别克的伤势却有一点严重,
他们驻在这整整四天为他疗伤。
特尼别克没死平安回到了家乡,
但是伤口依然流着鲜血和脓水。
总算伤痛痊愈无碍于他的健康,
哈尼夏依得到了幸福还有安宁。

回来后他们向博甘拜做了禀报,
讲述了阿克克则恩的那场恶战。
他们只是粗心大意并没有防备——
乌孙人埋伏在荒原进行了伏击。

火红驹和白留海已经中箭死去,
受伤的勇士们平安回到了故乡。
肆意抗衡的乌孙人受到了天谴,
他们已经受到了我们血腥屠杀。

死了多少人他们自己当然知晓，
剩下的人为了保命已各自逃窜。

“勇士们，让我们为平安而高兴，
只有堕落的人们才会遭受厄运。
有马的时候咱们像飞鸟般飞奔，
现在，咱们只能徒步缓缓向前。

我的两匹神骏并不比你俩便宜，
看来我无法从失马痛苦中释怀。
如果没有敌人进犯人们都自得，
要有敌人进犯哪会有时间偷闲。

勇士们会战胜敌人保家卫国，
骏马面对敌人一定护卫勇士。
驻扎在巴尔合提山峦的敌人，
我知道他们总有一天会来复仇。

别以为没有敌人而疏忽大意，
两匹神骏死去令我忧伤不已。
如果没有骏马勇士何以战胜敌人，
年迈的博甘拜伤心地落下了泪水。

过去有位卡尔梅克可汗叫齐纳尔，
他死去后，儿孙一心要报仇雪恨。
他身后留下了一个儿子只有九岁，
这时已经建立了汗制自己来当家。

他叫喀拉乃，是显赫一时的勇士，
他率兵压境而来向哈萨克人复仇。
他说只要杀了博甘拜出一口恶气，
我一生就没有了可以牵挂的憾事。

“博甘拜使我从小成为了孤儿，
博甘拜亲手杀死了我的父王。
他的声音至今还在我耳际回响，
他高呼“玛彦拜”踏平了故乡。

喀拉乃率领着一万九千人的大军，
浩浩荡荡向哈萨克地域一路开进。
他这混蛋气势汹汹不可一世横行，
他一路处处烧杀抢掠极其嚣张。

这时，博甘拜又做了一个噩梦，
这时，博甘拜正为失去战马激愤。
博甘拜的梦境充满了杀戮血腥，
博甘拜为此而垂头丧气难振奋。

“梦中看见了一条奔流的大河，
对岸燃起了一堆堆熊熊大火。

还有一条黑色猎犬吠叫声声”——
他向许多人讲梦，诉说悲痛。

“熊熊大火无法征服滔滔的大河，
滔滔大河无法浇灭燃起的火焰。
大水之中黑色的猎犬吠叫声声，
它被围困在中间无法逃脱劫难”——
他就在夜半时分从噩梦中惊醒，
额头上满是汗珠显得惊恐万状。

“难道年迈之时还要再次遭受磨难？
真主万能，让我做了如此的噩梦。
苍天呀，我从没想过这样的事情，
原来没经历的比所经历的还要多！
原来人的脑袋不过是安拉足下的皮球，
这是多么神奇神秘的世界波浪起伏。”

老英雄将萨热拜叫到了身边，
萨热拜进门只见老人在哭泣。
“萨热拜呀，我可真是暗天无日，
原来真有一个敌人在把我窥视。
今天夜里我做了一场噩梦，
看见了连绵征战杀戮血腥。
你赶紧召集部落的英雄勇士，
你们赶快做好准备严阵以待。

一边是燃烧着的大火熊熊，
火焰万丈但烧不到河水边。
一边是奔流着的滔滔大水，
虽浪高流急但浇不灭火焰。
中间站着黑猎犬吠叫声声，
我看得见嘴里的七颗利齿。

两个敌人一左一右围过来，
把我围在中间动弹不得。
我在做了这场噩梦之后，
心中烦闷有点垂头丧气。
我已经上了年纪老态龙钟，
我为此今天显得忧心忡忡。

火焰和恶水双管齐下，
紧紧围困着那条黑狗。
它被绳索紧紧地拴住，
竭力挣扎也无法脱身。
在我已力单势薄之时，
我为此而失去了希望。

那条狗只要挣脱就会撕咬，
只盼它永远不要挣脱绳索。
它的一双眼睛已变得通红，
我不知道为何吓得失了魂。
我认为这一场梦一定成真，

我认为我们已经面临大难。

那只狗狂躁地跳跃吠叫声声，
我看见一排利齿像尖刀一般。
我吓得不寒而栗连连祈求——
恳请玛彦拜亡灵尽力辅佐。
否则到了年界七十的高龄，
我会遭遇一场旷世的磨难！”

萨热拜听了这话马上召集民众，
他知道老英雄从来都雷厉风行。
在他们日夜忙碌着备战的时分，
卡尔梅克人早已经大举来进犯。
这样到了第五天正中午的时分，
有个人骑马奔来显得慌慌张张。

来的人马上向博甘拜哭诉：
“咱们已经面临世纪的末日！
喀拉乃率领大队人马浩荡，
已经压境而来接近了咱们。

他率领着一万九千名勇士官兵，
他直奔哈萨克地域说是要报仇。
他一路挺进杀戮了无数的贫民，
他一意孤行烧杀抢掠肆无忌惮。

我们对牲畜对生命已失去了希望,
他们抢走了肥壮的牲畜一只不剩。
他们的罪行简直就是罄竹难书,
他们的士兵浩浩荡荡无以计数。”

萨热拜没有犹豫立即召集人员,
所有的男性一个不留开拔前线。
博甘拜不顾年迈也想远去征战,
所有的人都予以规劝才返回身。
有人忙前去拜见了阿布赉可汗:
“我们就是同甘共苦的哈萨克人,
我们以后也会挺身而出帮你们,
请咱们携起手来共同抗击敌人!”

阿布赉却说:“我可能帮不了你们,
他们是宿敌,我恐怕赢不了他们。
你们自己照顾自己吧,离我远点,
我不会冲锋陷阵搭上无辜的性命。
如果我踩上了毒蛇的尾巴可咋办,
最后我找不到整治的办法可不行。”

阿布赉给予了答复不想帮助他们,
听了这话勇士们无法继续忍受。
赫赫有名的百名壮士挺身而出,
为了尊严无法待在家里悠闲养生。

“不想去，阿布赉，你可以留在家中，
我们是哈萨克人，必须对你说清楚。
你可是哈萨克民族最英明的可汗，
你这自私自利的答复难道还正确？！”

百名壮士随着萨热拜勇士奔上疆场，
他们祈求真主不要让他们遭受蹂躏。
英雄玛彦拜曾经无数次助佑了他们，
难道你的亡灵今天也已经不再显灵？

萨热拜召集各路兵马做了准备，
勇士们将踏上艰辛备至的征程。
别克苏里坦找不到战马来骑用，
他泪水涟涟只好随队徒步行进。

这时多需要白留海还有火红驹，
已经死去的牲灵怎么可能复生？
博甘拜去年说的话语得以应验——
他是一个洞察秋毫神圣的首领，
早已经料到敌人不会善罢甘休。
他们自己半路杀出来招兵买马，
他们以为势力与敌人不差上下。

卡尔梅克人已经靠近哈萨克人，
喀拉乃勇士不可一世趾高气扬——
“只要你们将博甘拜送到我手中，
我不会再继续作对会撤回远方！”

哈萨克人如何容忍这样的狂言，
那家伙不依不饶诉说往事桩桩——
“父亲四十九岁被他割下了头颅，
那时我还年幼还疯玩光着脚板。

他那时割下了父亲高贵的头颅，
可怜我那时年幼只有九岁年龄。
请快快把博甘拜老狗送到手中，
只有这样哈萨克人才会有生路。

否则我会将你们全部杀个精光，
我会杀掉所有的男人一个不留。
我会娶你们的女儿为妻，让儿子为孤，
我会打得你们一败涂地翻过巴尔克特。”

萨热拜勇士召集兵马摩拳擦掌，
敌人的狂妄语言已经刻骨铭心。
他们怎舍得金色的根基博甘拜英雄，
他们会为他而战直到全部死在疆场。

“我们绝不同意一定要背水一战，
我们要针锋相对展开一场激战。
喀拉乃，请你说出对阵的时间，
我们做好准备明天与你们决战。”
“我严阵以待明天你们就来应战，

只想说哈萨克人你们不要逃遁。
我们的对阵首先应该遵循传统——
双方的勇士站出来一对一决战！”

萨热拜立即同意了这样的方案，
“你们以我们为敌远道前来作战。
看来劫难将你们赶到了我们面前，
我一定会奋力拼搏压下你的气焰！”

万恶的喀拉乃次日清晨摆开对阵，
何人才能在这里保全自己的性命？
他的身材比任何人都魁梧健壮，
他头上的银盔仿佛一块碑高耸。

这个卡尔梅克人已惯于霸道横行，
认为哈萨克人不会把自己怎么样。
他身下骑着一匹调教有素的黑战马，
他这次出征是为了征服自己的敌人。
萨热拜对众人说：快站出来决斗！
但人们又不敢让首领自己出来应战。

看来卡尔梅克人的势力占了上风，
他一个人就挎着各种各样的兵戈。
肯定会有一个孤胆勇士出来应战，
也不好让首领抽身站在众人面前。
吐曼别克站了出来要求自己上场，

他说让我来亲手收拾咱们的宿敌。
从白留海和火红驹毙命那天开始，
他再也没好马骑上可以驰骋万里。

吐曼别克祈求祝福时刻准备着应战，
吐曼别克决心杀死卡尔梅克人雪恨。
吐曼别克祈求玛彦拜的亡灵来助佑，
吐曼别克以造物主为依靠潸然泪下。

他三步并五步冲到喀拉乃面前，
他从来就不知道什么叫做惊恐。
他头上银色的盔甲带着双排扣，
他的盾牌硕大坚固还闪闪发光。
哈萨克人诅咒喀拉乃马上赴死，
可那家伙却不认为自己会送命。
他看着骑着青灰马的蓬勃青年，
他不认为那是力量相当的对手。

喀拉乃大吼一声:“冤家！你是谁？”
他嘲笑对方必死无疑干吗还要费劲。
“请你们把博甘拜快快送到我的面前，
否则我会让你们统统下地狱去送死！”

“我叫吐曼别克,祖父名叫玛彦拜，
我与博甘拜的亲人早已众所周知。
喀拉乃呀！你想怎么样全都由你，
我不会因你的一句话而止步退却！”

卡尔梅克人则说："那要看谁先出手？
要看以前的传统今天会发生什么变化。
你是否知道一代代先祖们的传统习俗？
我们卡尔梅克人自然顺服古老的遗产。"

"卡尔梅克勇士啊，就请你先出手吧，
我的先祖自古以来就知道如何谦让。
每当你的部族与我的部族交手抗衡，
祖父博甘拜总是让你们先下手谦让。

卡尔梅克勇士啊，请你先出手吧，
你的用意是杀光所有的哈萨克人。
为了家中的老博甘拜我在所不惜，
反正这日子会逝去世界依然无恙。"

喀拉乃挥鞭猛抽战马，
他狠夹马肚气势汹汹。
这个挑衅滋事的恶棍，
像头疯公驼一样咆哮。
他喜好与远到而来的高手，
相互对阵并且一试高低。

他像牛虻一样嗡嗡疾飞，
他急急地调转马头冲撞。
他夹踢骏马的两侧使劲，
他狠命抽打坐骑打精神。

喀拉乃一路直奔去迎战，
哈萨克人高呼亡灵的尊名。

卡尔梅克可汗喀拉乃，
他毫无顾忌一意孤行。
他扬鞭挥马一路狂奔，
手中长矛高举过头顶。

他之所以祈求对方谦让，
只为马上就要了他的命，
他紧紧握着八梭的长矛，
瞄准着自己面前的目标，
投出的长矛划过了天空。

对方一把抓住了投来的长矛，
只见那柄长矛僵在了半空中。
这柄该死的铁矛虽然坚固，
却无法承受对方千钧力量，
尖利的矛头猛地滑向一边。

卡尔梅克人的力量显而易见，
袭来的云雾已经被紧紧锁定。
青灰马也难以承受千钧之力，
已经怯生生地节节退向后边。

喀拉乃随即杀了这个年轻人，
他那年正好二十二岁的年龄。

喀拉乃一矛刺中年轻人的胸膛，
恶棍终于了却了卑劣的心愿。
卡尔梅克人显得更加地蛮横，
哈萨克人扑向了勇士的尸体。
卡尔梅克人联起手一拥而上，
他们对峙良久只为报仇雪恨。

哈萨克人抢走了勇士的尸体，
没有将他留给敌人践踏蹂躏。
哈萨克人啊这会儿不再风光，
但愿亡人将他们辅佐快显灵。
喀拉乃心怀着更大的野心，
他妄图一举消灭整个部落。

沙德尔别克身体也已中箭，
敌人又将铁钉钉在他身上。
因为狼烟四起到处在鏖战，
谁有心思在意死了多少人?!

卡尔梅克人耀武扬威横冲直撞，
他们整整用了两天将死尸掩埋。
萨热拜和别克苏里坦共同出阵，
是同仇敌忾相依为命的好弟兄，
哈萨克人放声痛哭悼念好同伴。
第三天局势大变已是峰回路转，
这次轮到卡尔梅克人倒霉背运。
喀拉乃没有受到应有的惩罚，

他无法按捺霸道蛮横的脾性。
卡尔梅克人妄自尊大好威风,
他们依然胆大妄为无法无天。
尽管死亡逼在咫尺扼着咽喉,
他们任何人都没觉察到危险。

"唉,萨热拜,你让我去赴死!
如果不死,我一定凯旋回返。
我不可能徒步去拼杀去玩命,
快给我找一匹烈性战马骑用,
让我去狠狠收拾卡尔梅克人!"

别克苏里坦靠着长矛站在一边,
他太心痛舍生赴死的手足弟兄。
他痛心疾首失声悲哭泪眼朦胧,
他悲痛至极扑倒在地上不起身。

萨热拜则说:"我的好弟兄,
你就是我身后的长矛和刀剑。
一时半会找不到给你的战马,
我手中也没有依旧空空如也。
我去从别人手中为你夺一匹,
你自己选择应当夺回哪一匹?"

别克苏里坦说:"如果真要夺回——
就夺回阿哈乃身下的花斑马。
就让我自己去应对卡尔梅克人,

我可没有什么可以遗憾的念想。”

萨热拜叫来了阿哈乃耐心劝说，
他给阿哈乃讲清许多利害关系。
“如果我们不去制伏这个异教徒，
卡尔梅克人绝对不会饶过我们。
前来进犯的喀拉乃霸道蛮横，
他已经搅得天和地不得安宁。”

阿哈乃则说：“我不给！不行！
我绝不会让出自己唯一的马匹。
如果双方发生惨绝人寰的激战，
我就会白白地去送死无法保命！”
他不仅不让战马而且念念有词。

别克苏里坦挺身出来大吼：
“请你快快让出自己的战马！
反正我们现在已无法活命。
我今年正好二十五岁年龄，
与其白白地死在敌人手中，
不如你来把我杀了更过瘾！”

许多人都围拢过来苦心劝架，
人们都说服阿哈乃让出战马。
“如果无法制伏卡尔梅克勇士，
我们谁也无法活着离开这儿。”
阿哈乃无可奈何地跳下了马背，

多数人当然比一个人力大势众。
别克苏里坦骑上了花斑马威风,
他心想今天定要闹个地覆天翻。

“再见吧,如果我此去不再回还,
也就算了却了骑上战马的夙愿!
我这次没有什么可以顾虑重重,
我一次就失去了两个手足弟兄。”
“玛彦拜!”他喊声震天直冲云霄,
他是战将从不会犹豫冲锋陷阵。

喀拉乃目不转睛直视着对方,
他没有惧怕更没有心惊胆战。
他身下的黑骏马频频地跃起,
它用鼻子抵着大地扬起飞尘。

喀拉乃看到这一切大饱了眼福,
认为对方是与自己相当的勇士。
直到大难临头他也不会示弱,
喀拉乃的话语依然大话连篇。

“哈萨克人啊,劫难驱逐你前来应战,
我手中的长矛曾经戳死过两头公牛。
你不要虚张声势空喊口号‘玛彦拜’,
你快快举手臣服快滚回自己的家乡。”

“喀拉乃，你别唠叨个没完，
我从小就没有惧怕过敌人。
你有什么能耐尽管往外端，
即便在我头上压上一座大山。”

他俩都是铮铮铁汉不会悔言，
他俩都力大无比却笨嘴笨舌。
劫难就在前面将他们俩等待，
谁知道哪一个瞬间大难临头？

喀拉乃说：“哈萨克人，让我先出手，
你今天赴死的时间不会拖得太长。
自从卡尔梅克人与哈萨克人对阵，
卡尔梅克人总会将哈萨克人嘲弄。”

“好吧，你先出手，卡尔梅克勇士，
我知道一场劫难直冲着咱俩而来。
我们当中必有一个人获得胜利，
我们俩不可能双双对对活下来。”

卡尔梅克人最后得到谦让就要出手，
他这次准备打破前人的清规戒律。
他不知道死亡就在前面恭候着自己，
他想通过决斗杀死所有的哈萨克人。

卡尔梅克人骑在马背频频跃起，
毫无一丁点惧怕依然咬牙切齿。

他带着远方劲敌的勃勃凶气，
犹如一头公牛一般咆哮不止。
尽管劫难之绳已经套上脖子，
他依然紧锁着眉头毫不理会。
他不知道死亡已逼近了自己，
他依然我行我素更气势汹汹，
他带着别克苏里坦走上疆场。
他像一头发疯的狮子声声怒吼，
他坚信自己会将对方置于死地。

勇士喀拉乃手持长矛非常的锋利，
他相信长矛不会惧怕面前的勇士。
别克苏里坦是拥有金子般心灵的人，
他根本没有想到惧怕对面的敌人。
他站在那儿巍然屹立似一座大山，
喀拉乃双手持矛冲过来撒泼耍疯。
他乘势一把就扯住了投来的长矛，
他扯过长矛漫不经心地扔到远处。

对手说:哈萨克人不愧为勇士，
现在轮到你出阵出手决一胜负。
我一定也会像你一样巍然屹立，
我也会一把扯过你的长矛扔掉。

别克苏里坦挥鞭策动黑斑骏骑，
他的眼中迸出带血的行行泪水。
他跑出了好远又回头冲了过去，

他拼死接近那个卡尔梅克勇士。

他左手持锋利的长矛勇往直前，
他右手抽出了青色的寒剑挥动。
他将剑柄圈套在手上准备停当，
他足智多谋冲将过去应对敌人。

对方肯定力大势壮也有所应对，
对方肯定会挥手扯住长矛不放。
别克苏里坦冲到了喀拉乃面前，
他挥鞭抽马一路狂奔气势逼人。
卡尔梅克人盯着飞来的长矛，
并且灵敏地挥动着一双大手。
别克苏里坦将长矛递在对方手中，
一双大手马上挥动寒剑砍向对方，
只听“咣”地一声落在脑袋之上。
他用尽吃奶之力砍中对方的脖颈，
卡尔梅克勇士一下俯倒在了马颈。

随后卡尔梅克勇士重重地摔落，
别克苏里坦已将对方打翻在地。
站在他身后的少年阿海扑过来，
马上压住卡尔梅克勇士的死尸。
卡尔梅克人吵吵嚷嚷乱成一片，
叫嚷我们必须取回可汗的尸骨。

真正的勇士们挥鞭策马冲向对方，
双方积蓄的力量瞬间爆发显神威。
这时哈萨克人卡尔梅克人齐上阵，
他们陷入了一场血腥激烈的鏖战。

今天的哈萨克人犹如一头雄狮，
卡尔梅克人也气焰嚣张似威虎。
双方士兵交战任意残杀不留情，
许多人头已经落地遭到了劫难。
奢望替父亲报仇雪恨的喀拉乃，
没有想到落得如此下场好可怜。

巴尔克特山峦一侧是哈萨克营盘，
卡尔梅克士兵们卧倒在地一片片。
他们召集人算了算死亡的人数，
没想到已经死了一千三百多人。
连年迈的博甘拜也来到了帐篷，
想亲眼目睹战况究竟如何辉煌。
博甘拜老人看了之后悲痛万分，
因为自己的兄弟侄子多有伤亡。

他们伸出双手祭典立起了墓碑，
这儿成了哈萨克人的伤心之地。
他们在准噶尔盆地遭受了杀戮，
卡尔梅克人欠下哈萨克人的血债。

从此占据了巴尔克特山峦的阳坡，
他们很长时间没有再转身去侵犯。
准噶尔和巴尔克特山的阴坡一带，
从此变成了哈萨克人永久的地盘。

逃过劫难

他们平安了两年没有任何战争，
男子汉们没有再上马奔向战场。
那一年夏天没有雨水大地干旱，
汗吉哈部落的牲畜受渴人们受难。

冬天寒冷夏天干旱不宜牧畜，
人们无法生存牲畜难以活命。
有的阿吾勒已经是白骨累累，
圈里不再有羊羔驼羔和马驹。
只要起风周围就会掀起风尘，
你去挤奶挤出来的却是血水。
艰难世事使肥壮变成了乏瘦，
牲畜已经困顿人们开始挨饿。
博甘拜自已膝下无儿也无女，
他渴望拥有后代已痛不欲生。
人们前来向博甘拜讨教生路，
人们焦急等待不知他说什么。

两种悲愁等待着博甘拜老人做决断，
讨教的人们也整日整夜受悲愁折磨。
老人家现在已经没有谋略乱了方寸，

老人家不知如何是好已经昏聩不清。

博甘拜老人说:我做了一场噩梦,
这个部落甚至不会留下一只种畜。
为了保存部落的牲畜和畜种,
需要男子汉们挺身而出担当。
牲畜就是哈萨克人的财富,
没有牲畜世纪末日便降临。

挖出的水井已经没水干枯,
博甘拜英雄为此愁断了肠。
达官和男子汉快跃上马背,
赶着牲畜去远方寻找活路。

博甘拜手中有个奴隶别克塔尔,
他一家人住在远牧地牧放马群。
他们的周围还住着许多牧马人,
没有水源,牧人马群焦渴难忍。

马群不肯低下头吃草添肚,
花斑马犹如害口到处奔走。
别克塔尔前来向博甘拜讨教,
他说那儿已经不适宜牧放牲畜。

博甘拜与萨热拜两人进行协商,
他们召集汗吉哈部落献策献言。
他说长此以往种畜将会灭绝,

他告诫人们要想法保住性命。

博甘拜说:“我拥有一匹种马,
让它合群已经整整二十年了。
你们派一个人去看看它怎么样,
青鬃种马肯定知道各地的水情。

我的青鬃马知道自己克孜尔附身,
它行万里路不怕苦只为观察地形。
萨热拜你亲自带人去看看那牲灵,
然后将察看水情的音讯传递给我们。”

萨热拜与别克苏里坦双双踏上征程,
两天之后他们赶到了远牧地的马群。
他们让所有的牧马人进入梦乡,
他们两个人守护着所有的马群。
青鬃骟马臀部已经掉膘困乏,
青鬃骟马臀部已经大汗淋漓。
它站在马群之中低垂着头颅,
看见了他俩马上就仰天长嘶。
可怜的牲灵无口诉说悲苦,
可怜的牲灵无力行走寻草。
傍晚时分牲灵离开了马群,
它究竟去哪儿谁也不知道。

次日清晨青鬃骟马奔了回来,
它已累得浑身上下暴汗淋淋。

他们回来向博甘拜说了情况，
他们说青鬃出远门如此这般。

博甘拜拥有牲畜一群又一群，
首尾相加足有五万只还有余。
单单马匹就有一万八千多匹，
这个家族自古牲畜众多无数。

他们召集了部落的勇士好汉，
听说是博甘拜号召人人顺从。
三千人个个都带着简易帐篷，
部落的勇士好汉要上路寻水。
他们将跟着青鬃骟马一路行，
去寻找不下雪不受寒的乐园。
他们不仅做祷告还牺牲牛羊，
勇士好汉在夏牧场吃饱鲜肉。
等他们做好准备跃上了马背，
青鬃骟马在前引路开步疾行。

大队人马跟随在青鬃马之后，
不达目的看来他们誓不罢休。
博甘拜与好汉们一一告别后，
又摊开双手赐予诚挚的祝福：

“如果距离相近请快快报信，
如果距离太远请快快回转。
请上苍保佑我们不受侵扰，

劫数来临,坐在家里也会毙命。”

他们骑着骏马还高擎着猎鹰,
男子汉们尾随青鬃一路挺进。
一百五十名小伙子一起疾行,
一路上有萨热拜出谋划策指引。

牧马的人们收拾了行装上路,
青鬃马甩动鬃毛继续向前行。
他们这样整整搬迁了四十五回,
青鬃马甚至不屑光顾有些地方。
它一直走到阿什里宽阔的河滩,
好汉们一直没有掉队紧紧相随。

博坎地方的川川谷谷均是乐园,
一侧是高耸的群山一侧是平原。
野兔出没遍地羊茅草掀起草潮,
一侧是湖泊碧蓝幽静广袤浩渺,
牧草葱绿丰茂遍地牛羊好风光。

瘦乏困顿的马群熬到这里才振奋,
好汉们睡足之后日上三竿才起身。
瘦乏的牲畜扑向牧草上膘肥壮,
这真是一个水草丰足的好牧场。

他们在这儿歇息整整一个月身心舒畅,
母马乳房肥涨人们拴起母马酿柯莫孜。

瞧青鬃马指引着人们到达的人间仙境，
马群到了这儿个个上膘变得肥硕强壮。

处处有灰狼狐狸，野兽出没群群，
伺机捕获野兽的猎鹰从不会扑空。
骏马和好汉们都聚集在这个地方，
这是英雄博甘拜指给人们的方向。

这是阿巴克克烈部落栖息的冬草场，
听说这儿从来就没有过严寒的冬天。
这儿的人们个个都是勇士都是好汉，
从看不到他们拴在一旁的良马神骏。

秋天的时分大队人马驻扎在这里，
勇士们警惕地守护着百姓与畜群。
白天黑夜他们从不下马背去睡觉，
就因为他们驻扎在边界险恶地带。
那一十五名好汉个个都挺身守卫，
没有什么人可以应对他们的进攻。

阿巴克克烈部落的首领是沙德尔，
还有胡南毕官常常为他献计献策。
沙德尔托烈看到秋草场成群的马匹，
很想组织众多兵力进行侵扰掠夺。

沙德尔来与胡南毕官进行商量，
他召集了个个勇猛的年轻小伙。

"现在来了够吃一个世纪的马群，
已经遍布我们这里的山山水水。
都是舍不得用脏手捕逮的牲灵，
我越是打量肚子越发饥饿困顿。

为何要让陌生的马群在这儿牧放？
如果你出谋划策我就出兵去抢劫。
我会将这些马群分给阿巴克各部，
我会一天之内将他们的营盘踏平。
他们是什么人？竟敢长驱直入？
他们真是一群没有教养的混蛋！
他们的人顶多不过是一百有余，
他们日夜不下马背牧放着牲畜。"

胡南毕官却说："我没有计谋，
他们只是客人不是进犯的敌人，
我看他们的小伙子个个是勇士，
咱们可别大意踩了毒蛇的尾巴，
咱们可别后悔莫及又无法自拔。

他们个个都骑着良马和神骏，
他们个个都挂着锋利的兵戈。
他们个个都英武威猛身手不凡，
他们个个都严阵以待应对敌人。

他们不是因为敌侵而是逃难远方，
他们只是没给聘礼就取得了草场。

他们只是客人千万别伤害情感，
你如果商量，这就是我的主张。”

萨热拜也参加了这次商议聚会，
他很想在这种时候与友邻会面。
他带着两个小伙子来到了这里，
他特意前来要拜见沙德尔托烈。

他们聚集在了胡南毕官的阿吾勒，
萨热拜也乘骑到了这儿跳下马背。
他进了毡房向胡南毕官行礼问安，
他与全部落的达官贵人一一见面。

“以真主的名义问安，我的毕官，
看你身姿福态，长得魁梧健康。
我们的地方因为旱灾无法养畜，
陛下呀，请让出点牧草给我们！”

胡南毕官也站起了身来回礼问安，
他看着萨热拜神采奕奕面目和善。
“我的孩子，请讲讲你的身世背景，
你属于哪个部落？又从哪里迁来？”

萨热拜听了后讲了自己的部属，
讲了自己的家乡切特胡莱地方，
还有想念的阔克苏克亚克村庄。
讲了自己的祖父是玛彦拜勇士，

讲了自己的叔父是博甘拜英雄。

胡南毕官听了后泪水飞溅,
他听到萨热拜的话语动了真情。
“现在博甘拜大人是否身体健康?
我三十年都未见到宝石般的大人!

曾经为哈萨克人征战的博甘拜英雄,
帮助我们夺回敌人手中的大片土地。
孩子们啊,你们愿意住多久都行,
因为博甘拜英雄为哈萨克人谋利。
我曾经跟随博甘拜两年南征北战,
俗话说得好:善有善报恶有恶报。
崇拜博甘拜精神的哈萨克人民,
别说是牲畜甚至可以牺牲生命。”

胡南毕官仔细了解了他们的境况,
他们越说情感越深越是亲密无间。
“我的萨热拜兄弟请到家里来做客,
权当我给你送了一回迁徙之礼吧。”

胡南毕官完全相信对方的应答,
他看着萨热拜的相貌惊诧不已。
由老英雄调训的一匹青鬃骟马,
竟然领悟人们心中的隐秘找水。

但愿你的朋友和敌人都强劲无比,

千万不要让他们一个比另一个差。
你们为什么要抢劫无辜的部落呢？
即便去找瞎了眼的毕官他也会发问。

沙德尔托烈同样看到了这个情形，
心里想胡南毕官为什么抬举他们？
他为何将周游四方找水寻草的游人，
看得比我们这些手足兄弟还要重要？

胡南毕官不从，沙德尔从此失宠，
他每每看见那个马群便焦渴难忍。
萨热拜与胡南毕官从此过往从密，
他寸步不让使托烈的地位每况愈下。

他骑着别克塔尔奴隶的那匹走马，
他穿着丝绒和绸缎的衣裳好漂亮。
阿巴克部落的一个阿吾勒宴请他，
他勉勉强强才会前往才会跳下马背。

托烈不过不小心说错了一句话，
其他并没有什么大的过失错误。
萨热拜对托烈的仇恨难以消解，
他一门心思只想如何加以报复。

托烈只有一个女儿名叫哈蒂夏，
生性高贵，言行举止温文尔雅。
她高擎着猎隼监视着湖面的动静，

围绳上何时都拴着一对走马待骑。
萨热拜派人前去胡南毕官家提亲,
说托烈是否肯将女儿嫁别克塔尔。
只要胡南毕官发话托烈哪敢不从,
来人还说别克塔尔是博甘拜之后,
姑娘的家里人听了更是趋之若鹜。

赠与了一千匹马作为聘礼,
黑乌鸦准备着迎娶白天鹅。
使托烈的女儿与奴隶结亲——
萨热拜这一招谁又奈何得了?
人畜平安,他们住到了来年春天,
他们势力强大不会屈服于任何人。
既然是博甘拜的儿子肯定会来到——
托烈的俏姑娘每天都将女婿等待。

可怜的别克塔尔为结亲而欣喜万分,
但从没有去过那边的阿吾勒看新娘。
任何坏事都不会隐瞒得太久太深,
姑娘听说他不过是一个低贱奴隶。
姑娘聪明又懂事静观后事的发展,
知道部落之间肯定出现流血冲突,
草原上的两个巨人肯定反目为仇。
她想自己绝不能让人们血洒草原,
她决定静观后果也认为这是命运。

春天来了,玛彦拜的后代要回返,

他们渴望平安地回到想念的故乡。
可怜的别克塔尔以为他们来娶亲，
他自不量力反而做美梦得意忘形。

博甘拜阿吾勒有一万匹母马产驹，
它们平安无恙回到了自己的故乡。
有人马上跑来向博甘拜老人报喜——
“牲畜平安，好汉们已经回转家乡！”

老迈的博甘拜亲自出门迎接他们，
他时刻怀念着自己的勇士好汉们。
汗吉哈部落的其他支部一片萧条，
所有的牲畜都普遍掉膘瘦弱困乏。

他看到肥壮的马群喜上眉梢，
他看到好汉们无恙无限欣喜。
为让老人看到肥壮庞大的马群，
人们将马群吆赶到了一处山崖。

老迈的博甘拜用手遮阳观望，
他想起这是三匹骟马的种群。
青斑马、青鬃马还有白额棕马，
他看见三匹骟马均没有了影踪。

他将萨热拜叫到身边仔细问寻，
他说你从这儿赶走了五万匹马。
他说你怎么将这匹马全部丢掉？

他问白额棕马现在丢在了何方?

博甘拜英雄不管他如何狡辩,
紧紧追问逼着他说出了实情。
萨热拜说自己替别克塔尔说了亲,
他讲述了这件事情的来龙去脉。

老迈的博甘拜听到了其中的蹊跷,
他已经听出结亲的是托烈的姑娘。
“我的孩子,你的话已经大逆不道,
你必须将这门不相称的亲事退掉。”

博甘拜顿时心生悲愁伤心不已,
说除了真主我又能责怪什么人。
“我的上苍呀,竟然将奴隶说成我儿子,
我曾健壮,现在却憋屋里难以扭转乾坤。”

“萨热拜,你这样说难道正确?
奴隶难道能值七只肥硕绵羊?
你想让黑奴迎娶白天鹅为妻,
你这样做是否与高贵的身份般配?

沙德尔可是十二支阿巴克的首领,
他怎会为了牲畜而将女儿卖给奴隶?
看来他因为听说女婿是玛彦拜之后,
才决定将美丽的姑娘嫁给一个奴隶。

玛彦拜的后代怎么没人去娶这姑娘？
你们这些混蛋仗势欺人会自取灭亡。
你从今以后不许这样去做欺负良民，
我的孩子，长此以往你会失去光荣。

我要这成群的牲畜还有什么用？
在我之后你们就是牲畜的主人。
我身后既没有儿子也没有女儿，
整日哭泣也没有求得一个子嗣。

你们中的一个定要迎娶那个姑娘，
不要让牲畜的口水变成蝎子咬人。
你快去将这件事情办个妥妥当当，
否则看我怎么收拾你这不孝之子。”

萨热拜召集同伴准备上路去办事，
他没有脸面在这儿闲坐高枕无忧。
他们赶着百匹马五十峰驼上了路，
他们带着聘礼准备去迎娶姑娘。

他们准备了两天之后就上了路，
他们走了十二天之后终于到达。
他们举行了婚礼连日款待百姓，
托烈准备将女儿嫁给女婿远去。

哈蒂夏有一个女仆伶俐又聪明，
哈蒂夏在僻静处向她诉苦诉怨。

哈蒂夏只怕两个部落结下仇恨,
哈蒂夏应对婚礼场面理智冷静。

“我相信你贾玛丽,才与你诉怨,
请你去到客人们那儿讨个口信。
你问我究竟会嫁给什么样的人?
那个人他究竟是好人还是歹人?”

听了这话贾玛丽立即应允飞奔,
她可听懂了好人与歹人的内涵。
萨热拜与贾玛丽在路上打了照面——
“贾玛丽姑娘,为何来到这个地方?”

“我前来看看尊贵的客人们,
我前来很想追随志士仁人。
我专程前来这里是想知道——
哈蒂夏的女婿到底怎么样?”

“贾玛丽,请你看看我们的境况,
你看看我们哪一个中你的心意?
我们都是生于一个人的后代儿孙,
她看中了哪一个,那个就是女婿。”

五十人中的四十九个生于一个父亲,
只有那可怜的别克塔尔是一个异姓。
当然不能因此贬损玛彦拜的后代,
整个家族七辈以来一直声名显赫。

贾玛丽了解了所有的一切，
贾玛丽能说会道聪明伶俐。
“除了一个人之外，你们个个都般配，
这个女婿不能成为毁灭鲜花的荒滩。”

“贾玛丽，也请你说出真实的境况，
请你去给哈蒂夏讲讲婚嫁的实情。
我们中的一个人将成为她的女婿，
她愿意选谁都由她自己来做主吧。

你如果挑拨离间不会有好下场，
你如果说假话两部落会结仇恨。
你别手执火把煽风点火引争纷，
你说出实情哈蒂夏自己会选择。”

贾玛丽听了这话去找姑娘，
她心中充满了忧愁与悲伤。
她害怕哈蒂夏成为奴隶之妻，
她一路伤心落泪双眼已红肿。
可怜的贾玛丽认为没有必要说出，
她想我怎么可以说出这样的话语。
哈蒂夏所知晓的不比我少，
她自然也会找到锦囊妙计。

贾玛丽回来之后径直落座，
她显得心事重重若有所思。
愁眉不展的哈蒂夏跳了起来，

赶紧起身追上去坐在她身边。

“贾玛丽,你这是在观察我的神色,
你为什么不说出自己的来龙去脉?
如果有喜,你肯定会让我快乐,
如果有悲,你就应该给我诉苦。”

“亲家们个个都亲近不显得陌生,
他们个个都是与你般配的好汉。
我没有见到不相般配的一个人,
看起来他们都是一个人的后代。”

“贾玛丽呀,毛驴怎样?骡子怎样?
谁优谁劣你完全可以清晰地分辨。
你是否曾经修饰将对我说的话语?
你是否哭泣?你的双眼好像红肿。”

“你别向我打问那个人的境况,
你也是一个深明大义的女人。
上天也会赐予我们一种命运,
只要活着,就会知道究竟如何。”

“好啊,贾玛丽,你很聪明,
你是我身边最最亲近的人。
俗话说:沉默是金,沉默是金,
这是我的劝告,要牢记在心中。

你从小就成为了我的助手帮衬，
我视你为自己最为知心的姑娘。
父亲用我换了牲畜，没换奴隶，
没有人愿意聆听我满腹的悲伤。

我看看身边个个都像是敌人，
我看看身边没人把我来打量。
听说婆家还有个博甘拜老人，
我会嫁给他这个活着的幽灵。”
父母知晓客人们的部落殷实富裕，
所以陪送的嫁妆驮在了百峰驼背。
他们连日欢庆举行盛大婚礼喜宴，
母亲一道上了路送姑娘出嫁远方。

姑娘骑在花蹄马背摇摇晃晃，
花蹄马鬃尾都缀着鹰羽飘飘。
送亲的队伍一上路就开始论辩，
他们用话语考验着每一位英雄。

“亲爱的，我们现在无言以答，
你们发问我们只能欲言又止。
我们奔着老英雄的英名前来，
英雄不知会呈现怎样的习性？”

“他说没将你娶回，所以赶我们出来，
他没让我们住三日就赶我们在野外。
他的命令没有一个人敢于违抗不从，

他会想办法给你找人匹配,亲爱的。”

他们渐渐走到了英雄部落的附近,
有人飞奔去博甘拜那儿报喜讨礼。
草原上哪有报喜不获赠礼的事儿,
那人已飞奔而去尽管还有半天的路程。

那个人飞奔而去连连说:“报喜!”
他寻思该如何获得赠与的礼物。
老博甘拜正好坐在自家的正堂,
他本沉浸在悲痛之中连声叹气。

“奴隶的老婆难道要成为儿媳?
这样的羞辱什么人可以忍受?
年轻丽人的父母真是混蛋透顶,
怎么会将俏闺女送给奴隶下人。

我的身后没有后代可以继业,
因为死不了我才忍受着屈辱。
安拉啊,你让奴隶成为了我的儿,
你难道看不见我眼中的泪水盈盈。

别让她靠近我,快滚远一点,
我的宫账会被闲言碎语压垮。
带来不能生育的女人让我受罪,
别让她靠近我吧,快滚远一点。”

报喜的人飞奔前来传达音讯，
没有获礼物他一时垂头丧气。
满面春风没忧虑的哈蒂夏姑娘，
顿时感到头顶的太阳黯然失色。

她不知道跳下了马还是摔下了马，
她像遭了妖魔抽打似的倒地昏迷。
“我这是遭到了怎样的灾难厄运？”——
可怜的姑娘泪水盈盈仰天长叹：

我只为人人赞颂的博甘拜英雄而来，
我只为夫婿是博甘拜的儿子而来；
我只为夫婿出自尊贵的父辈而来，
我只为夫婿是博甘拜的后代而来；
这就是没有烙印没有标记啊，
我只为说这就是留下的标记而来呀；
我只为这就是给无印的许多马驹，
烙上明显的标记而来呀；
我只为出嫁是去掌管——
无人看管的众多牲畜而来呀；
我曾经是天上飞翔的白鹰，
现在却双翼沉重无法凌空飞翔，
我再也无法飞越崇山峻岭；
我怎么可能受屈辱——
让生于神骏的云驹，
配与毛驴当终身伴侣。
赐予我生命的造物主，

难道看不见我的泪眼朦胧?!
据说博甘拜妻妾成群,
如果真主接纳我的衷心祈求,
肯定会赐予他孩子虎虎生气!

我会尽心尽意服侍他直到死去,
即便一辈子没有丈夫困病寂寞。
难道我高贵的生命已变得低贱?
难道我已经错过了憧憬的幸福?
让该死的奴隶去死别再折磨人,
再别让我看见那个贱骨头扎眼!”
姑娘的母亲摸着脑袋直掉眼泪,
直叫是我错了,真舍不得女儿。
“我的宝贝,难道你遭遇了不幸?
我的漂亮马驹,我的掌上明珠!”

有人飞奔去向大老婆报告情况,
让她知晓有个姑娘在哭诉悲苦。
“让昏聩的博甘拜闪一边去歇息,
让我去看望可怜的哈蒂夏姑娘!”

大老婆带着喜讯准备迎接新娘,
她带了元宝银珠装满两只褡裢。
他们相隔不远就在阿吾勒附近,
她立即来到了哭泣的新娘面前。

哈蒂夏痛哭流涕摧肝折肠,

勇士们站在一边心知肚明。
大老婆没听取勇士们解释，
带着驼队便转头向前走去。

哈蒂夏哭个没完已经神志不清，
又有人去向老博甘拜禀告情况。
他说："这件事我已大错特错，
那么，我应该亲自前去看一看。

已经过去的事情怎么可以重来，
悲痛和哭泣也没有一丁点用处。
虽然我自己身后没有儿子女儿，
但有的是亲友，会有人来迎娶她。"

大老婆带回了对方的礼品大衣，
亲家母也向英雄谦谦问安行礼。
"我们受到亡灵辅佐的尊贵先辈，
我的孩子已嫁到了这个阿吾勒。

请您让该死的奴隶滚得远一点，
老人家您想如此嘲弄我们不行。
俗话说：石头只在掉落的地方显重，
在异乡我们羞愧难当无法抬头做人。

博甘拜呀，祝你们的新娘带来吉祥，
我们来自遥远的地方道路坎坷艰辛。
俗话说：福祉进来，不幸就会离去，

你们如此来排挤我们难道合理合情？”
“我承认你说得有理，我会受惩罚，
我的做法纯粹违背了先祖的礼仪。
亲家母啊，我这老汉有什么罪呀？
我没有什么可以向您隐瞒的秘密。”

新娘的新帐就扎在阿吾勒的附近，
新娘的婚礼延续了三天热闹非凡。
尽管举行婚礼人声鼎沸劲歌劲舞，
但博甘拜闷闷不乐不知该怎么办？

奴隶别克塔尔只好回到家中，
托烈怎么会将女儿嫁给奴隶？
将这个人随意许配另一个人，
这个狗世道太虚伪应该诅咒！

博甘拜独自坐在一边苦苦思索，
只有那一双眼睛还有一点生气。
“我不会将新娘许配给任何一个人。”
他向亲家母说出自己的所思所想。

“我有一个姐姐是一母所生，
她与阿克夏力拜成家立业。
她一个人就拥有九个儿子，
我去将其中的一个接过来成亲。

我的外甥正好与您的女儿般配，

我回来之前您别伤心好好等待。
我最小的那个外甥叫阿合木，
他是一位勇士，而且彬彬有礼。”

亲家母听了这话连声加以称赞：
“你该当着我的面为女儿指定主人。
如果百里挑一，而且还身体健康，
你认为般配，马上就去接回外甥。”

博甘拜要来了一匹光背骏马，
他任玛彦拜的后代伤心失望。
他只带着一个同伴踏上路途，
他向着阿克夏力拜的阿吾勒进发。

他赶到了同胞姐姐的家中，
他没有白去只为接回外甥。
姐姐拥有九个儿子虎虎生气，
除了阿合木，他不要其他人。
姐姐与弟弟相见了喜极泪下，
弟弟七年没有来这个阿吾勒。
阿合木这时已是二十岁年龄，
他想将这个孩子收为养子带回。

博甘拜如此这般说了自己的来由：
“外甥们都说阿合木就是一把利剑，
如果准许，我将过继阿合木为子，
其他的儿子也足够你们两人依靠。

你的手中握着一柄柄利剑，
我已说了专程前来的缘由。
你如果舍不得儿子我就回返，
但从此你不能再叫我为弟兄。”

“兄弟啊,你不要难以接受哭泣涟漪，
除了阿合木,你可以收养任何一个。
他是谁？我断了乳汁的小儿子啊，
你就知足吧,只是别收养阿合木。”

阿克夏力拜也泪水滚滚伤心，
他说想要谁都由你自己决定。
关于孩子,博甘拜有太多的苦衷，
谁听说这事也难以忍受将他怜悯。

两位亲人都在竭力争夺阿合木，
看来博甘拜实在无法如愿以偿。
阿克夏力拜猛打老婆的脑袋呵斥——
“难道这是从真主那儿抢回的儿子？”

老姐夫“嗵”地一声打了老伴，
博甘拜为此而感到身心释然。
他在那儿待了整整六天六夜，
终于收养阿合木为自己的儿子。

阿合木也是部落里的一位英杰，

他与别克苏里坦一样勇猛顽强。
他们宰杀了牲畜相互赐予祝福，
博甘拜第七天上马踏上了归途。

清晨，他离开阿吾勒上了路，
他们来到了一条大河的岸边。
有一个骑着花马的陌生旅人，
顺着足迹从后边追了上来。
那是一个骑着神骏的漂亮姑娘，
博甘拜怎么知道她是个什么人？
她径直来到了阿合木面前责问：
“你堂堂男子汉海誓山盟丢在了哪儿？！

阿合木，你不是常常放牧羊群？
你不是曾经缠着我紧追不放？
尽管达官贵人们成群地求情——
我不是依然履行诺言将你等待？！

我追赶你只为问个清楚明白，
因为你曾经发誓要娶我为妻。
我整整等了你三年熬过岁月，
你扔下了我，这时要去哪里？”

姑娘就这样责问了恋人阿合木，
这时又有四个人来到大河岸边。
姑娘最后终于说出自己的目的——
“请回答我，你该拿我们怎么办？”

"你走了我一定就会麻烦缠身,
我宁愿死在这里也不会回返。
男子汉出尔反尔就等于死亡,
如果不想骗我,就履行诺言!"

阿合木惊慌失措无以应答,
姑娘的话压得他喘不过气。
博甘拜欣赏姑娘辛辣的话语,
他让阿合木想好就予以答复。

阿合木说:"我现在没有自由,
咱们两人确实曾经海誓山盟。
怎么办由您老人家做出决断,
既然受到了责难又能怎么办?"

博甘拜当然理解话语的内涵,
男子汉怎么逃避真切的事实?
他凭借理解大度进行了决断,
他不想辜负两人的深深恋情。

面对姑娘惊慌失措实在难堪,
这时我们一方已失去了主动。
"孩子啊,请你靠近一点儿吧!"
老人这才与姑娘细细地商量。
"首先我们会迎娶你,我的孩子,
前面有华丽的新帐已经准备好。

但是你先听听我的话语沉住气，
我一定会重返这儿来明媒正娶。
一提起孩子，我浑身都不自在，
听我的劝告，孩子，我的宝贝！”

姑娘与博甘拜商量之后冷静下来，
她成为失去自由戴上笼头的姑娘。
只要活着一定要来，我也会等待，
她告别了老人和恋人返回了家中。

姑娘不知可信与否总算回还，
姑娘到了傍晚才回到了家中。
博甘拜带着阿合木回到家乡，
他举行赛马筹办盛大的婚宴。

他的儿子们一个个都喜上眉梢，
哈蒂夏也暗暗地把阿合木观察。
“看来他自幼就是幸福附身的人，
上苍终于让我实现久盼的梦想。”

这时，博甘拜又讲起了身后的姑娘，
说她追赶了半天的路上还责问声声。
“亲家母，我只为您劝回了那个姑娘，
面对您的诚恳请求我当然不会食言。”

哈蒂夏也听说了这一件事情——
“老人家，这是多么贤明的决断，

无论如何都要把那个姑娘迎娶,
我俩的婚礼一定要同时来举行!
我对老前辈的决断心满意足,
母亲啊,我曾经对你说过呀——
上苍赐予的福祉他人抢不走,
咱们的古代先人早已经说过。

那个小可怜儿也是像我一样的姑娘,
我们都是哭泣涟涟的女人中的一个。
这个部落的男子汉都有三四个妻妾,
这也是他们英明的先辈留下的传统。"

哈蒂夏对博甘拜父亲说得清楚,
英雄博甘拜为此感到心满意足。
他一次又一次赐予年轻人祝福,
男子汉阿合木带着四个同伴上了路。

萨热拜带着阿合木一同上了路,
八天八夜赶到了那姑娘的家乡。
他们与部落的头领进行了协商,
然后马上派人去姑娘家中提亲。

天下哪有萨热拜办不成的事情,
这种时候智慧比力气作用更大。
他们准备赶来成群牛羊作为厚重聘礼,
他们才不会在这儿做起买卖打起算盘。

婚礼结束，十五天之后他们回返，
他们扎起新帐，捆起华丽的嫁妆。
他们一帆风顺又娶回了一位新娘，
他们不久之后就平安地回到家中。

玛彦拜的后代终于欢聚一堂，
他们举办一次又一次的喜宴。
哈蒂夏终于实现了美丽梦想，
看来所有的事情都如意可心。
阿合木成为了博甘拜的儿子，
一次迎娶了两个贤惠的新娘。
阿合木成儿子、博甘拜为父亲，
他活到八十五岁才撒手人间。

许多人在我们之前已经谢世，
这是多么短暂而无情的世道。
古代那些叱咤风云的伟人业绩，
口口相传延续到了我们这一代。

我所知道的不仅仅是这些琐事，
如果活着，我还会不停地写作。
你们读过后会分辨长处与短处，
我的后代应当给予必要的评价。

搜集：谢拉孜里·索里坦拜

摘自民族出版社1984年3月
第一版《哈萨克叙事长诗选》（哈萨克文版）

萨丽哈与萨曼

《萨丽哈与萨曼》是一部产生于十九世纪,在我国新疆哈萨克族人民中间广为流传的古老而优美的爱情长诗，也是一部百姓喜闻乐见、令人荡气回肠的爱情悲剧。相传故事发生在十二世纪初,游牧于阿尔泰山一带的乃蛮部落一位可汗的女儿萨丽哈爱上了为她父亲放牧的英俊少年萨曼。可是,他们的爱情受到以萨丽哈的父亲为代表的宗法势力的反对和破坏。誓死相爱的萨丽哈和萨曼奋起反抗，坚贞不屈,最后双双以身殉情。

在古代的卡尔梅克人的生活之中，
在勇敢的也速该统治的沧桑岁月，
卡尔梅克人民居住在阿尔泰山麓，
那时他们治理着自己的部族繁荣。

这儿居住着居来提的部落，
乌兰山麓是他们的夏牧场。
可汗受到百姓的极力推崇，
他们栖息在此地繁衍生息。

可汗有个女儿名字叫萨丽哈，
教养学识百里挑一盖世超群。
她那时刚刚满十五迈向十六，
她婀娜多姿美丽绝伦惹人爱。
她犹如果园熟透的苹果红透，
她犹如草原盛开的鲜花妩媚。

她的双颊嫣红如醉，
她的眉毛细细如弓。
她的脖颈白皙如绢，
她的手指纤细柔美。

她的双眸炯炯发光，
她的双眸含情脉脉。
她的身姿白杨般修长，
她的秀发瀑布般垂落。

她浑身珠光宝气香气袭人，
坠满钻石、金耳环、玛瑙。
部落里有一位俊小伙叫做萨曼，
他正好与萨丽哈姑娘同庚同年。

他的神情雷电般摄人魂魄，
他浓眉大眼一副男儿气派。
他冷静理智而且性格稳重，
他的同龄人无法与他媲美。

他身手敏捷连幻影都难以追及，
他的温柔赛过婀娜动人的姑娘。
他的身材犹如榆树般健壮，
他的双肩宽阔能顶起天宇。

他胸阔腿壮肌肉很发达，
他渴望着成为孤胆英雄。
他面对敌人从不会退却，
他是剽悍部落的赫赫首领。

萨丽哈看见小伙倾心爱慕，
情窦初开深深地把他爱恋。

萨曼也在心中暗恋着姑娘，
他们俩一见钟情心心相印。

他们窃窃私语，倾心相谈，
生命已打上了爱情的烙印。
姑娘小伙子已是海誓山盟，
他们相约携起手成为眷属。

冬天逝去，人们迁往阿尔泰山麓，
不料常受到外敌的侵扰凄凄惶惶。
勇士们调驯战马，擦拭兵戈忙碌，
他们拜见可汗请求杀向敌人的队阵。

萨曼也加入了勇士们的行列，
他白天黑夜从不离开可汗一步。
他偶然也与萨丽哈聚首，
憧憬着充满光明的未来。

他俩的来往已被人们觉察，
好事者到处传播闲言碎语。
如果可汗知情，百姓知晓，
姑娘和小伙子必死无疑。

他们深知可汗生性暴虐，
绝不会让他俩双飞双宿。
萨丽哈和萨曼暗地商量，
谋想着两全其美的办法。

我们如此相处究竟有什么用?
这样的问题使他们心神不宁。
我们生在一起死后共葬一穴,
我们坚贞不屈绝不相互分离。

无论发生什么我们都要坚忍,
无论狼来撕咬还是敌人入侵。
姑娘说今夜我们必须成双出逃,
再也不会有这样的夜色好隐身。

否则,可汗不会让我们如愿以偿,
否则,情敌们不会把我拱手相让。
如果出逃,我们不会落入敌掌,
如果出逃,我们可以暗地藏身。

他们达成一致就这样商定,
他们相互把青春献给对方。
勇士萨曼在大山荒野寻访,
只想找到飞鸟不临的地方。
人们向前山带搬迁的那天,
萨丽哈只身一人逃往深山。

河岸葱绿,深谷悠长,悬崖万仞,
仿佛穿透云层直抵辽远的苍穹。
巨石林立,山谷幽黑沉沉,
低垂着眉头显得寒气逼人。

忧郁的群山与苍穹一比高低，
仿佛低垂着头颅且愁眉不展。
滔滔的河水似天龙怒吼，
一路飞泻直奔山川峡谷。
贾亚是一个险象丛生的地方，
是空旷寂静没人敢去的地方。
萨丽哈这个青春勃发的姑娘，
下定决心就在这儿藏匿隐身。

她一路飞奔直抵这个地方，
她瞠目结舌环顾周围风光。
她不一会儿便心生恐慌，
她时热时冷又浑身僵硬。

当傍晚来临掌灯的时分，
她心头的悲愁更加沉重。
她心火燃烧一声声长叹，
心儿怦怦直跳布满惊恐。

萨曼却没有如约来临，
她孤独一人寂寞难忍。
她睡不踏实也笑不出声，
她以泪洗刷美丽的脸庞。

她何以忍受这样的困苦？
她泪水长淌熬过了白昼。
她放声痛哭也难释悲伤，

她无法掩隐内心的大喊:
“造物主啊,请给我力量,
为爱情宁愿牺牲年轻生命。
我远离故乡独自一人游荡,
区区性命藏匿在旷野之中。

我受到爱情的烈焰烧燎,
我无力熄灭熊熊的烈焰。
我发誓为爱情奉献生命,
不达目的绝不回头从命。
我盼真主滋润羸弱的心灵,
请帮助我实现美好的愿望。

出类拔萃的男子汉萨曼啊,
我引火烧身陷入你的烈焰。
真主啊,如果赐我与萨曼恩典,
我会忘记悲痛全身心地去爱恋。”

她说完这句话重新回到山洞,
她吐露肺腑之言又隐身山间。
这个时候已是夜半时分,
谁知道还会有啥事发生?

她的心儿怦怦地直跳不歇息,
她依然深深思念自己的恋人。
她听见敲击大地的马蹄声声,
她知道骏马已临大青石地方。

这不是陌生人而是情人萨曼，
一对情侣相互问候欢喜相见。
瞬间所有的悲伤烟消云散，
虽然她这时已经憔悴不堪。

黑夜悄悄敞开无边的胸襟，
天空升起美丽皎洁的月亮。
群星灿烂垂挂茫茫苍穹，
仿佛在祝福有情人相见。

阵阵轻风荡过掀起一片草潮，
在如痴如醉的恋人耳边喃喃。
大自然张开仁慈的怀抱，
拥抱着山盟海誓的恋人。

这时，萨丽哈张口说道：
“有件事儿让我恓惶不已——
人们明天一定会到处找寻，
因为一天之内两个人失踪。

太阳落山夜幕降临恋人相拥，
尽情宣泄着心灵掀起的狂潮。
天亮时该回到村里打听虚实，
并且与同龄人诉说知心话语。

只要其他人都在故里乡间生活，
只为我一个他们不会继续寻找。

只等一切都过去时间飞逝，
只等良机来临时再找出路。

你要备好坐骑兵戈和干粮，
你要备好一切好好地存放。
万一发生什么不测的事情，
咱们可不能大意后悔万分。

岁月流逝可汗会渐渐冷静，
他可能会迁怒于邻里乡亲。
让我们静观事态的发展，
看看真主是否赐予恩典？”

他俩心心相印互诉衷肠，
他俩热烈相吻紧紧相拥。
两位恋人初尝了爱情的甘露，
两位恋人坠入爱河不能自拔。
一轮朝阳吵醒了爱情的美梦。

天亮时分勇士萨曼回到了村庄，
他若无其事地来到了人们中间。
他自己来回奔波不动声色，
日子一天一天从身边滑过。

人们不敢禀报姑娘的失踪，
只是飞马四散各处去找寻。
他们还是没找到已经绝望，

这个消息渐渐被可汗耳闻。

可汗的女儿竟然远离了村庄，
可汗为此暴跳如雷无地自容。
可汗召集所有的人下了命令，
可汗要求无论如何要找到人。
可汗发誓要吊死教唆的混蛋，
可汗诅咒要割下女儿的脑袋。

阿尔泰山麓金色的脊梁，
河水泛起银光绿草成茵。
这儿有两条河流穿山奔腾，
卡尔梅克人称之为“叶古嘎”河流。

山峰入云马驹在草地自在游牧，
也速该勇士挑选了美丽的地方。
可汗的宫帐搬往夏牧场的时分，
姑娘藏身的贾亚山洞就在途中。

鲜花怒放绿茵如织的夏牧场，
正是可汗宫帐将驻扎的地方。
悬崖峭壁上有一个山洞，
姑娘坐在山洞眺望远方。

搬迁的驿队一路浩浩荡荡，
群山峡谷传来一阵阵回声。
旗帜飘扬更是锦上添花，

炊烟袅袅更显无限生机。

穿着铠甲带兵戈的众多士兵,
整装待发保卫着宫帐的安宁。
有一个驿队打头十分地抢眼,
也速该被簇拥着高傲地行进。

他让被俘的塔塔尔族英雄,
掌管着黑压压的士兵军营。
他们统一着装,年龄相仿,
他们配刀带剑如上弦之箭。

也速该骑在白额骏马背上,
不是黑马枣骝马而是灰骏马。
腰间扎着配有丝带的刀剑,
头上戴着铁制的坚固头盔。

他的头盔闪着金子的光芒,
他的头盔呈拱山般的形状。
宽脸,塌鼻,还满面红光,
棕色的胡须头发也乱蓬蓬。

他让钢铁般的男子汉引路,
他的周围挤满了天兵天将。
勇士萨曼也与他们一道行进,
他若有所思,而且满面愁容。
他身下骑着一匹浅灰色神骏,

那匹神骏已满四岁迈向五岁。
傍晚可汗的宫帐终于要歇息，
营盘扎在草地山间习习凉风。

勇士萨曼扎起了可汗的宫帐，
忙忙碌碌一直干到太阳落山。
当人们酣然入睡的那个时分，
勇士跃上马背临近心中的姑娘。

小人他暗地窥测就在身边，
只见萨曼跃马去幽会姑娘，
那厮一路顺藤摸瓜追上来，
不知一对爱侣将遭什么罪？

他来到恋人身边心花怒放，
两位年轻人热烈相吻相拥。
他们像满月又像那启明星，
彼此的光芒灿灿相映生辉。

他们已坠入暂时的欢愉之中，
幸福无比已忘了周边的一切。
已忘记居来提部落还在操劳，
乘骑天天寻找可汗的姑娘。

浅灰骏马异于任何坐骑，
它健壮浑圆且毛色光滑。
有一天，它突然频频抽腹梳理鬃毛，

有一天,它突然双蹄刨地喷着响鼻。

萨丽哈瞅着坐骑惊诧不已,
她预感到危险已迫在眉睫。
她在心中暗暗地猜疑揣度,
她想起昨天夜里那场噩梦。

“萨曼勇士,你知否马的习性?
你不要以为牲灵什么都不知。”
她的话音这才刚刚落地,
一阵蹄声传来众兵已至。

勇士萨曼知道敌人已逼近,
跳起来拿起武器鞴上马鞍。
“不知我的命运会怎么样?”
他焦虑万分而且心急如焚。

他紧拥自己心爱的恋人,
那羸弱的身体已经疲惫。
年轻的生命啊！是否会瞬间消失?
怒放的鲜花啊！是否会顿时枯萎?

我如果在搏斗中失去生命,
再见吧！天底下我的最爱。
勇士萨曼在那儿摩拳擦掌,
搏斗了一天一夜奋不顾身。

他频频投矛挥剑射出利箭，
他在血腥的战场以一当十。
敌人一个接一个倒在地上，
依然不停地从四面八方攻击。
他浑身上下鲜血如注伤势很重，
他流血过多昏倒在了苍茫大地。
敌人终于逮住了萨丽哈姑娘，
径直带到了可汗大人的面前。

敌人杀掉了可怜的萨曼英雄，
敌人让萨曼浸泡在血泊之中。
敌人将迷失的姑娘带回草原，
带回她出生成长的可汗宫帐。

“报告陛下，您来下令我们动手，
只求您留下萨丽哈的区区小命。
无论如何她都是可汗之后代，
只求您不要亲自动手去惩罚。”

可汗站起身来对女儿长叹：
“女儿啊，你为何这般愚蠢？
你生活孤独不曾见陌生男人，
今天却犯下大逆不道的罪行！”

他这话等于了结了这个案件，
可怜的萨丽哈从此倒霉背运。
萨丽哈悲愁万分义愤填膺，

只为愚蠢的可汗冤枉好人。
那一伙疯子只顾着往回赶,
以为倒下去的萨曼已丧生。

不一会儿浅灰骏马一路狂奔,
找到了自己倒在地上的主人。
它喷着响鼻久久地闻着,
他刨着大地狠狠地甩土。
它躲过了围追堵截的敌人,
它大汗淋漓一路拼命狂奔。

这时,萨曼勇士轻轻抬起头,
他已经在这儿躺了很久很久。
他匍匐着挪回了那个山洞,
他这才知道自己依然活着。

悲愁的日子使萨曼痛不欲生,
他躺了三个月之久忧心忡忡。
周围全是敌人已是山穷水尽,
难道还会有更加困难的境况?

有时他会安慰自己脆弱的心灵,
有时他又寄希望于自己的恋人。
白白躺在这儿又有什么用?
他久久思索不想善罢甘休。
有一天他跃上了浅灰马背,
他只想去朝拜阔克切圣人。

那时候有个圣人叫做阔克切，
他住在马马儿贾的一个山洞。
他的住所就坐落在天山山脉，
卡尔梅克人总去他那里诉苦释怀。

他走了一个月到达了马马儿贾，
这是无人敢走的艰险丛生之路。
他看到悬崖上有个深深的山洞，
他无限崇敬跪拜诉说心中悲苦。

阴雨绵绵乌云重重狂风怒吼，
惊雷大作传来了隆隆的响声。
之后恢复平静刮起习习轻风，
圣人走出了山洞向人间播撒美好。

他赤条条出来没有衣裳遮体，
他的胡须和头发像皑皑白雪。
他的身体修长而且消瘦俊美，
他的脸色白净长着两道刺眉。
勇士萨曼长跪膝下祈求声声——
“请您赐予我医治心病的良方！”

圣人睁开双眼看着年轻的萨曼，
圣人摇了摇头才张开尊口说话——
“真主不会让你与那个姑娘结缘，
你受苦难的唆使白白受到践踏。

你身下是否骑着浅灰骏马?
你是否好好骑用没惹恼它?
蒙古民族会出现成吉思汗,
这匹马造物主已经赐予他。
我将这匹骏马送给他骑用,
你只能步行赶去乌兰山麓。”

他说完此话转身打量浅灰骏马,
可怜的萨曼却不知道个中奥秘。
圣人挥动手臂留在了那个地方,
只见浅灰马咴咴叫着进了山洞。

这时狂风又起昏天又黑地,
惊雷声声响彻大地和天空。
山洞刮起刺耳的白毛大风,
阔克切圣人关上山洞大门。

萨曼没办法不相信鬼斧神工,
他的心情比先前更加地黯淡。
圣人说让我快赶到乌兰山麓,
是否就是赐予我的一剂良方?

徒步、饥饿都不在我的话下,
只要能看到萨丽哈美人就行。
她说我会为你奉献宝贵生命——
铮铮誓言依然还在耳旁回荡。

我甘愿在爱情的烈焰之中燃尽，
我一生只为你一个人忧心忡忡。
这人间真是无情无义悲苦残忍，
它使我们有情人漂泊天各一方。
死去我要见尸首活着要见人，
否则即便死去我也不会心甘。

萨曼说了这话奔向了乌兰山麓，
艰难困苦使可怜之人漂泊四方。
让勇士萨曼去遭受苦难和艰辛，
回头再讲一讲可汗女儿的境况。

可汗的姑娘被囚牢笼悲愁万分，
犹如一枝鲜花枯萎憔悴又沮丧。
红扑扑的脸上布满了条条皱纹，
黑亮的秀发已经霜雪一样洁白。

她的指甲已经深陷变成阴灰色，
她的脸上已没有一点光泽闪动。
她不会欣赏人世的浮华和财富，
她心力交瘁吃不下哪怕一口饭。

她常常呼唤勇士萨曼我的爱人，
眼睛里每天都流淌带血的泪水。
“为了你我抛弃了人世间的一切，
我的生命啊早已经就属于了你。

我身陷沉沉牢笼整日悲愁万分，
除了你我绝不会爱慕任何男人。
我整夜难以入眠整夜不得安宁，
我日思夜想希望早已变成忧伤。”

她说了话出门面向乌兰山麓，
她焦渴万分只想以死来殉情。
只有他般配我可汗公主身份——
她只想在海誓山盟之地殉情。

她的双眼犹如钻石一般闪着光，
她在腰间挂上一把锋利的刀剑。
她思念年纪轻轻就死去的情人，
她像飞鸟一般歌唱与人世告别：

“萨曼呀，你是勇士我倾心爱恋，
为了理想我四处奔波也毫无用途。
如果活着你一定会来到这个地方，
如果活着你一定会牢牢记住爱人。

我是父亲在人间的唯一孩子，
我从小受到教育从不会伤心。
我曾经发誓为你而奉献生命，
我依然坚贞不屈决不会食言。

让我年轻的生命变成小鸟飞上天空，
让我年轻的生命摆脱忧愁还有烦闷。
我会用一颗红心去磨砺这把刀剑，
它会将我带到你的身边欣喜相见。”

她说了这话仰天发出一声声悲叹：
“太阳和月亮过于遥远无法诉说。
我无法企及,请给我的誓言作证，
有什么会比以死去殉情更加尊严？
面对苍天请太阳月亮来作证，
你们是广被天下恩泽的滋润。”

她说了这话将刀剑插进了胸膛，
她希望快快死去与情人来相见。
她将刀剑插进了年轻的胸膛，
她留下遗言求萨曼前来赴死，
她深知恋人懂得思念的愁苦。

不一会儿萨曼也来到了这个地方，
可是姑娘殉情已经过了相当时辰。
他看到恋人殉情的地方还有坟墓，
他欣喜万分仿佛平安见到了恋人。

“真主赐予的爱人啊我刚刚找到了你，
我活着留在你的身后就是一种耻辱。”
他一眼看到了坟墓边上的那把刀剑，
知道姑娘已经殉情舍弃了宝贵生命。

他拿起放在墓边的那一把刀剑，
他看到刀剑上留下的血迹斑斑，
他舔着刀剑唱起挽歌心情释然，
“仁慈的刀剑就是我们的朋友。”

他失声痛哭已经摧肝折肠，
爱情的烈焰还在熊熊燃烧。
他凝视着躺着爱人的墓穴，
他愁肠寸断站起来又坐下。
他敞开怀声声血泪一字一顿，
向世界诉说经历的千万苦难：
“再见吧，大山岩石大河湖泊，
再见吧，我出生成长的故乡，
再见吧，蓝天上闪烁的星辰，
请向我们长眠的山梁抛洒光芒，
如果可以与心爱的萨丽哈同穴，
我这一生就没有任何遗憾可言。

灿烂的太阳月亮，祝你们永恒，
愿万丈光芒沐浴普天下的生灵。
白天和夜晚相隔你们无法相会，
你们也像我们一样怀着悲与愁。

如果有一天星辰掉落在大地，
你们相互分离了又会怎么样？
让我的鲜血像珍珠滚落大地，

就让我的生命与萨丽哈同穴。
大地是慈祥的母亲，快打开怀抱，
你的子民萨曼已来到了你的面前。”

他说了这番话举起了锋利的刀剑，
他举起了刀剑朝心脏正中插去。
为了誓言让雪白肌肤浸满鲜血，
他义无反顾舍弃了年轻的生命。

我只是写下这么一段凄美的爱情，
我只想诉说给听众希望听着可心。
可汗不肯原谅女儿将她嫁给萨曼，
姑娘只好为自己的爱情誓言殉情。
可汗残暴可汗的女儿却智慧聪明，
你会检验他们父与女谁是谁非。

他们的所作所为是否纯洁？
抑或是不知珍待宝贵生命？
硬是拆散心心相印的恋人，
可汗做的是公正还是暴虐？

强迫女儿顺从不合心意的人，
是积德？是好事？还是坏事？
失去丈夫和恋人的姑娘媳妇，
她们是否过着尊严之人的生活？
你以此来衡量一下人间世事，
一切都没有改变一切依然照旧。

人们不愿意聆听教义的谆谆教诲，
人们只愿意挑选可心可意的话语。
这一切悲剧都产生于无知和愚昧，
灿烂的阳光无法战胜沉沉的黑暗。

搜集：阿斯哈尔·塔塔乃
阿明·夏皮阔夫

后 记

我小的时候，曾经在一个汉族、维吾尔族、哈萨克族、回族杂居的大院生活了将近二十年，在那里度过了自己的儿童时代和青少年时代。在那个大杂院里，居住着许多解放新疆时进疆的汉族军人，以及五六十年代支边的汉族知识分子。我与他们的孩子是同学、朋友，我也在他们的家中读了许多中外名著。从小学到大学我都在汉语学校读书，前后受到过许多优秀的汉族恩师们的谆谆教诲，使我在汉语和汉民族文化方面都具有了相当的水平。但是，我的母语和母族文化素养几乎为零。所以，当我十八岁高中毕业的时候，中央民族学院哲学专业毕业的父亲执意让我去呼图壁县雀儿沟公社一个以哈萨克族人口为主，只有几个汉族人家的小小的山村去接受再教育，那个年纪的我对此非常地不情愿。我的大多数同学都去了昌吉市六工公社的知青点接受再教育。一年以后，我在劳动中摔伤了胳膊，在家里养伤。父亲当时在昌吉州下泉子“五七”干校劳动改造。冬天轮休时，他在家开始给我读长篇小说《阿拜之路》。其实当时我的母语水平非常勉强，父亲一边读一边解释。我听得很仔细，觉得很精彩。我没有想到一个哈萨克族作家也能写出如此脍炙人口的作品，我第一次开始重新审视自己的民族，我的心不再平静了。有一天，父亲在读完了书稿之后，非常严肃地对我说：“你长大以后，一定要将这部作品翻译成汉语。”我觉得有点不可思议，因为我读过很多中外名著,况且我哪儿有翻译这样大部头作品的能力。

如今年过半百之后,我竟然真的开始翻译长篇小说《阿拜之路》了,只是当年为我设计光明前程的父亲已经离我远去了。退休之后,我创办了新疆天穹文学翻译中心,开始将哈萨克族的经典文学作品翻译成汉语,以丰富中华民族的文学宝库,弘扬哈萨克民族的文化精神。以后还设想将维吾尔、柯尔克孜等民族的经典作品翻译成汉语。

我们用什么来拯救人类日益颓废的精神?我认为要想拯救,首先必须实现人与人、人与大自然、民族与民族、国家与国家之间的和解。我认为文学艺术是实现和解的捷径之一。尽管目前从事文学翻译这个行当来钱少,来钱慢,但是,我坚定地认为中国人民在口袋鼓起来之后,一定也会让自己的精神更加充实起来。这太需要文学艺术了,同样也需要文学翻译。更何况,中华民族的复兴需要主体民族借鉴、学习各个少数民族的多元文化之精髓,以壮大主体民族的文化,从而形成更加伟大的中华民族文化。从事写作,从事文学翻译是我想用一生来实现的梦想,这是值得的。从这个角度来讲,我是幸福的。

我就是怀着这种激情开始翻译创作的。我除了是文学翻译中心的法人代表之外,还是一个职业技能培训中心的主任,又是一个需要读书写作的作家,一个相夫教子的妻子和母亲,同时还有一大群需要我照顾的亲戚朋友。我生活得很快乐,因为我在做着自己喜欢的事情,还带着六个专职和八个兼职的文学翻译,他们都是死心塌地准备献身这个事业的年轻人,他们每一天都在进步。

我感谢给我文化精神滋养的博大精深的汉民族文化和哈萨

克族文化;感谢从小学到大学给我谆谆教诲,并以身作则的汉族恩师们;感谢从小培养我,并寄予了无限期望的父亲;更感谢改革开放,繁荣发展的伟大时代。正是在此基础上,我才成为了一个拥有远大胸怀,具有相当知识水准,不懈追求的知识分子。懂得感恩的人,才会是一个懂得报答的人。我会用我的余生,用我的文学作品来报答那些曾经帮助和教诲过我的人们。

哈依夏·塔巴热克

2009年10月于家中